Ilse-Maria Dries

Nachtgieger

Kriminalroman aus Franken

Impressum

Die Deutsche Nationalbibliothek
Bibliografische Information der Deutschen Nationalbibliothek
Die Deutsche Nationalbibliothek verzeichnet diese Publikation in der Deutschen Nationalbibliografie; detaillierte bibliografische Daten sind im Internet über http://dnb.d-nb.de abrufbar.

Dries, Ilse-Maria:
Nachtgieger – Kriminalroman aus Franken
3. unveränderte Auflage 2014

Die Abbildungen auf den Seiten 50, 100, 150 und 200 stammen von Ilse-Maria Dries

Umschlaggestaltung: Storch Design, Lauf
Druck und Bindearbeiten: Scandinavianbooks

ISBN 978-3-942251-06-8

Nur die Sache ist verloren,
die man aufgibt!

Friedrich Freiherr von Stein
Burgherr zu Oberleutenbach
im 15. Jahrhundert

Montag, 16. September

Gegen drei Uhr morgens saß sie im dunklen Zimmer, das nur vom bläulich schimmernden Bildschirm des PCs erleuchtet wurde, und starrte auf die geöffnete Datei.

Sie war angespannt und frustriert. Sie hatte sich in einen Chatroom namens „Traumpartnerforum" eingeloggt. Rauch kräuselte in Richtung Zimmerdecke und sie trank einen Schluck Rotwein aus einem großen, bauchigen Glas. Das Fenster stand einen Spaltbreit offen und draußen war es absolut still.

Der perfekte Traumpartner würde schon zu finden sein. Man müsste nur etwas Geduld haben. Dann könnte man Kontakt aufnehmen. Diesmal würde es klappen.

Der Vorarbeiter Peter Kränzlein war äußerst verärgert. Die Morgenschicht hatte soeben begonnen und eine seiner Packerinnen fehlte. Eine Großladung Äpfel war in den frühen Morgenstunden geliefert worden und musste umgepackt und verladen werden. Er brauchte jede Arbeitskraft. Zeit ist Geld, pflegte sein Chef immer zu sagen. Kränzlein hatte versucht, seine Arbeiterin Kati Simmerlein auf ihrem Handy zu erreichen, doch das war ausgeschaltet.

Normalerweise war Kati eine zuverlässige Mitarbeiterin. Seit zwei Jahren bereits arbeitete sie bei dem Obstgroßhandel in Pretzfeld und war immer pünktlich zu der Schicht, für die sie eingeteilt war, erschienen. Nur heute nicht. Nun, sie würde mächtigen Ärger kriegen.

Kati war eine hübsche junge Frau, auf die er schon seit längerer Zeit ein Auge geworfen hatte. Aber sie wehrte seine Annäherungsversuche beharrlich ab.

Er rieb sich die rauen, kalten Hände. Dann setzte er sich in Bewegung. Es gab viel Arbeit zu erledigen.

Miroslava Nepomuc führte ihren Hund spazieren. Sie hatte es eilig. Gleich wurde sie bei ihrer ersten Putzstelle des Tages erwartet. Heute musste sie in dem großen Bauernhaus sämtliche Fenster putzen. Sie seufzte und dachte an ihren kaputten Rücken.

Miroslava war achtundfünfzig Jahre alt und eine stämmige, kräftige, breit gebaute Frau. Die dunklen, von grauen Strähnen durchzogenen Haare trug sie praktisch kurz geschnitten. Sie stammte aus Bosnien, lebte aber schon viele Jahre mit ihrem Mann Goran und ihren drei inzwischen erwachsenen Söhnen in der Fränkischen Schweiz. Sie waren als Kriegsflüchtlinge nach Deutschland gekommen und geblieben.

Sie war sehr fleißig und hatte mehrere Putzstellen, natürlich Schwarzarbeit, sowie einen Vierhundert-Euro-Job als Aushilfe im Sportlerheim. Irgendwie musste man laufende Einkünfte schließlich erklären.

Inzwischen hatte sie mit ihrer Familie ein stattliches Haus in Bosnien ausgebaut und vermietete jeden Sommer vier Ferienappartements an deutsche Urlauber. Das Geschäft lief großartig. Die Deutschen liebten das ruhige, beschauliche Leben in dem kleinen bosnischen Dorf und den dazugehörigen Familienanschluss. Sie tranken mit den Einheimischen starken Mokka aus winzigen Tassen und dazu selbst gemachten Slibowitz, der in der Kehle brannte.

Miroslava schritt energisch aus und pfiff nach ihrem Hund Ivo. Er war ein mittelgroßer, struppiger Mischlingshund und seinem Frauchen treu ergeben. Sie hatte ihn nach dem Tatortkommissar Ivo Batic benannt, der in München ermittelte und so wunderschöne, leuchtend blaue Augen hatte. Sie verpasste niemals eine Folge mit ihm.

Es war kalt um diese frühe Zeit am Wasser. Der schmale Schotterweg, den Miroslava jeden Morgen beschritt, führte direkt an der Wiesent entlang, die schwarzblau-dunkel an ihr vorbeirauschte. Es war noch dämmrig und dichter Nebel stieg vom Fluss in die alten, krummen Weiden. Man konnte nur ein paar Meter weit schauen. Miroslava überquerte das tosende Wasser auf einer schmalen Holzbrücke, unter der Enten in pfeilförmiger Formation einem bestimmten Ziel zuzustreben schienen.

Linkerhand befand sich das alte, wuchtige Wasserrad, dessen hölzerne Butten nachweislich seit 1561 das Wasser für die Wiesenbewässerung in eine offene Rinne schütteten. Es stand still im Nebel. Drehte es sich sonst nicht immer? Sie lief rasch vorbei, dann stutzte sie.

Aus den Augenwinkeln hatte sie etwas wahrgenommen, das sonst nicht da war. Sie trat vorsichtig näher. Es wirkte so, als sei ein Bündel auf das Wasserrad geraten, vielleicht herangetrieben durch die derzeit starke Strömung: Abfall, alte Kleider oder sonstiger Unrat.

Sie wollte ihren Weg schon fortsetzen, doch etwas in ihrem Inneren zwang sie dazu, dieses merkwürdige Bündel doch genauer in Augenschein zu nehmen. Noch drei zögerliche Schritte.

Miroslava schrak entsetzt zurück. Zwei leblose, hervorquellende Augen starrten sie beharrlich und irgendwie verzweifelt an.

Sie schrie schrill auf und schrie und schrie, dann konnte sie sich an nichts mehr erinnern.

Die beiden Kommissare aus Bamberg, Mandy Bergmann und Gerd Förster, stellten ihren Dienstwagen auf dem Parkplatz neben dem Fremdenverkehrsbüro in Ebermannstadt ab. Von dort aus waren es nur einige Schritte zur Wiesent und dem historischen Wasserrad.

Sie waren seit einiger Zeit ein Team und hatten im

Sommer gemeinsam zwei Mordfälle in einem kleinen Dorf in der Nähe aufgeklärt. Der Landwirt Georg Mirsberger und Helene von Falkenstein, eine kundige Heilkräutersammlerin, waren einem grausamen Verbrechen zum Opfer gefallen.

Mandy Bergmann war sechsunddreißig Jahre alt, hochgewachsen und durchtrainiert, sie stammte aus Leipzig. Sie trug ihr Haar sportlich kurz geschnitten, derzeit war es rabenschwarz gefärbt. Ihre Haarfarbe änderte sich ständig. Die vollen Lippen angespannt aufeinandergepresst, näherte sie sich dem strudelnden Wasser.

Gerd Förster folgte ihr. Er war sieben Jahre älter als seine Kollegin und ein gut aussehender Mann. Über ein Meter neunzig groß, schlank, dunkelblonde, wellige Haare, ein weiches, sympathisches Gesicht und meerwasserblaue Augen machten seine äußere Erscheinung aus.

Der Kommissar war von seinem Wesen her aufmerksam, sanft und charmant – ein richtiger Frauenschwarm. Allerdings war er Single, ebenso wie Mandy, aus verschiedenen Gründen.

Sie hatten beide warme Jacken übergezogen. Es war kalt an diesem Septembermorgen.

Die Spurensicherung war bereits vor ihnen eingetroffen und Beamte der Polizeidirektion Ebermannstadt hatten mit rotweißen Absperrbändern den vermeintlichen Tatort gesichert.

Kurz nach sieben Uhr war ein Notruf in der Zentrale in Bamberg eingegangen. Menschen, die in der Nähe des Wasserrades wohnten, hatten die Polizei alarmiert, weil eine Frau am Ufer der Wiesent laut und durchdringend geschrien hatte. Erst als sie in Ohnmacht fiel, waren ihre Schreie verstummt.

Die Besatzung eines Rettungswagens, der direkt bis zum Ufer des Flusses gefahren war, kümmerte sich um sie. Die Frau saß schlotternd, eingehüllt in eine warme Decke, auf der Sitzbank des Fahrzeugs, dessen Türen offen standen, und trank heißen Tee aus einem Becher, den sie mühevoll umklammerte.

Neben ihr saß ein Hund, der seine Umgebung aufmerksam beobachtete. Vor ihm auf der Erde lag ein nasses Stöckchen.

Mandy Bergmann und Gerd Förster traten an das Ufer, von dem das alte, denkmalgeschützte Wasserrad etwa eineinhalb Meter entfernt war. Umgeben von einer stabilen Holzkonstruktion, maß es etwa fünf Meter im Durchmesser und verfügte über mächtige Schaufeln und Schöpfgefäße, die an den beiden hölzernen Rädern in gleichmäßigen Abständen befestigt waren. Im unteren Fünftel strömte der Fluss gurgelnd um das beeindruckende Relikt aus vergangener Zeit.

Die Bewässerungsrinnen trafen sich in einer verbreiterten Vorrichtung, die früher das Wasser gesammelt und auf die Äcker geleitet hatte. Diese Hauptrinne war etwa fünf Meter lang, vierzig Zentimeter breit, die Wände an beiden Seiten zwanzig Zentimeter hoch. Sie führte vom Wasserrad in leichter Schräge nach unten zum Ufer. Ihr Boden war mit Algen und Schlamm bedeckt.

Mandy wurde bleich. Das Bündel, das Miroslava Nepomuc entdeckt hatte, war eindeutig eine Leiche.

Sie lag mit dem Rücken auf dem oberen Bogen des Rades auf den dicken Querstreben. Ihre Hände und Füße waren mit weißen Bändern an die äußeren beiden Räder gefesselt, wodurch sowohl Arme als auch Beine weit gespreizt waren. Sie trug ein weißes Gewand, das ihren Körper bis zu den nackten Unterschenkeln verhüllte. Sie hatte keine Schuhe an. Der rubinrote Nagellack auf den Fußnägeln wirkte in dieser unwirklichen Umgebung grotesk. Am rechten Fußgelenk schien etwas zu glitzern. Die Arme lagen gespannt, weiß und bloß, schräg über den Holzstreben. Der Kopf war auf die Seite gefallen, die langen, blonden Haare umgaben ihr Gesicht wie ein feuchter Fächer. Augen von undefinierbarer Farbe, die panisch aus ihren Höhlen getreten waren, starrten ins Nichts. Es handelte sich um eine weibliche Leiche, anscheinend eine junge Frau.

Ein älterer Rettungssanitäter trat auf die Kommissare zu: „Sie ist tot, wahrscheinlich schon seit einigen Stunden, wir konnten nichts mehr für sie tun. Ein hübsches Mädchen, wer ist denn derartig verrückt und tut so etwas?“

Mandy schüttelte schockiert den Kopf: „Keine Ahnung, aber wir werden es herausfinden, darauf können Sie sich verlassen.“

Sie nahm Anlauf und schwang sich geschickt auf eine Querstrebe des Wasserrades, die sich in Höhe des abschüssigen, rutschigen Ufers befand, und kletterte zielstrebig auf das tote Mädchen zu. Oben auf dem Rad balancierend, ließ sie sich vorsichtig neben der Leiche nieder. Voller Mitleid, dann mit wachsendem Zorn, betrachtete sie die junge Frau. Sie hatte feine, ebenmäßige Gesichtszüge und war höchstens Mitte zwanzig. Mandy konnte auf den ersten Blick weder Verletzungen noch Blut entdecken. Dann fiel ihr Blick auf den Hals der Toten. Eine dünne rote Linie zeichnete sich auf dem schlanken Hals ab und führte auf der bleichen Haut unter den Haarsträhnen weiter.

„Sie hat eine Verletzung am Hals, als sei sie gewürgt worden“, rief sie ihrem Kollegen aufgeregt zu, der immer noch am Uferrand stand. Es reichte, wenn einer von ihnen sich auf eine waghalsige Klettertour begab. Mandy ging sehr behutsam vor, um keine Spuren zu zerstören.

Gerd Förster hingegen versuchte, das schaurige Szenario auf sich wirken zu lassen. Bei einem Tatort war der erste Eindruck immens wichtig, bevor das Team von der Spurensicherung hier jeden Stein umdrehte. Was er wahrnahm, war wie eine bizarre Inszenierung, die sicherlich etwas zu bedeuten hatte. Eine Art Botschaft.

Ein Wagen näherte sich und stoppte neben dem Rettungswagen. Kieselsteine spritzten in die Luft. Ein elegant gekleideter Mann Mitte vierzig sprang aus dem Fahrzeug und lief auf Gerd Förster zu. Während er ihm die Hand schüttelte, rief er munter: „Guten Morgen, Gerd, du hast hoffentlich einen guten Grund, mich von meinen ofenfrischen Croissants wegzuholen."

Der Rechtsmediziner Karl-Heinz von Hohenfels, von den Kollegen aufgrund seiner Vorliebe für edle Kleidung liebevoll Carlo Colucci genannt, ebenso Gourmet und leidenschaftlicher Tennisspieler, lächelte ihn an. „Wo ist denn nun eure Leiche?"

Heute trug er einen braunen Anzug, ein mittelblaues Hemd und eine dazu passende, diagonal blau-kamelfarben gestreifte Seidenkrawatte. Die schicken braunen Lederschuhe standen auf der feuchten, lehmigen Erde. Er runzelte missbilligend die Stirn.

Gerd Förster zeigte mit dem Kopf Richtung Wasserrad. Jetzt erst nahm der Rechtsmediziner Mandy Förster war, die immer noch neben der Leiche hockte.

Schlagartig vergaß Karl-Heinz von Hohenfels seine verschmutzten Schuhe und näherte sich entschlossen dem Wasserrad.

Er wandte sich bestürzt an den Kommissar: „Das hätte ich nie für möglich gehalten, dass ich es hier in der beschaulichen ‚Fränkischen' mit einer derart spektakulär exponierten Leiche zu tun bekomme. Ich werde jetzt zu Mandy auf das Wasserrad steigen und die Leiche des armen Mädchens kurz untersuchen. Dann schaffen wir sie in das gerichtsmedizinische Institut."

Sie konnten die Leiche hier nicht länger liegen lassen und zur Schau stellen – es kamen immer mehr sensationsgierige Leute. Karl-Heinz von Hohenfels und Gerd Förster blickten besorgt auf die Menge der Neugierigen, die sich rasch vergrößerte. Die Polizisten forderten sie in moderatem Ton auf weiterzugehen, doch die Menschen wichen lediglich ein Stück zurück, um dann weiter fassungslos auf den Leichnam des jungen Mädchens zu starren.

„Einverstanden", murmelte der Kommissar.

Der Rechtsmediziner folgte Mandy geschickt auf das Wasserrad und untersuchte vorsichtig die junge Frau. Mandy machte ihn auf das rote Mal an ihrem Hals aufmerksam. Er nickte grimmig und betastete es behutsam mit seinen behandschuhten Händen.

„Sie könnte mit einer Art feiner Schlinge erdrosselt worden sein", informierte er die Kommissarin, „auf jeden Fall ist sie schon einige Stunden tot. Das hier ist sicherlich nicht der Tatort. Sie wurde an einem anderen Ort ermordet und dann hierher gebracht und auf dem Wasserrad platziert. Aber Näheres nach der gerichtsmedizinischen Untersuchung. Ich lasse sie abtransportieren, dann kann die Spurensicherung weiter ihre Arbeit tun."

Mandy nickte stumm. Die tote Frau wurde vorsichtig von ihren Fesseln befreit, vom Wasserrad abgenommen – kein leichtes Unterfangen! – und im schwarzen Leichensack nach Bamberg gebracht.

Gerd Förster und Mandy Bergmann begaben sich unter die neugierige Menschenmenge, fragten, ob einer von ihnen eine Beobachtung gemacht hatte, und verteilten ihre Visitenkarten. Keiner hatte etwas Verdächtiges bemerkt. Niemandem kam die Tote bekannt vor. Die Ansammlung löste sich langsam auf. Leise und bedrückt sprachen die Menschen miteinander. So ein grausames und spektakuläres Geschehen hatte sich in Ebermannstadt noch nie zugetragen. Alle machten sich schockiert auf den Heimweg.

Ein Kollege von der Spurensicherung winkte die beiden Kommissare zu sich heran. In der taunassen Wiese, die hier und da schlammige Stellen aufwies, waren deutlich Spuren von Reifen zu erkennen, die bis zur Uferböschung führten. „Es handelt sich um große, schwere Reifen wie zum Beispiel von einem Geländewagen", erklärte er seinen Kollegen, „wir werden Abdrücke nehmen."

Die Befragung der zitternden Miroslava Nepomuc brachte keinerlei Erkenntnisse. Sie hatte, als sie vor der Arbeit ihren Hund spazieren führte, die Leiche entdeckt. Sonst wusste sie nichts zur Sache zu sagen. Heulend und klagend beteuerte sie immer wieder ihre Unschuld und begriff nicht, dass sie überhaupt nicht unter Verdacht stand. Nachdem ihre Personalien aufgenommen waren, wurde sie in einem Streifenwagen von einem fürsorglichen Polizisten nach Hause gebracht.

Langsam, aber beharrlich drang jetzt die Morgensonne durch den schweren Nebel und die sich sanft im Wind wiegenden Weidenzweige. Die ersten Strahlen glitzerten im regen Wasser und nahmen dem Platz dadurch ein wenig von seinem Grauen.

Gerd Förster lud seine Kollegin zu einem Kaffee in eine Bäckerei ein, die ein paar Schritte vom Ufer der Wiesent gelegen war. Sie wollten sich aufwärmen und ein erstes Resümee ziehen.

Die Kommissare liefen vom Wasserschöpfrad am oberen Tor über die Brücke zum Marktplatz, dem Mittelpunkt der Stadt, mit seinen kunstvoll gestalteten, historischen Fachwerkhäusern. Zwei Brunnen zierten den Platz, auf dem mit dem Erhalt der Stadtrechte Viehmärkte abgehalten werden durften: der wasserspeiende Marienbrunnen aus Dolomitgestein und der Erlebnisbrunnen, an dem einst Ziegen getränkt wurden.

Sie hängten ihre dicken Jacken an die Garderobe und ließen sich in einer ruhigen Ecke des Cafés an einem schmalen Tisch nieder. Der Kommissar bestellte zwei große Tassen Milchkaffee. Mandy rieb sich die kalten Hände und versuchte, sie warm zu pusten.

„Reife Leistung auf dem Wasserrad", lobte der Kommissar seine Kollegin. „Was für ein außergewöhnlicher Tatort, schwer zugänglich und gleichzeitig sichtbar für jeden, der vorbeiläuft."

„Es schien, als wollten der oder die Täter die Tote präsentieren, aus irgendeinem Grund, der für uns noch im Verborgenen liegt", überlegte Mandy mit leiser Stimme. Sie rang immer noch um Fassung.

„Wir müssen am Anfang der Ermittlungen für alles offen sein, solange wir nichts Konkretes haben, und die rechtsmedizinische Untersuchung abwarten", entgegnete der Kommissar, „aber ich kann mir auch nicht vorstellen, dass das Opfer auf dem Wasserrad getötet wurde. Wenn es sich um nur einen Täter handelt, muss er über sehr viel Kraft verfügen, um eine Leiche auf ein Wasserrad zu schleppen. Das deutet eher auf einen männlichen Täter hin."

„Oder es waren mehrere Personen", erwiderte seine Kollegin. „Wir müssen die Vermisstenmeldungen überprüfen, Gerd. Keiner hier kennt die Tote. Gegebenenfalls müssen wir uns an die Öffentlichkeit wenden."

„Ja, das machen wir", antwortete der Kommissar, „und Sieglinde soll die Anwohner in der Nähe des Tatortes befragen, ob ihnen etwas aufgefallen ist."

Sieglinde Salome Silberhorn war eine junge Polizeioberwachtmeisterin der Polizeidirektion Forchheim, die die Bamberger Kommissare häufig und überaus engagiert bei ihren Ermittlungsarbeiten unterstützte. Bei den Mordfällen im Sommer hatte sie gute Arbeit geleistet.

Gerd Förster winkte den Kellner zum Bezahlen herbei. Der Mann kassierte ab, dann bemerkte er zögernd: „Sie sind von der Kripo Bamberg, nicht wahr? Mir ist etwas aufgefallen, das ich Ihnen gerne mitteilen wollte. Das Wasserrad dreht sich normalerweise, heute Morgen stand es still. Irgendjemand muss es justiert haben."

Die Kommissare blickten sich erstaunt an.

An der Stelle, wo sich der Menschenauflauf zerstreute, stand immer noch eine Gestalt. Sie schaffte es nicht, sich vom Anblick des Tatortes loszureißen, auch dann nicht, als der Leichnam bereits abtransportiert war. Faszination und Sensationsgier funkelten in ihren Augen. Sie hatte die Tote bedauerlicherweise nur von weitem betrachten können.

Marga Simmerlein wanderte unruhig durch das Zimmer ihrer Tochter. Sie war nicht nach Hause gekommen. Über ihr freies Wochenende war sie mit einer Freundin verreist, wie schon einige Male in letzter Zeit. Zum Wandern, wie ihr ihre Tochter erzählt hatte. Sie hatten geplant, ins Fichtelgebirge zu fahren, sich ein Zimmer in einer einfachen Pension zu mieten, ausgiebig zu wandern, Pilze zu suchen und sich bei schönem Wetter in den Fichtelsee zu stürzen.

Marga hatte ihr nicht geglaubt. Ihre Kati war noch nie gern gewandert und sie konnte einen Sandschieber nicht von einem Knollenblätterpilz unterscheiden. Die Tochter war eher eine Stubenhockerin, die ihre Freizeit ständig vor dem Computer im Internet verbrachte, seit der Vater ihr diesen Wunsch zum dreiundzwanzigsten Geburtstag erfüllt hatte. Das Ehepaar Simmerlein hatte wegen dieses Geschenkes Streit bekommen. Marga vertrat die Ansicht, ihre Tochter solle weiter lernen, wieder auf die Schule gehen, damit sie es zu etwas brachte und nicht ihr Leben lang diese Hilfsarbeitertätigkeiten bei dem Obstgroßhändler ausführen musste. Sie sollte ihr Zimmer ordentlich aufräumen, im Haushalt helfen und ab und zu am Wochenende mit Freundinnen ausgehen, um einen passenden Ehemann kennenzulernen. Marga sehnte sich nach Enkelkindern. Ihr Mann Alfons war hingegen der Meinung, dass jeder junge Mensch einen PC besitzen musste und dass man ihn auch für das Lernen bräuchte.

Aber sie hatte ihre Tochter ziehen lassen. Sie war schließlich volljährig und normalerweise absolut zuverlässig. Vielleicht traf sie sich heimlich mit einem Mann und es sollte eine Überraschung werden.

Doch nun war sie nicht zurückgekommen, obwohl heute Morgen um sechs Uhr ihre Schicht begonnen hätte. Sie hatte sich auch über ihr Handy nicht gemeldet, das sie überall mit hinnahm. Natürlich hatte Marga Simmerlein es immer und immer wieder versucht, doch Kati war nicht zu erreichen.

Die Mutter war inzwischen nicht mehr unruhig, sondern in höchstem Maße alarmiert. Irgendetwas stimmte nicht. Davon war sie fest überzeugt. Sie würde jetzt die Polizei anrufen und eine Vermisstenmeldung aufgeben. Ihr Ehemann war strikt dagegen: Vielleicht hatten die zwei Freundinnen beschlossen, ihren Kurzurlaub zu verlängern, vielleicht hatten sie mal einen draufgemacht, das habe er in seiner Jugend auch getan, vielleicht hatten sie eine Autopanne?

Das waren für Marga Simmerlein entschieden zu viele Vielleichts. Als Alfons das Haus verlassen hatte, um zur Arbeit zu gehen, rief sie augenblicklich die Polizei in Bamberg an, meldete ihre Tochter als vermisst und gab eine genaue Personenbeschreibung durch.

Diese Beschreibung landete direkt auf dem Schreibtisch von Gerd Förster, der seine Kollegen gebeten hatte, ihm alle Vermisstenfälle der letzten Wochen zu übergeben.

Nachdem er die präzise Beschreibung der jungen

Frau studiert hatte und wenige Minuten später ein Bild der Vermissten per Fax eintraf, war er sich so gut wie sicher, um wen es sich bei der Leiche handelte.

Traurig blickte er auf die Schwarzweißfotografie einer lebensfrohen, schönen jungen Frau, die begeistert die Kerzen ihrer Geburtstagstorte ausblies. Er zählte dreiundzwanzig Stück.

Gerd Förster hatte die Eltern der Vermissten nach Bamberg in das gerichtsmedizinische Institut gebeten, um die junge Frau zu identifizieren. Das war nicht leicht gewesen. Marga Simmerlein hatte sich zunächst vehement geweigert. Ihre Tochter Kati befände sich in einem Kurzurlaub. Es ginge ihr ganz gewiss gut. Es könne sich unmöglich um ihre Tochter handeln, weil die sich im Fichtelgebirge aufhielt. Eine gewisse Ähnlichkeit womöglich, reiner Zufall. Viele Mädchen hätten blonde, lange Haare. Die von Kati waren gefärbt, folglich konnte sie es gar nicht sein.

Der Kommissar kam bei diesem Telefonat nicht weiter. Die Widerstände der Mutter, die inzwischen außer sich vor Angst war, schienen unüberwindlich. Mandy Bergmann übernahm das Gespräch. Nach einer Weile sanfter, aber beharrlicher Argumentation erklärte sich Marga Simmerlein bereit, sich gemeinsam mit ihrem Mann Alfons die Leiche anzuschauen. Wenn sie sich mit eigenen Augen davon überzeugt hatten, dass es sich bei der toten jungen Frau nicht um ihre Tochter handelte, würde es ihnen besser gehen. Die Ungewissheit war unerträglich.

Sieglinde Silberhorn bekam den Auftrag, Marga Simmerlein von zu Hause und ihren Ehemann von der Arbeit abzuholen. Sie waren auf keinen Fall in der Lage, selbst Auto zu fahren. Die Polizistin erledigte den heiklen

Auftrag umsichtig, fürchtete sich aber vor den bevorstehenden Ereignissen. Sie hatte sowohl die Fotos von der Toten als auch den Schnappschuss von Kati Simmerlein gesehen.

Der Rechtsmediziner Karl-Heinz von Hohenfels war noch nicht dazu gekommen, die Leiche des Opfers zu untersuchen. Eine Messerstecherei im Bamberger Drogenmilieu mit Todesfolge in zwei Fällen hatte ihn bisher beschäftigt.

Er trug seinem Angestellten, einem wissbegierigen, talentierten jungen Mann, der aus Sri Lanka stammte, jedoch auf, die Leiche aufzubahren und so schön und ästhetisch wie möglich herzurichten. Wenn die starren Augen nicht gewesen wären, hätte man meinen können, die junge Frau schliefe.

Von Hohenfels versuchte, sich innerlich gegen das unvermeidliche Geschehen zu wappnen, das ihm nun bevorstand. Es schmerzte ihn jedes Mal mit einer Vehemenz, gegen die er sich nicht wehren konnte, wenn Angehörige eines Mordopfers mit der gnadenlosen, brutalen Realität konfrontiert wurden.

Sieglinde führte das Ehepaar Simmerlein in den kahlen Raum, in dem ihre über alles geliebte Tochter auf einer einfachen Pritsche lag, von der sie nie wieder aufstehen würde.

Marga Simmerlein warf einen Blick auf das tote Mädchen, dann brach sie lautlos zusammen. Alfons Simmerlein versuchte unbewusst, sie am Fallen zu hindern. Doch er war wie erstarrt, Tränen strömten über sein vom Schmerz verzerrtes Gesicht. Dann plötzlich brüllte er auf wie ein wildes, nicht zähmbares Tier: „Kati, meine Katharina! Diese Bestie bringe ich um, das schwöre ich."

Klarissa König fuhr gut gelaunt mit ihrem alten Jeep

von der Arbeit nach Hause. Sie arbeitete in einer sozialen Beratungsstelle in Bamberg und freute sich nun auf ihren Feierabend. Es war ein milder, sonniger Herbsttag. Vielleicht würde sie noch eine Runde mit ihrem Mountainbike drehen, das war ein schöner Ausgleich für ihren Bürojob. In der Fränkischen Schweiz führten unzählige Fahrradwege durch die wunderschöne Landschaft.

Klarissa König war neunundreißig Jahre alt, mittelgroß und schlank. Unregelmäßig nahm sie auch an der Gymnastikstunde am Montagabend teil, die im Sportlerheim der kleinen Ortschaft stattfand, in die sie mit ihrem Mann Gregor vor einigen Jahren gezogen war. Sie hatten sich hier ein älteres Bauernhaus gekauft und dieses ideenreich und mit viel Eigenleistung renoviert.

Mit ihren grauen Augen, dem dunkelblonden, modisch geschnittenen halb langen Haar und den vollen Lippen war sie eine attraktive Frau.

Sie verließ den Frankenschnellweg über die Ausfahrt Forchheim-Süd und fuhr über Gosberg in Richtung des Dorfes, in dem sie wohnte. Ihr Blick fiel auf das Walberla, den trapezförmigen, stolzen Hausberg der Oberfranken mit seiner Walburgiskapelle. Die Abendsonne schien sanft auf seine Erhebungen und die Felsformationen. Jedes Mal freute sie sich über diesen malerischen Anblick.

Klarissa wollte noch rasch auf dem Heimweg bei der Brennerei Simmerlein halten und einen erlesenen Walnussschnaps für einen lieben Kollegen, der morgen seinen Geburtstag feierte, besorgen.

In der Fränkischen Schweiz stellten viele Bauern und Hobbybrenner ausgezeichnete Edelbrände und Liköre her, die sie direkt vertrieben. Sorgfältig ausgewählte, reife Früchte wie Birnen, Mirabellen, Kirschen oder Schlehen verliehen den Schnäpsen ihren einzigartigen Geschmack. Diese Tradition fand beim jährlichen Tag der Brennereien, bei dem interessierte Touristen in großer Anzahl in überdachten Pferdekutschen von einer Probierstation zur nächsten transportiert wurden, ihren Höhepunkt.

Klarissa sprang aus ihrem Wagen und klingelte an der Tür des alten, imposanten Fachwerkhauses. Doch nicht wie sonst öffnete Marga oder Alfons Simmerlein ihrer Kundschaft. Eine geraume Weile geschah gar nichts, dann öffnete sich langsam die schwere Tür einen Spaltbreit und eine gebückte, alte Frau spähte heraus. Sie trug strenge schwarze Kleidung und schien geweint zu haben. Klarissa erkannte die Mutter von Alfons Simmerlein. Bevor sie etwas sagen konnte, flüsterte die Frau verzweifelt: „Unsere Kati ist tot, sie ist ermordet worden.“ Geschüttelt von heftigen Schluchzern, schloss sie die Tür.

Sieglinde Salome Silberhorn ließ sich erschöpft auf einen Stuhl fallen. Sie hatte sich, nachdem die Eltern der Toten die Leiche ihrer Tochter identifiziert hatten, ohne Mittagspause auf den Weg nach Ebermannstadt gemacht, um zusammen mit den dortigen Kollegen die Anwohner in der näheren Umgebung des Tatortes zu befragen. Sogenanntes Klinkenputzen.

Beidseitig der Wiesent standen zwei Mehrfamilienhäuser mit jeweils vier Wohnungen und sieben Einfamilienhäuser. Sieglinde hatte an jeder Tür geklingelt, die Bewohner befragt und sich gewissenhaft Notizen gemacht. Drei Anrainer waren nicht zu Hause gewesen. Die musste sie sich noch vornehmen.

Aber erst brauchte sie eine Pause. In der Nähe hatte sie eine Pizzeria entdeckt. Das war genau das richtige Lokal für eine ausgehungerte, gestresste Polizistin.

Sie hatte einen kleinen Tisch am Fenster ausgewählt. Von dort aus konnte man auf das moosgrüne Wasser schauen. Der idyllische Ausblick interessierte Sieglinde jedoch überhaupt nicht. Ihre gesamte Aufmerksamkeit galt der umfangreichen Speisekarte, die sie nun studierte.

Es waren nicht viele Gäste in dem gemütlichen Lokal, sodass angenehme Ruhe herrschte. Das war ihr nur recht. Nach den zahlreichen, anstrengenden Gesprächen dieses Nachmittages brummte ihr der Kopf. Ein kalorienarmer, gesunder Salat und ein Mineralwasser wären die richtige Entscheidung gewesen. Sieglinde plante schon seit längerer Zeit, wieder einmal eine strenge Diät zu beginnen, begleitet von einem knallharten Sportprogramm.

Sie war ein Meter sechsundfünfzig groß und übergewichtig. Sie verabscheute ihre runden, rosigen Wangen und ihr störrisches, mausgraues Haar. Sie sehnte sich danach, schlank und durchtrainiert zu sein, so wie Mandy. Dann würde sie auch einen Freund finden, da war sie sich ganz sicher. Der muskulöse Fußballspieler aus Ortspitz, den sie bei jedem Heimspiel begeistert anfeuerte, wenn sie keinen Dienst schieben musste, hatte ihr nach dem Derby gestern Nachmittag gegen Weilersbach aufmunternd zugelächelt und schelmisch mit dem linken Auge gezwinkert. Mit dieser Mimik ähnelte er Robbie Williams noch mehr als sonst, fand Sieglinde und konnte nicht verbergen, wie hingerissen sie war.

Immerhin ein Anfang, redete sie sich ein. Oder hatte er etwa doch die dürre Blondine gemeint, die schräg vor ihr lasziv am Spielfeldrand an der Brüstung lehnte, die mit der mageren Hühnerbrust? Mit ihrem üppigen Busen immerhin war Sieglinde sehr zufrieden.

Gestern Abend, bequem auf ihrem kuscheligen Sofa liegend, hatte sie sich zum Anschauen ihrer Lieblingssoaps anstatt der obligatorischen Kartoffelchips einen Teller mit gesunden, kalorienarmen Gemüsesticks hergerichtet und lustlos darauf herumgekaut. Völlig genervt von dem Kaninchenfutter, verspeiste sie dann eine ganze

Tafel Haselnussschokolade. Danach folgte ein mittelgroßes Glas mit sauren Gurken. So konnte das nicht weitergehen. Ab morgen würde sie ihren Verschönerungsplan konsequent in die Tat umsetzen. Aber jetzt brauchte sie dringend eine Stärkung. Schließlich erwartete der Kommissar Gerd Förster morgen früh einen ausführlichen Bericht über ihre Befragungen, den sie noch verfassen musste.

Sieglinde bestellte ohne schlechtes Gewissen und voller Vorfreude eine große Pizza mit Salami und extra viel Peperoni, einen italienischen Salat und zum Nachtisch Tiramisu. Gestärkt von dem vorzüglichen Mahl und nachdem sie einen Cappuccino mit viel Zucker genossen hatte, machte sich Sieglinde erneut auf den Weg. Drei Haushalte hatte sie noch zu befragen.

Ein wenig müde lief sie erneut den Weg am Fluss entlang und passierte eine Baustelle. Sieglinde vernahm fröhliches Gelächter und spähte angestrengt in die Dämmerung. Sie konnte vier Männer in Arbeitskleidung erkennen, die auf umgekippten Eimern um eine Feuerstelle saßen und Bier aus der Flasche tranken. Dann vernahm sie einen gellenden Pfiff und kurz darauf die muntere Aufforderung, sich dem Kreis anzuschließen. Sieglinde straffte entschlossen die Schultern und näherte sich zielstrebig der Feuerstelle. Sie war empört über diese plumpe Anmache und wollte den vier ungehobelten Handwerksburschen ordentlich die Meinung sagen. Schließlich war sie in offizieller, wichtiger Mission unterwegs.

Als sie den Lichtschein des Feuers betrat, hielt ihr einer der Arbeiter eine bereits geöffnete Flasche Bier entgegen. Als er Sieglindes Polizeiuniform bemerkte, sank er mit geöffnetem Mund auf seinen Plastikeimer zurück. Sein Nachbar versuchte, die heikle Situation zu retten. „Schönen guten Abend, Frau Polizistin, wir haben nur Spaß gemacht, nichts für ungut."

„Frauen, die alleine in der Dämmerung unterwegs sind, zu belästigen, ist kein Spaß, das ist eine Straftat", klärte Sieglinde die Bauarbeiter streng auf, „ich könnte Sie sofort verhaften lassen."

Einer der Kerle sprang auf. Sieglinde wappnete sich und wich keinen Zentimeter zurück. Sie kramte verzweifelt in ihrem Kopf nach verschütteten Karatekenntnissen, die noch von der Polizeischule stammten.

„Wir haben eine Meldung zu machen, die vielleicht wichtig ist, ehrlich, deshalb haben wir uns nämlich bemerkbar gemacht", versicherte der Mann eifrig.

„Was für eine Meldung?", wollte Sieglinde barsch wissen.

„Wir haben eine Entdeckung gemacht", fuhr der Mann fort. „Womöglich hat sie etwas mit der Toten auf dem Wasserrad zu tun. Heute Morgen fehlten zwei lange Holzbohlen auf unserer Baustelle. Wir haben uns zuerst nichts weiter dabei gedacht. Auf Baustellen wird heutzutage so manches gestohlen. Doch heute Nachmittag haben wir die vermissten Bretter ein Stück flussabwärts im Gebüsch gefunden."

Sieglinde ließ sich den Fundort genau beschreiben. Sie hatte plötzlich das Gefühl, der Bericht der Bauarbeiter könnte wichtig sein. Sie griff zu ihrem Handy und informierte Gerd Förster und die Spurensicherung.

„Die Kollegen werden bald da sein und sich um Ihren Fund kümmern, rühren Sie bitte nichts an." Dann nahm sie noch die Personalien der Arbeiter auf, verabschiedete sich nun etwas freundlicher und machte sich auf den Weg zu der nächsten Wohnung.

Nach zwei Befragungen ohne jedes brauchbare Ergebnis drückte sie mutlos die letzte Klingel. Sie gehörte zu einem kleinen, geduckten, alleinstehenden Haus, das von einem weitläufigen Garten umgeben und eingezäunt war. Sofort erklang wütendes Gebell, dann summte der

Türöffner. Sieglinde schob vorsichtig die grüne Gartentür auf. Ein wild gewordener, bissiger Köter hatte ihr heute Abend gerade noch gefehlt. Sie seufzte und blieb abwartend stehen.

„Treten Sie ruhig näher, meine Liebe", ertönte eine zarte Stimme von der Haustür her, die nun weit offen stand und aus der ein einladender Lichtstrahl drang. „Mein Hund Claudius ist gut erzogen, er tut Ihnen nichts." Das hatten schon viele Hundebesitzer behauptet.

Sieglinde ging den gepflasterten Gartenweg entlang, der sich durch großzügig angelegte Blumenbeete mit bunt blühenden Spitzdahlien und farbenfrohen Gladiolen auf der linken Seite und Gemüsebeeten rechterhand schlängelte. Dahinter, an einer Holzschuppenwand, befanden sich grob gezimmerte Hasenställe, deren Vorderseite von einem feinen Maschendraht verschlossen war.

Vor ihr im Türrahmen stand eine alte Dame, die Sieglinde herzlich und vertrauensselig entgegenlächelte. Sie war klein und dünn, ihren Kopf zierte eine frische Dauerwelle, deren winzige Löckchen graulila schimmerten, und sie trug ein elegantes altrosafarbenes Twinset. Die Frau stützte sich auf einen Stock mit goldenen Löwenköpfen und einem Griff aus Elfenbein. Neben ihr saß Claudius, der Sieglinde feindselig und wie von Tollwut gezeichnet fixierte. Ein Dobermann, du liebe Zeit. Sie sehnte sich nach ihrem Sofa und Kartoffelchips mit Zwiebel-Essig-Geschmack.

„Kommen Sie herein, meine Liebe, ich habe Sie schon erwartet. Den Tee und das Gebäck habe ich am Kamin serviert, dort können Sie sich aufwärmen in dieser kalten Herbstnacht und ich erzähle Ihnen alles."

Die nette alte Dame – sie hatte sich als Lina Schobert vorgestellt – führte Sieglinde in ein behagliches Wohnzimmer. Frau Schobert deutete auf ein Biedermeiersofa: „Nehmen Sie doch bitte Platz, ich schenke Ihnen heißen

Tee ein, und greifen Sie zu, das Gebäck habe ich selbst gemacht, ein altes fränkisches Rezept, Knieküchla. In Ebermannstadt ist Kirchweih, da ist es Brauch, diese Spezialität zu backen."

Sieglinde setzte sich und ließ dabei Claudius nicht aus den Augen. Sie versuchte, den Redeschwall ihrer Gastgeberin zu unterbrechen, und fragte bemüht interessiert, bereits ein puderzuckerbestreutes Küchla in der Hand: „Was möchten Sie mir denn alles erzählen?"

Frau Schobert sah die Polizistin erstaunt an: „Meine Beobachtungen zu dem Mordfall natürlich, so sagt man doch, nicht wahr? Ich habe den Mörder gesehen!"

Sieglinde schnappte hörbar nach Luft und ließ das angebissene Gebäckstück auf den goldberandeten Porzellanteller sinken. „Sie haben tatsächlich den Mörder gesehen?"

Die alte Dame nickte energisch, sodass ihre Löckchen wippten: „Natürlich habe ich ihn gesehen, meinen Sie, ich würde sonst Ihre kostbare Zeit in Anspruch nehmen? Die Polizei ist doch sehr beschäftigt. Ich habe ihn nicht nur genau gesehen, ich weiß auch, wer er ist."

Ein geheimnisvolles Lächeln legte sich über ihr zartes Gesicht.

Sieglinde traten Schweißperlen auf die Stirn, was nicht nur an dem überheizten Raum lag. Sie, die Polizistin Sieglinde Salome Silberhorn, würde am ersten Tag nach dem Mord dem Fall zu einem sensationellen Durchbruch verhelfen, sie würde den heimtückischen Täter entlarven. Diese vom raschen Erfolg gekrönte, kompetente Ermittlung würde ihre Beförderung zur Polizeihauptmeisterin mit Amtszulage sicherlich beschleunigen.

Ein überbordend stolzes Gefühl jagte durch ihre Adern und sie konnte ihre Neugierde nicht mehr im Zaum halten: „Wer ist es?" Auch Claudius spitzte die Ohren.

„Es ist der Nachtgieger", triumphierte die alte Dame und stieß mit ihrem eleganten Gehstock heftig auf den Wohnzimmerfußboden. Ihr Hund fuhr erschrocken hoch und brach in höllisches Gebell aus.

Die Polizistin Sieglinde sank ernüchtert zurück in die weiche Sofalehne.

„Bekomme ich jetzt den Finderlohn oder wie das heißt?"

Die Damengymnastikgruppe der kleinen Ortschaft, in der Klarissa mit ihrem Mann Gregor lebte, traf sich jeden Montagabend im Sportlerheim, um zu trainieren. Die sportliche Betätigung war jedoch zweitrangig. Viel wichtiger war das gesellige Zusammensein danach in der Gaststätte. Die Damen hatten sich immer viel zu erzählen.

Luise Walz, Ehefrau des örtlichen Obstgroßhändlers, traf als Erste ein und begann, die dicken, weichen Matten auf dem Fußboden auszubreiten.

Kurz darauf betrat Gunda Mirsberger den Kellerraum, begrüßte Luise herzlich und fasste ebenfalls mit an. Gundas Ehemann, der Landwirt Georg Mirsberger, war vor drei Monaten einem brutalen Verbrechen zum Opfer gefallen. Seitdem hatte sie an Gewicht verloren und sah blass aus. Sie nahm jedoch regelmäßig an der Gymnastikstunde teil, um sich ein wenig abzulenken.

Dann rauschte Mathilde, die Trainerin, herein. „Hallo Mädels, ich bin spät dran. Wo sind die anderen Damen?"

„Die werden schon noch kommen", antwortete Luise und begann fachkundig mit den Dehnübungen. „Schließlich haben wir heute ein wichtiges Thema zu besprechen."

Regina Engeltal, die hiesige Pfarrerin, schob sich schwerfällig durch die Tür, begleitet von Paulina

Regenfuß, die liebevoll den Arm um Regina gelegt hatte. Trotz des Altersunterschiedes verstanden sich die beiden prächtig. Regina stand kurz vor der Niederkunft. Sie erwartete ihr viertes Kind und sehnte die Geburt herbei. Sie trug in letzter Zeit ihr Handy stets griffbereit bei sich, damit sie ihren Mann Theo, mit dem sie sich die Pfarrstelle teilte, sofort anrufen konnte, sobald die Wehen einsetzten. Theo meinte zwar, sie solle doch lieber zu Hause bleiben, sonst würde sie ihr Baby noch unterwegs bekommen, doch Regina bestand auf ihrem freien Abend. Theo musste die Kinder hüten. Heute Abend hatte er beschlossen, mit seinen aufgeweckten Nachkommen Pfannkuchen mit Heidelbeeren zu backen. Regina kannte ihren Mann und ihre Kinder und war froh, dass sie dieser Aktion fernbleiben konnte. Sie hatte bereits beschlossen, bei ihrer Heimkehr einen großen Bogen um die Küche zu machen.

Paulina Regenfuß war die Jüngste in der Sportlerinnenrunde. Sie arbeitete als Bedienung im „Goldenen Hirsch", der Dorfwirtschaft. Ihr Freund Manni, ein einheimischer Fußballstar, bewachte sie eifersüchtig. Bisher hatte ihr dieses Verhalten geschmeichelt, doch inzwischen war sie ziemlich genervt davon. Manni gab dem negativen Einfluss von Regina Engeltal die Schuld, die feministische Ansichten vertrat und mit Paulina öfter deren Beziehung diskutierte.

„Wie seht ihr beiden denn aus?", grinste Luise Walz. „Seid ihr in einen Farbtopf gefallen?"

Regina und Paulina stellten sich in Pose und drehten sich, Grimassen schneidend, einmal um die eigene Achse. Regina brauchte dafür etwas länger und keuchte. Die Gymnastikdamen klatschten Beifall. Paulina, die leidenschaftlich gerne mit ihren Haaren experimentierte, hatte Reginas und ihr eigenes Haar weizenblond gefärbt. Sie fand, dass ihre Freundin im Krankenhaus unbedingt eine neue Frisur mit Pep benötigte. Das Baby würde begeistert sein von seiner supercoolen Mama. Reginas Haar hatte sie zudem streichholzkurz geschnitten und mit viel Gel geformt. Theo hatte die Frage, ob eine derartige Frisur mit ihrer Rolle als Pfarrerin zu vereinbaren sei, klugerweise nicht gestellt.

Nun stießen Manuela Henneberger und Anneliese Schüpferling zu der fröhlichen Runde und bewunderten die neuen Frisuren ihrer Freundinnen. Manuela war eine üppige Blondine und die Besitzerin der Konditorei im Ort. Sie war eine sehr erfolgreiche, durchsetzungsgewohnte Geschäftsfrau, worauf sie auch regelmäßig hinwies. Anneliese Schüpferling war eine ebenso tüchtige Hausfrau und freute sich immer besonders auf den unterhaltsamen Montagabend.

Mathilde klatschte energisch in die Hände: „Wir fangen jetzt an, Mädels, macht sorgfältig eure Dehnübungen, dann trainieren wir mit den Medizinbällen."

Die sechs Damen, alle mit schicken Sportanzügen und dazu passenden Stirnbändern bekleidet, kamen der Aufforderung mehr oder weniger motiviert nach. Je früher sie anfingen, desto schneller konnten sie sich um den Sportlerinnenstammtisch versammeln.

„Nicht schummeln, Mutter Teresa, sauber dehnen", rief Mathilde munter. Die angesprochene Anneliese Schüpferling runzelte peinlich berührt die Stirn. Diesen Spitznamen, hinter dem sich eine unrühmliche Geschichte verbarg, verabscheute sie von ganzem Herzen.

Seit ihrem Engagement im Umweltbereich wurde sie im Dorf „Mutter Teresa von den Kröten" genannt. Sie hoffte, dass das ganze Desaster bald in Vergessenheit geraten würde.

Dieses Jahr um Ostern herum war Anneliese Schüpferling völlig unzufrieden mit ihrem Hausfrauendasein gewesen. In einer Frauenzeitschrift hatte sie einen Psychotest gemacht und bei der Auswertung fiel sie in die Kategorie derjenigen Frauen, deren Work-Life-Balance nicht ausgeglichen war. Andere hatten einen Beruf, eine Aufgabe, wichtige Dinge zu erledigen. Sie hatte nur ihren Haushalt und zwei Putzstellen und empfand tiefste Frustration.

Hinter dem breiten Rücken ihres Gatten Konrad begann sie, Erkundigungen einzuziehen, welche beruflichen Wege ihr offen standen und für welche neuen Herausforderungen sie sich begeistern und engagieren könnte. Nach intensiven Überlegungen, unterstützt von den Damen der Gymnastikgruppe, kamen zwei faszinierende Tätigkeitsbereiche in die nähere Auswahl: Wechseljahresberaterin oder Feng-Shui-Gestalterin. Anneliese Schüpferling musste nun nur noch ihren Mann Konrad in ihre Pläne einweihen und dafür gewinnen. Das war keine leichte Aufgabe.

Eines Abends kochte sie seine Lieblingsspeise, Tafelspitz mit scharfer Krensauce und Salzkartoffeln, schenkte ihm ein kühles Bier ein, nahm sich ein Herz und berichtete aufgeregt von ihren beruflichen Ambitionen.

Die Reaktion ihres Göttergatten war komplett vernichtend. Er beschimpfte seine Frau als zentrifugische Spinatwachtel und stürmte brodelnd vor Zorn aus dem Haus Richtung „Goldener Hirsch".

Doch so leicht gab Anneliese nicht auf. Sie würde schon noch eine wichtige, interessante Aufgabe finden. Eines Morgens, als sie bei einer Tasse Milchkaffee das örtliche Gemeindeblatt studierte, stach ihr eine fett gedruckte Annonce ins Auge. Sie befand sich direkt neben dem Tageshoroskop, das Anneliese eindringlich empfahl, sich vor Männern mit schwierigen Mutterbeziehungen zu hüten.

Die engagierte Umweltschutzgruppe von Langensendelbach suchte wackere Mitstreiter zu Rettung der

Kröten. Die jährliche Krötenwanderung hatte begonnen und die Gruppe benötigte dringend Verstärkung, um die bedrohten Geschöpfe frühmorgens in tierfreundlichen Eimern über die stark befahrene Straße zwischen Langensendelbach und Bräuningshof zu transportieren. Voraussetzungen für diese ehrenamtliche Tätigkeit waren umweltschutzpolitisches Engagement, körperliche Fitness und die Bereitschaft, sehr früh aufzustehen.

Begeistert vereinbarte Anneliese Schüpferling auf der Stelle einen Vorstellungstermin und bekam einige Tage später eine Zusage. Ihr Gatte Konrad, der die Aktivitäten zur Rettung der Kröten als Folkloreveranstaltung bezeichnete, stimmte zu, um endlich Ruhe zu haben. Als Nächstes würde sie noch die vom Aussterben bedrohte Schnirkelschnecke retten wollen, verflixt noch mal. Hauptsache, seine Frau würde rechtzeitig wieder zu Hause sein, um ihm sein Frühstück zuzubereiten.

Die folgenden Tage stand Anneliese morgens um vier Uhr auf und machte sich auf den Weg, um bei Wind und Wetter Widerstand leistende Kröten über die Straße zu schleppen. Ein ökologisch engagierter Mitstreiter, mit dem sie zum Dienst eingeteilt war, beeindruckte sie ganz besonders. Es waren weniger seine faszinierenden Berichte über das Leben der Gelbbauchunke im Lillingtal und der selten vorkommenden Geburtshelferkröte auf Mallorca als seine charmante Fürsorglichkeit. Jetzt wurde sie endlich einmal verwöhnt. Jeden Morgen brachte Hans-Dieter heißen, süßen Yogitee in einer Thermoskanne mit zum Treffpunkt und teilte ihn brüderlich mit Anneliese.

Eines Morgens entschied sie sich gegen ihre wasserdichten Stiefel mit grober Sohle und wählte geschmackvolle, weiblich wirkende Gummistiefel mit Blümchenmuster. Sie wollte auch als Umweltaktivistin chic aussehen, vielleicht auch wegen Hans-Dieter.

Diese Entscheidung erwies sich im Nachhinein als fatal. Als Anneliese an einem schlammigen Hang bei Nieselregen Kröten einsammelte und behutsam in ihren grünen Eimer setzte, rutschte sie mit ihren glatten Gummistiefelsohlen aus, stürzte und rollte immer schneller eine nasse, steile Böschung hinunter. Ein Karpfenweiher rückte bedrohlich näher. Anneliese schrie auf, dann landete sie unsanft zwischen den Schilfgräsern und Schlotfegerpflanzen im flachen, kalten Teichwasser.

Ihre Hand umklammerte immer noch den Henkel des Eimers, der umgekippt auf ihrem Bauch lag. Die Kröten erkannten die Chance zur Flucht, verließen hastig schlitternd den grünen Eimer und krochen über Annelieses Bauch in Richtung Wasser. Die fröstelnde Umweltaktivistin betrachtete die schlammgrünen, warzenbesetzten Tiere und ihr wurde in diesem Augenblick bewusst, dass sie diese trägen, hässlichen, mattäugigen, aus der Urzeit stammenden Geschöpfe verabscheute und deren Wohlergehen ihr völlig gleichgültig war.

Der herbeigeeilte Hans-Dieter rettete Anneliese aus ihrer misslichen Lage. Am folgenden Tag legte sie ihr umweltschutzpolitisches Mandat ohne Bedauern und Erklärungen nieder und machte sich daran, den Dachboden zu entrümpeln. Der Spitzname „Mutter Teresa" aber blieb an ihr haften.

Nach der Gymnastikstunde versammelten sich die Damen zum Sportlerinnenstammtisch. Wie immer bestellte Mathilde zuerst eine Flasche Erdbeersekt, dann tranken sie feierlich auf ihren Plan. Fit durch das regelmäßige Training wollten sie in einiger Zeit am Bauchtanzkurs für Anfänger an der Volkshochschule Forchheim teilnehmen und zukünftig bei besonderen Anlässen im Dorf als glamouröse Bauchtanzgruppe Erfolge feiern.

Heute jedoch gab es ein aktuelles Thema zu besprechen. Die Dorfkirchweih rückte näher und die sportlichen Frauen hatten beschlossen, dieses Jahr am traditionellen „Betzenaustanzen“ teilzunehmen. Bisher hatten sie sich nicht einigen können, ob alle Damen gleichfarbige Dirndl oder Kleider in unterschiedlichen Farben tragen sollten.

Sie waren gerade in die Speisekarte vertieft, als Klarissa aufgeregt in den Gastraum stürzte. „Kati Simmerlein ist tot, sie ist ermordet worden!“

Am Montagabend besuchte Hauptkommissar Gerd Förster seine Eltern in ihrem kleinen, gepflegten Haus in der Ortschaft Schlaifhausen, unterhalb des Walberlas. Das typisch fränkische Dorf schmiegte sich an die Südflanke des Berges. Von einem Parkplatz aus führten Wanderwege über Stock und Stein an faszinierenden Felsgebilden vorbei auf den Bergsattel.

Als Kind war er wohlbehütet in der dörflichen Gemeinschaft aufgewachsen und hatte in Forchheim das Gymnasium besucht, als Erster in der Familie.

Gerd Förster stammte aus einfachen Verhältnissen. Sein Vater hatte als Feinmechaniker bei einer großen Firma gearbeitet, bevor er in Rente ging. Seine Mutter, eine gelernte Schneiderin, war stundenweise arbeiten gegangen, um das magere Familienbudget aufzubessern.

Seine Eltern standen beide vor der Vollendung ihres achtzigsten Lebensjahres. Gerd Förster war ein verspäteter, ungeplanter Nachwuchs, das Nesthäkchen der Familie. Seine ältere Schwester Ulrike hatte sich ob dieses unverhofften Geschenkes begeistert gezeigt und mit seiner Mutter um die Kinderbetreuung gewetteifert. Aus dieser Zeit stammte wohl noch ihr irritierendes Verhalten, ihn zu bemuttern.

Gerd Förster versuchte, mindestens einmal in der Woche seinen Eltern einen Besuch abzustatten, weil er wusste, dass er ihnen damit eine große Freude bereitete. Abends waren sie immer zu Hause. Beide waren noch rüstig und hielten ihr Haus und den Garten, hinter dem sich unzählige Kirschbäume das Walberla hinaufzogen, tipptopp in Ordnung. Manche Arbeiten gingen ihnen jedoch nicht mehr so leicht von der Hand und Ulrike, die mit ihrer Familie im Nachbardorf Wiesenthau unterhalb des imposanten Schlosses lebte, schaute jeden Tag bei ihren Eltern vorbei, half bei Bedarf und erledigte die Großeinkäufe. Gerd Förster übernahm handwerkliche Arbeiten, wann immer es ihm möglich war. Im Sommer etwa hatte er den Ziegenstall neu verputzt und gestrichen.

Als er eintraf, drückte ihm seine Mutter einen dicken Kuss auf die Wange. Sie war überaus stolz auf ihren erfolgreichen, tüchtigen Sohn. „Komm herein, mein Junge, so eine Freude. Dein Vater und ich sitzen in der Küche und schauen Fotoalben von unseren Urlaubsreisen an."

Er begrüßte seinen Vater herzlich, setzte sich an den Küchentisch und spähte in das Album. Ludwig und Annemarie Förster hatten es durch fleißiges Sparen jedes Jahr geschafft, mit ihren beiden Kindern in den Sommerferien ans Meer zu fahren. Ihr bevorzugtes Ziel war Bibione an der italienischen Adria.

Seine Mutter zeigte auf eine sandige Parzelle, auf der sie gemeinsam ein Steilwandzelt für die Eltern und einen kleinen, spitzwinkligen Unterschlupf für die Kinder aufgebaut hatten. Am starken, waagrechten Ast einer Pinie hatte der Vater die Seile einer selbst gebauten Schaukel verknotet, auf der sich ein vierjähriger Gerd Förster mit strohblonden Locken und einem übermütigen Jauchzen auf dem spitzbübischen Gesicht in den azurblauen Himmel schwang.

Seine Mutter geriet ins Erzählen. Jeden Tag hatte ihr Sohn von ihr hundert Lire bekommen. Für ein Eis. Immer wollte er allein zum Eisstand laufen, um sich eine

Eiswaffel zu kaufen, weil er schon ein großer Junge war. Aus Sorge war sie ihm immer heimlich und unauffällig gefolgt.

Und er war eitel. Er hatte stets darauf bestanden, am Abend, wenn die Familie die langgestreckte Promenade entlangflanierte, um den Sonnenuntergang zu bewundern, zu seiner Sommerhose ein weißes Hemd zu tragen.

Sein Vater wusste amüsiert eine andere Geschichte aus diesem Urlaub zum Besten zu geben: Als sie nach der langen Fahrt endlich den Campingplatz erreicht hatten, riss sich sein Sohn beim Anblick des in der Sonne glitzernden, ruhigen Meeres die Kleider vom Leib und stürmte, so schnell er nur konnte, in das flache Wasser. Auf einmal aber stoppte er seinen Lauf, stieß einen durchdringenden Schrei aus und rannte an das Ufer zurück, als ob das Seeungeheuer von Loch Ness ihm auf den Fersen wäre.

Gerd Förster konnte sich noch gut erinnern: „Der rote Monsterkrebs!"

Sein Vater lachte: „Genau, der Monsterkrebs. Kilometerweit war kein einziger Krebs zu sehen. Nur der eine lauerte genau da, wo du hinranntest."

Seine Mütter fügte hinzu: „Ulrike musste das Meerestier mit ihrer Sandschaufel in ihr Eimerchen verfrachten und an anderer Stelle wieder aussetzen. Sonst wärst du nicht mehr ins Wasser gegangen."

Als er seine liebe Mutter zum Abschied drückte, nahm sie all ihren Mut zusammen und fragte: „Was ist mit Laura, Gerd? Seid ihr nicht mehr zusammen? Ihr wolltet doch heiraten."

„Ich glaube, Laura bleibt lieber in Berlin, Mama. Diese Entscheidung muss ich akzeptieren."

„Lass doch den Jungen in Ruhe", mischte sich sein Vater ein. „Der weiß schon, was er tut."

„Hättest du doch die Sigrid vom Nachbarhof geheiratet, sie war unsterblich in dich verliebt", beharrte seine Mutter und drückte ihm ein Glas selbst gemachte Waldhimbeermarmelade in die Hand.

„Annemarie, die Sigrid hat inzwischen vier Kinder und wiegt mindestens drei Zentner."

Dienstag, 17. September

Die Kommissare aus Bamberg, Mandy Bergmann und Gerd Förster, fuhren am Morgen mit ihrem Dienstwagen in das kleine Dorf, in dem Kati Simmerlein bei ihren Eltern gewohnt hatte, bevor sie diesem grausamen Verbrechen zum Opfer fiel.

Sie beabsichtigten, Marga und Alfons Simmerlein zu befragen und das Zimmer ihrer Tochter in Augenschein zu nehmen, um erste Hinweise zu finden.

Sie waren an hügeligem Ackerland und an dichten, sattgrünen Laub- und Nadelwäldern vorbeigefahren und näherten sich nun ihrem Ziel.

„Die Eltern von Kati Simmerlein waren gestern nach der Identifizierung ihrer toten Tochter nicht ansprechbar“, bemerkte Mandy. „Das wird eine sehr schwierige Befragung.“

„Sicherlich“, antwortete ihr Kollege zustimmend. „Aber wir müssen sie befragen. Viele Eindrücke und Erinnerungen verwischen im Laufe der Zeit. Vielleicht können sie jetzt noch etwas zur Verbrechensaufklärung beitragen?“

Gerd Förster passierte mit dem weißen Audi zwei wuchtige, alte Steinpfosten, die den breiten Eingang zum gepflasterten Hof der Familie Simmerlein säumten. Linkerhand befand sich das einstöckige, gepflegte Fachwerkhaus, das teilweise durch einen mächtigen Kastanienbaum verdeckt wurde. Hinten im Hof und auf der rechten Seite reihten sich geduckt Stallungen, eine Werkstatt und ein massiv gemauerter Backofen für Bauernbrot, dessen Vorderseite oberhalb des eisernen Türchens von Ruß geschwärzt war.

Gerd Förster deutete darauf und erklärte Mandy, dass in manchen fränkischen Dörfern das Brot im Holzofen noch selbst gebacken wurde. Und in einigen Gemeinden stand ein traditioneller Dorfbackofen, der der heimischen Bevölkerung zum Brotbacken kostenlos zur Verfügung stand. Sie mussten ihn nur mit ihrem eigenen Brenngut beheizen. Im Dorfladen konnte man das nach überliefertem Rezept gebackene Holzofenbrot kaufen.

„Wir nehmen uns nachher einen Laib mit, es schmeckt wunderbar, am besten mit Butter und Salz."

Seine sächsische Kollegin war mit dem traditionellen fränkischen Brauchtum noch nicht so vertraut. Inzwischen jedoch hatte sie sich zu einer begeisterten Anhängerin der deftigen fränkischen Küche entwickelt. Ihr Favorit war Schäuferle mit grünen Klößen und Wirsinggemüse.

Da Gerd Förster im ländlichen Oberfranken aufgewachsen war, kannte er sich mit den Gepflogenheiten dieses Landstriches bestens aus.

Die Kommissare stiegen die Stufen der steinernen Treppe hinauf und klingelten. Bald darauf wurde die aus groben, dunklen Holzbalken gezimmerte Tür einen Spaltbreit geöffnet und Alfons Simmerlein blickte sie mit wilder Miene an. Dann erkannte er die Kommissare. Er winkte sie in die Diele und schloss rasch die Haustür.

„Ständig klingeln aufdringliche Reporter und wollen uns interviewen. Ich habe sie vom Hof gejagt", berichtete der Vater der toten Kati mit müder Stimme. Er machte einen mitgenommenen Eindruck und hatte sicherlich in dieser Nacht kein Auge zugetan. „Kommen Sie mit, setzen wir uns in die gute Stube."

Sie nahmen in der tiefen Sitzecke Platz, die aus einem flaschengrünen Plüschsofa und zwei wuchtigen Ohrensesseln in derselben Farbe bestand. Sie gruppierten sich um einen rechteckigen, niedrigen Tisch, in dessen Platte quadratische braune und beige Fliesen eingelassen waren. Eine aktuelle Fernsehzeitschrift lag darauf, parallel dazu die Fernbedienung.

„Guten Tag, Herr Simmerlein, ich danke Ihnen, dass meine Kollegin und ich mit Ihnen reden dürfen“, begann Gerd Förster das Gespräch, „ich weiß, dass es sehr schwer ist für Sie, aber je schneller wir die Ermittlungen aufnehmen, desto größer sind unsere Chancen, dieses Verbrechen aufzuklären.“

Bei dem Wort Verbrechen fuhr Alfons Simmerlein zusammen. Er strich mit den Händen über sein Gesicht, schüttelte fassungslos den Kopf und erwiderte leise: „Es ist schon in Ordnung, Herr Kommissar, ich will alles tun, was ich kann, um den Mörder meiner Tochter zu finden.“

„Herr Simmerlein“, bat Mandy Bergmann bestimmt, „wir hätten Ihre Frau bei unserer Befragung auch gerne dabei, können Sie sie bitte holen?“

Alfons Simmerlein nickte: „Sie hat sich etwas hingelegt, kann aber vor Kummer nicht einschlafen. Ich sage ihr Bescheid, dass Sie gekommen sind, und setze für uns einen starken Kaffee auf.“

Marga Simmerlein betrat das Wohnzimmer und schüttelte den beiden Kommissaren kraftlos die Hand. Dabei murmelte sie eine Begrüßung. Sie ließ sich vorsichtig im Sessel nieder, verschränkte die Arme vor der Brust und starrte vor sich hin. Sie war grau im Gesicht und wirkte um Jahre gealtert. Ihre Augen waren vom vielen Weinen gerötet und geschwollen. Gerd Förster beschloss, unverzüglich seine Fragen zu stellen. Mitleidsbekundungen würden die Frau gar nicht erreichen und ihr auch nicht weiterhelfen. Sie stand offensichtlich unter einem schweren Schock.

Alfons Simmerlein trug ein kleines Tablett, bestückt mit Tassen und einer Kaffeekanne, in die gute Stube und schenkte allen schwarzen Kaffee in ihre Tassen.

„Wann haben Sie Ihre Tochter zum letzten Mal gesehen?“, wollte der Kommissar wissen.

„Am frühen Samstagmorgen“, antwortete Frau Simmerlein mit zitternder Stimme. „Kati und ihre Freundin Gretchen wollten das Wochenende im Fichtelgebirge verbringen. Kati verabschiedete sich von uns und lief mit ihrer Reisetasche zur Bushaltestelle. Sie wollte den Überlandbus nach Pretzfeld nehmen, dort wohnt Gretchen, eine Arbeitskollegin von Kati. Sie arbeiten beide beim dortigen Obstgroßhändler." Sie stockte und rang sichtlich um Fassung. „Ich meine, meine Kati arbeitete dort. Ihre Freundin besitzt schon ein eigenes Auto. Sie wollten sich zwei schöne Tage machen, wandern, schwimmen – ein tolles Weiberwochenende verbringen, wie Kati es nannte." Frau Simmerlein schwieg einen Moment, dann fuhr sie fort: „Kati hat mich angelogen, sie war nicht mit ihrer Freundin unterwegs. Gretchen hat mich angerufen, als sie von dem Mord erfahren hatte. Sie hatten nicht vorgehabt, ein gemeinsames Wochenende zu verbringen. Sie hat Kati zum letzten Mal am vergangenen Freitag bei der Morgenschicht getroffen."

Mandy notierte sich die Adresse von Gretchen und dem Obstgroßhändler, um diese Angaben zu überprüfen. „Ist Ihre Tochter in letzter Zeit öfter über das Wochenende weggefahren?", fragte sie weiter.

„Zweimal." Das wusste Alfons Simmerlein ganz genau. „Kati sprach davon, mit einer Freundin einen Kurztrip zu machen. Ich bin bisher davon ausgegangen, dass sie Gretchen meinte. Aber inzwischen bin ich mir da nicht mehr so sicher."

Er trank vorsichtig einen Schluck von dem heißen Kaffee. „Meine Kati und auch Gretchen waren mit ihrem Hilfsarbeiterjob als Packerinnen bei dem Obstgroßhändler unzufrieden, sie wollten mehr aus ihrem Leben machen. Ich bin davon ausgegangen, dass sie diese freien Wochenenden dazu nutzten, um über eine Ausbildung oder eine Abendschule zu diskutieren. Aber wer weiß, mit wem meine Tochter tatsächlich unterwegs war!"

„Das werden wir herausfinden", versicherte Mandy den Eltern. Frau Simmerlein ergriff das Wort: „Ich war misstrauisch, als mir meine Tochter von ihrem geplanten Wochenendausflug erzählte. Kati hat sich noch nie für Sport interessiert und jetzt wollte sie plötzlich wandern gehen. Ihre Freizeit verbrachte sie hauptsächlich an ihrem Computer. Aber ich wollte nicht weiter in sie dringen, ich habe meiner Tochter immer vertraut und war mir sicher, dass sie mir schon noch berichten würde, was sie an diesem Wochenende vorhatte. Und jetzt ist es zu spät. Hätte ich sie doch nur nicht gehen lassen."

Marga Simmerlein sank in sich zusammen und schluchzte herzzerreißend. Ihr Mann legte liebevoll den Arm um sie und versuchte, sie zu trösten: „Mach dir keine Vorwürfe, Marga, du kannst nichts dafür. Kati war volljährig, sie musste nicht Rechenschaft über ihre Aktivitäten ablegen, und das wollten wir auch nicht. Unsere Tochter war sehr selbstständig und verantwortungsbewusst. Sie ist einem Wahnsinnigen in die Hände gefallen, davor kann man niemanden schützen." Er wiegte seine Frau in den Armen, bis sie sich etwas beruhigte.

„Ihr Mann hat vollkommen recht", bekräftigte der Kommissar die Worte von Alfons Simmerlein. „Und wir werden alles tun, um dieses Verbrechen an Ihrer Tochter aufzuklären."

Gerd Förster war erleichtert, als er erkannte, dass die beiden fähig waren, sich gegenseitig zu trösten und Trost anzunehmen. Er fuhr fort: „Wir möchten uns gerne das Zimmer Ihrer Tochter anschauen."

„Selbstverständlich." Alfons Simmerlein stand auf. „Folgen Sie mir. Es befindet sich im ersten Stock."

Er führte die Kommissare eine steile Holztreppe hinauf, deren Geländer mit feinen Schnitzereien verziert war. Dann ging es ein Stück den Flur entlang über dunkle Holzdielen. Alfons Simmerlein öffnete eine Tür am Ende des Ganges: „Das ist das Zimmer meiner Kati, lassen Sie sich Zeit, ich warte unten in der Stube auf Sie."

Mandy Bergmann und Gerd Förster betraten den Raum. Es war ein hübsches Zimmer. Obwohl die Holzfenster zwischen den Balken des Fachwerkes recht klein waren, wirkte es hell und luftig. Die verputzte Wand zwischen den Streben war an der Fensterfront und auf der rechten Seite, an der sich ein kleiner Schreibtisch mit einem Computer darauf befand, weiß gestrichen. Die linke Wand, an der das schmale Bett längs stand, und die Seite, deren Tür zum Flur führte, waren in einem zarten altrosa Farbton bemalt. Direkt neben der Zimmertür hatte ein wuchtiger, kunstvoll mit Blumenmotiven bemalter Bauernschrank seinen Platz. Über das Bett war eine dicke Patchworkdecke in Rosa- und Rottönen gebreitet. Darauf lagen viele bunte Kissen in unterschiedlichen Größen und Formen und Dutzende von Stofftieren verteilt. Rechts oberhalb des Schreibtisches hing ein mit Reißzwecken befestigtes Poster an der Wand, auf dem sich Lady Gaga in aufreizender Kleidung, die sich aus rohen Steaks zusammensetzte, präsentierte.

„Ein typisches Mädchenzimmer", meinte Mandy und blickte sich um. „Allerdings beeindruckend aufgeräumt." Sie öffnete den Bauernschrank und begann, systematisch die Kleidung von Kati durchzusehen. Tote hatten keine Privatsphäre. „Da ist nichts Auffälliges", berichtete sie. „Klamotten, wie sie junge Frauen tragen: Jeans, Miniröcke, T-Shirts." Ein einziges gutes, dunkles Kleid, wahrscheinlich für den sonntäglichen Kirchgang, hing auf einem Bügel. In einem Fach lag eine Schatulle mit einem schmalen Silberring und einer Kette mit einem kleinen Kreuz, ebenfalls aus Silber.

Gerd Förster tastete von unten den Lattenrost des Bettes ab und hob dann die Matratze. Nichts. „Sie muss doch irgendwo ihre persönlichen Sachen aufbewahrt haben, ihre Schätze. Andenken, ein Tagebuch, Liebesbriefe. Oder wird heutzutage gar nichts mehr mit der Hand geschrieben?" Ihre Blicke fielen gleichzeitig auf den Computer. „An diesem Gerät hat sie viel Zeit verbracht, hat ihre Mutter ausgesagt. Was hat sie gemacht, wofür hat sie ihn benutzt? Sie war keine Schülerin oder Auszubildende, sie war Packerin von Obstkisten. Ich kann hier kein einziges Buch entdecken."

„Das haben wir gleich, Gerd." Mandy schaltete den Computer ein. „Sie verbringt ihre Zeit im Internet, wie die meisten jungen Menschen. Sie berichten unbedarft und naiv in Online-Foren wie zum Beispiel Facebook von ihrem Leben und kommunizieren mit zahlreichen sogenannten Freunden, die sie noch nie gesehen haben. Sie geben Informationen über sich preis, die sie besser für sich behalten sollten. Oh, sie hat ihren Computer mit einem Passwort geschützt."

Mandy lief auf den Flur und rief die Treppe hinunter: „Herr Simmerlein, hatte Ihre Tochter ein Lieblingstier?"

Eine tiefe Stimme schallte von unten herauf: „Ja, Frau Kommissarin, ihre Katze Maisy. Warum wollen Sie das wissen?"

„Das erkläre ich Ihnen später." Mandy kam zurück ins Zimmer und tippte „Maisy" ein – der Bildschirm öffnete sich wie durch Zauberhand. „Na, ist das wohl eine Einladung zum Mittagessen wert?", triumphierte sie.

Gerd Förster war äußerst beeindruckt. „Du bekommst so viele Schäuferle, wie du willst", versicherte er.

Mandy rief Katis Lieblingsseiten auf. „Sie hat sich in Chatrooms bewegt, Gerd, in Foren, die der Partnersuche dienen." Den PC würden sie mitnehmen. Sie mussten alle Spuren zurückverfolgen. Mit wem hatte Kati Kontakt aufgenommen und zu welchem Zweck? Vielleicht hatte sie auf diese Weise ihren oder ihre Mörder kennengelernt.

Sie informierten Alfons Simmerlein, dass sie den PC seiner Tochter für weitere Untersuchungen mit auf das Präsidium nehmen müssten. Er hatte nichts dagegen.

„Eine Frage noch, Herr Simmerlein: Hatte Ihre Tochter einen Freund?", wollte der Kommissar wissen.

„Nein", antwortete er bestimmt. „Meine Tochter hat fleißig gearbeitet, meiner Frau im Haushalt geholfen und gerne an ihrem Computer gespielt."

Die Kommissare verluden den Computer in den Kofferraum des Audi. „Und was jetzt?", fragte Mandy.

„Trinken wir doch in der hübschen Konditorei von Manuela Henneberger einen Kaffee und besprechen unsere weiteren Schritte", schlug Gerd Förster vor.

„Gute Idee", bekräftigte Mandy, „gibt es dort nicht diese sensationellen Riesenwindbeutel mit Obst und Schlagsahne?" „Genau", bestätigte ihr Kollege.

Sie parkten vor dem Café, und weil die Sonne warm schien, entschieden sie sich, auf der kleinen Terrasse Platz zu nehmen. Ein weiterer der runden Bistrotische, auf denen quaderförmige Glasgefäße mit buntem Dekosand und Teelichtern standen, war besetzt. Eine Gruppe von fünf unternehmungslustigen älteren Herren drängte sich um den kleinen Tisch. Auf ihren Kaffeetassen lag eine Wanderkarte ausgebreitet, die die Männer ausgiebig studierten und mit den Zeigefingern eifrig darauf herumfuhren. Dann zeigte einer von ihnen, ein kleinwüchsiger Mann mit einem gewaltigen Bierbauch, der eine Lederhose mit zünftigen Hosenträgern und ein grün kariertes Hemd trug, auf einen Punkt auf der Karte: „Wir könnten über Regensberg nach Thuisbrunn wandern, weiter nach Hohenschwärz und über Kasberg wieder zurück. In Regensberg kehren wir dann ein. Im dortigen Landgasthof soll es vorzügliche Wildgerichte geben. Danach spielen wir Schafkopf und heute Abend holen uns unsere Frauen wieder ab."

Die anderen Herren nickten zustimmend: „Prima Idee, Holger, du zahlst die Rechnung und dann brechen wir auf."

Holger rief nach der Bedienung, dann machte sich die Wandergruppe fröhlich auf den Weg.

Manuela Henneberger sah empört den davonmarschierenden Männern hinterher: „Bedienung", schnaubte sie, „ich bin hier die Chefin." Dann wandte sie sich ihren neuen Gästen zu: „Grüß Gott, was darf ich Ihnen bringen? Ich habe heute auch von mir frisch zubereitete Bananensplittorte, einfach köstlich." Dann stutzte sie: „Wir kennen uns doch, Sie sind von der Kripo Bamberg, nicht wahr? Sie haben im Sommer das Monster, das meinen Cousin Georg Mirsberger niedergemeuchelt hat, hinter Schloss und Riegel gebracht."

Die Kommissare begrüßten die energische Konditoreibesitzerin, die ihre gepflegten langen, blonden Haare an diesem Tag offen trug und ihre üppigen Formen in ein enges, weißes Leinenkleid gepresst hatte.

„Ich bringe Ihnen Ihren Kaffee, dann muss ich Sie sprechen, dienstlich." Sie setzte ein wichtiges Gesicht auf.

Als sie mit den Getränken zurückkehrte, stellte sie für jeden der Polizeibeamten ein kleines Stück Bananensplittorte neben die geschmackvollen Tassen. „Sie müssen meine neueste Kreation unbedingt probieren."

„Was möchten Sie denn gerne mit uns besprechen, Frau Henneberger?", erkundigte sich Gerd Förster freundlich.

„Ach, Herr Kommissar, ich finde es wirklich bedauerlich, dass wir immer nur dienstlich miteinander zu tun haben." Die Konditoreibesitzerin strahlte ihn an. Dieser attraktive Mann mit seinen sanften blauen Augen gefiel ihr ausnehmend gut. Davon musste ja Klausi, ihr Lebensgefährte, nichts wissen. „Sie sind wegen der toten Kati Simmerlein hier, stimmt's?" Mandy nickte ernst.

„Das arme Mädchen, getötet und an ein Wasserrad gebunden, ich bin völlig erschüttert, Sie müssen den Schuldigen finden, der ist ja gemeingefährlich. Ich bin auch blond" – theatralisch warf sie eine Strähne ihres Haares nach hinten – „womöglich bin ich in höchster Gefahr und finde mich demnächst auf einem Mühlrad wieder."

Gerd Förster setzte an, um sie zu beruhigen, kam jedoch nicht zu Wort.

„Kati hat manchmal am Wochenende in meiner Konditorei beim Bedienen ausgeholfen, wenn sie keine Schicht hatte, ein liebes, fleißiges Mädchen, etwas schüchtern. Besonders am Sonntag kommen viele Gäste aus Nürnberg und Lauf wegen meiner exzellenten Kuchen." Sie seufzte tief: „Jetzt stehe ich da ohne eine Aushilfe und am kommenden Wochenende findet unsere traditionelle Dorfkirchweih statt. Ich wurde gebeten, beim Betzenaustanzen teilzunehmen, quasi als Vortänzerin. Wie soll ich diese ganzen Verpflichtungen nun bewältigen? Ein passendes Dirndl habe ich auch noch nicht. Mir schwebt ein Designerstück aus Übersee am Chiemsee vor, in einem rosa- oder fliederfarbenen Ton. Ich bin eine wirklich tüchtige Geschäftsfrau, aber jetzt scheinen mir diese ganzen Verpflichtungen über den Kopf zu wachsen."

„Was wollen Sie uns berichten, Frau Henneberger?", unterbrach Mandy energisch den Wortschwall.

„Ach ja, natürlich. Kati hatte Streit mit Peter Kränzlein, ihrem Vorarbeiter bei dem Obstgroßhandel. Das hat sie mir kürzlich erzählt und dabei geweint. Er umwarb sie hartnäckig, ja fast schon aufdringlich, lud sie ins Kino und in die Disco nach Forchheim ein. Kati hat seine Annäherungsversuche abgewehrt, sie hatte keinerlei Interesse an ihm. Dann, etwa vor zwei Wochen, kam es zum Streit, er hat sie übel beschimpft und beleidigt. Aus Rache für die Abfuhr hat er sie ständig zur Nachtschicht ein geteilt, das arme Kind war schon ganz bleich und übernächtigt. Ich musste eingreifen, man hat schließlich seine Kontakte. Oskar Beer, genannt Ossi, der Obstgroßhändler, ist mit mir zur Schule gegangen, ein Anruf genügte. Aber Kati fühlte sich trotzdem beklommen, wenn dieser Peter Kränzlein in ihrer Nähe war. Ein unangenehmer Bursche."

„Kati Simmerlein hatte Angst vor ihm?", hakte Mandy nach.

Manuela Henneberger nickte: „Ich glaube, ja."

„Ist Ihnen an Kati in letzter Zeit etwas aufgefallen, war sie anders als sonst?", fragte Gerd Förster weiter.

Die Geschäftsfrau dachte nach: „Sie war noch verträumter als sonst und wirkte irgendwie glücklich, einmal äußerte sie, ihr langweiliges Leben würde sich bald ändern und interessanter werden. Ich weiß nicht, was sie damit gemeint hat."

Die beiden Kommissare bedankten sich für die wertvollen Informationen und machten sich dann auf den Weg zum Obstgroßhandel. Als sie losfuhren, grinste Gerd Förster vor sich hin. Mandy blickte ihn fragend an. „Beim traditionellen Betzenaustanzen gibt es keine Vortänzerin", schmunzelte er.

Gerd Förster wusste, wo sich der Obstgroßhandel Beer in Pretzfeld befand. Von Kirchehrenbach kommend, erreichten sie die an der Mündung der Trubach in die Wiesent gelegene, geschichtsträchtige Marktgemeinde, um die sich das größte in Deutschland liegende Süßkirschenanbaugebiet erstreckt. Stolz über dem Markt erhob sich der weißgelbe Turm der schönen barocken Landkirche Sankt Kilian in den blassblauen Septemberhimmel. Dahinter thronte das imposante Pretzfelder Schloss über dem Wiesenttal, das eine zentrale Rolle im mittelalterlichen Bierkrieg gespielt hatte. Im Streit um die Braurechte hatten die Ebermannstädter den herrschaftlichen Sitz einst überfallen, die Brauerei zerstört und etwa zwanzig Eimer Bier ausgeschüttet.

Der Kommissar stellte den Wagen direkt vor dem Büro ab, einem schlichten, blauen Flachbau. „Hauptverwaltung" stand in dicken Großbuchstaben auf der Glastür.

Auf dem großen Hof parkten einige Firmenlastwagen, die den Schriftzug „Beer Obsthof" trugen. Zwei davon wurden gerade beladen.

Eine junge, rothaarige Frau, die stirnrunzelnd und heftig Kaugummi kauend auf eine Computertastatur einhämmerte, als wäre sie mit ihr verfeindet, sah zu ihnen auf.

„Guten Tag, wir möchten den Chef sprechen, Herrn Beer", verkündete Mandy.

„Da durch die Tür", erklärte die Verwaltungskraft und tippte weiter. „Sie haben Glück, der Chef ist vor ein paar Minuten eingetroffen."

Sie klopften und betraten ein weiteres Büro, in dessen Mitte sich ein ausladender, edler Schreibtisch mit einer Platte aus Rauchglas befand. Dahinter saß aufrecht ein Mann, der Papiere studierte. Er erhob sich, umrundete den Tisch und kam auf die Kommissare zu, um ihnen die Hand zu schütteln.

„Die Kripo Bamberg, grüß Gott, Manuela Henneberger hat mich soeben angerufen. Ich habe Ihren Besuch erwartet." Er führte sie zu einer eleganten Sitzecke und bat sie, Platz zu nehmen. Durch die offene Tür rief er seiner Verwaltungskraft zu: „Kaffee und Wasser, Sandy, und die Personalakte von Kati Simmerlein."

Der Unternehmer Oskar Beer wirkte wie ein Mann, der ständig wichtige Entscheidungen traf und es gewohnt war, dass seine Anweisungen befolgt wurden. Er war mittelgroß und von bulliger Statur, etwa Ende vierzig. Sein Gesicht war durch grobe, jedoch nicht unsym-

pathische Züge geprägt, die Stirn war breit und niedrig, die dunklen, grau durchzogenen Haare sehr kurz geschnitten. Er trug zu seinen Jeans ein weißes Hemd, dessen Ärmel lässig hochgekrempelt waren, sodass kräftige, schwarz behaarte Handgelenke zu sehen waren. Ein sehr maskuliner Typ, dachte Mandy.

Sandy brachte das Gewünschte und schloss geräuschvoll die Tür hinter sich. Oskar Beer schüttelte kaum merklich den Kopf, dann wandte er sich den Kriminalbeamten zu.

„Ich vermute, Sie kommen wegen Kati Simmerlein, nicht etwa wegen Steuerhinterziehung", begann er das Gespräch.

„Wir sind von der Kriminalpolizei", unterbrach ihn Mandy, „Mandy Bergmann und Gerd Förster, und wir möchten Ihnen wegen des gewaltsamen Todes von Kati Simmerlein ein paar Fragen stellen."

„Nur zu", ermunterte Oskar Beer die Kommissare, „ich stehe zu Ihrer Verfügung, ich helfe gerne, wenn ich kann. Die Nachricht von dem schrecklichen Mord an Kati hat sich natürlich hier in der Gegend und im Obsthof wie ein Lauffeuer verbreitet. Ich bin sehr erschüttert."

„Wir wissen noch nicht sicher, ob es sich um eine Mordtat handelt", korrigierte Gerd Förster den Unternehmer, „wir stehen erst am Anfang unserer Ermittlungen. Erzählen Sie uns etwas über Frau Simmerlein, wie ist sie in Ihren Betrieb gekommen?"

Oskar Beer blätterte in der Personalakte, dann berichtete er: Vor fast genau zwei Jahren hatte sie plötzlich bei ihm im Büro gestanden und ihn gefragt, ob er einen Job für sie hätte. Sie verfügte über keinen Schulabschluss, hatte ihre Ausbildung als Friseurin kurz vor der Gesellenprüfung abgebrochen und verdiente sich ein wenig Taschengeld als Bedienung hinzu. Sie erklärte ihm, dass sie gerne in Zukunft ein festes Einkommen hätte, um sich das eine oder andere leisten zu können. Von Manuela wusste er, dass sie Ärger mit ihren Eltern hatte, die der Meinung waren, Kati hätte lange genug zu Hause herumgesessen. Auf jeden Fall machte sie einen guten Eindruck auf ihn und er beschloss, der jungen Frau eine Chance zu geben. Zu der Zeit suchte er einige Aushilfen für die Bedienung der Verpackungsmaschinen. Kati erwies sich dann auch als eine sehr zuverlässige und fleißige Arbeiterin, er hatte seine Entscheidung nie bereut.

„Hatten Sie auch privat Kontakt mit ihr?", wollte Mandy wissen.

„Nein, wo denken Sie hin, der Umgang mit meinen Angestellten ist rein geschäftlicher Natur."

„Welchen Eindruck hatten Sie in den letzten Wochen von Frau Simmerlein? Haben Sie ein Verhalten beobachtet, das von ihrem bisherigen abwich, irgendetwas Ungewöhnliches?"

Der Obstgroßhändler verneinte: „Mir ist nichts aufgefallen, ich habe die Kati aber auch nicht oft gesehen."

„Gab es Konflikte mit Kollegen?", fragte Gerd Förster weiter.

Oskar Beer sah ihn offen an: „Nicht, dass ich wüsste."

„Auch nicht mit Peter Kränzlein?", bohrte der Kommissar weiter.

„Mit Peter Kränzlein, wie kommen Sie denn darauf? Er ist ein guter Vorarbeiter, sehr tüchtig und immer korrekt. Mir sind nie Beschwerden zu Ohren gekommen."

Mandy ergriff das Wort: „Er soll Kati Simmerlein umworben haben, und als sie ihm kein Interesse entgegenbrachte, hat er sie unfreundlich behandelt und bei der Schichteinteilung benachteiligt."

„Ach, diese Geschichte meinen Sie. Dem habe ich sofort ein Ende gesetzt, als ich davon erfuhr, so etwas gibt es bei mir nicht. Alle meine Mitarbeiter werden fair behandelt. Wir haben sogar einen Betriebsrat. Aber dass ein

Mann einer Frau signalisiert, dass er Interesse an ihr hat und sie hübsch findet, ist ja nicht verboten."

Da war er bei Mandy genau an der richtigen Adresse. Gerd Förster wusste, was jetzt kam: „Und wenn die betroffene Frau klar signalisiert, dass sie so ein Verhalten missbilligt, was ist dann?"

Der smarte Geschäftsmann blickte sie amüsiert an. Sie sah wunderschön aus, wenn sie zornig war. Dann setzte er eine ernste Miene auf und bestätigte, was die temperamentvolle Kommissarin von ihm hören wollte: „Als Unternehmer wäre ich verpflichtet, sofort einzugreifen, und das würde ich auch tun, das können Sie mir glauben. Aber es gab keine Probleme."

„Haben Sie irgendeine Vermutung, wo Frau Simmerlein das vergangene Wochenende verbracht haben könnte?", wollte der Kommissar wissen.

Der Obstgroßhändler schüttelte bedauernd den Kopf: „Ich habe keine Ahnung, tut mir leid."

Gerd Förster fuhr fort: „Wir würden gerne Ihren Vorarbeiter Peter Kränzlein befragen, wo können wir ihn finden?"

„Kommen Sie mit mir, ich bringe Sie zu ihm, er hat Frühschicht." Oskar „Ossi" Beer lächelte zuvorkommend.

Peter Kränzlein war gerade damit beschäftigt, die Beladung eines LKW zu überwachen. „Die Kripo Bamberg möchte dich sprechen, Peter!" Herr Beer nickte den Kommissaren höflich zu und verschwand wieder im Verwaltungsgebäude. Der Vorarbeiter fühlte sich offensichtlich bei seiner Arbeit gestört. Missmutig blickte er ihnen entgegen und verschränkte die Arme vor seiner Brust: „Was wollen Sie von mir, ich habe nichts verbrochen."

Gerd Förster stellte sich und seine Kollegin vor: „Kein Mensch behauptet, dass Sie etwas verbrochen haben. Wir möchten Sie zum gewaltsamen Tod Ihrer Kollegin Kati Simmerlein befragen. Sie haben doch sicherlich davon gehört? Gibt es hier einen Ort, wo wir ungestört reden können?"

„Natürlich habe ich davon gehört, das hat jeder hier. Aber ich weiß nichts, außerdem bin ich beschäftigt, das sehen Sie doch."

Mandy insistierte: „Entweder Sie sprechen jetzt mit uns oder wir laden Sie ins Polizeipräsidium nach Bamberg vor."

Peter Kränzlein schaute sie wütend an.

„Herr Kränzlein", wandte sich der Kommissar an ihn. „Wir haben die Ermittlungen aufgenommen und befragen alle Personen, die die tote Frau näher gekannt haben. Sie haben mit ihr zusammengearbeitet und wollen doch bestimmt, dass der Tod Ihrer Mitarbeiterin aufgeklärt wird?"

Das wirkte. „Kommen Sie mit", brummte Kränzlein und führte die beiden in ein winziges Büro, in dem eine ziemliche Unordnung herrschte. „Was wollen Sie wissen?", fragte er barsch.

Gerd Förster begann: „Wann haben Sie Frau Simmerlein zuletzt gesehen?"

„Am Freitag, die Kati war für die Frühschicht eingeteilt. Am Wochenende hatte sie frei und am Montagmorgen erschien sie nicht zur Arbeit – warum, wissen wir ja inzwischen."

„Hat sie Ihnen gegenüber erwähnt, was sie am Wochenende vorhatte?"

„Nein, wir haben nicht über unsere privaten Angelegenheiten gesprochen."

„Das heißt, Sie wissen nicht, wo sie sich am Wochenende aufgehalten hat?"

„Exakt", erwiderte Peter Kränzlein und fuhr fort: „Kann ich jetzt weiterarbeiten?"

„Nein", entgegnete Mandy. „Wir sind noch nicht fertig. Wie war Ihr privates Verhältnis zu Ihrer Kollegin?"

Peter Kränzlein fuhr hoch: „Es gab kein privates Verhältnis, das habe ich bereits gesagt."

Mandys Stimme wurde um einen Ton schärfer: „Ich wundere mich, dass Sie keinerlei emotionale Reaktion zeigen, Sie haben schließlich auf schreckliche Art und Weise eine Mitarbeiterin verloren. Außerdem liegt uns eine Aussage vor, dass Sie zumindest sehr daran interessiert waren, ein privates Verhältnis zu Frau Simmerlein aufzubauen."

Der Vorarbeiter sprang erregt und rotgesichtig auf, wobei einige Lieferscheine durcheinandergewirbelt wurden und auf den Boden segelten. Er brüllte die Kommissarin an: „Wer erzählt denn so einen Unsinn?"

Gerd Förster griff ein: „Herr Kränzlein, wenn sich herausstellt, dass Sie uns nicht die vollständige Wahrheit berichten, hat das Konsequenzen. Also bitte, was war zwischen Ihnen und Kati Simmerlein?"

Peter Kränzlein beruhigte sich ein wenig und setzte sich wieder auf seinen Bürostuhl: „Gar nichts war zwischen uns. Sie hat mir gefallen, das gebe ich zu, sie war eine attraktive junge Frau. Ich habe ein paar Mal versucht, sie zum Essen und ins Kino einzuladen. Aber sie hat mich abblitzen lassen. Soviel ich weiß, hatte sie keinen Freund. Aber ich war ihr wohl nicht gut genug. Einmal hat sie zu mir gesagt, sie hätte andere Pläne. Daraufhin habe ich sie in Ruhe gelassen. Es gibt schließlich genug andere Frauen, die an einem Mann wie mir interessiert sind."

Mandy fragte sich im Stillen, welche Frauen das wohl sein mochten. Katis Vorgesetzter war von kleiner Statur, dürr und drahtig und trug sein schmutzig dunkelblondes Haar unvorteilhaft strähnig lang bis auf seine mageren Schultern. Schmallippig, mit einer langen, gebogenen Nase und eng zusammenstehenden Augen sah er irgendwie verschlagen aus.

„Sie waren wütend auf Kati Simmerlein, weil Sie es nicht ertragen konnten, zurückgewiesen zu werden. Deshalb wurde sie von Ihnen zur Dauernachtschicht eingeteilt. Vielleicht hat Ihnen diese Art von Rache nicht genügt? Vielleicht haben Sie sie am Wochenende irgendwo getroffen, es kam zum Streit und Sie haben sie getötet?"

Der Vorarbeiter sank in sich zusammen: „Ich habe Kati nach der Freitagsschicht nicht mehr gesehen. Und ich war sauer über ihre Abfuhr, das stimmt, aber deswegen habe ich sie doch nicht umgebracht, das müssen Sie mir glauben."

Nachdenklich stiegen die Kommissare wieder in ihren Dienstwagen und fuhren langsam vom Hof des Obstgroßhändlers. Der stand in seinem Büro, die Hände in den Hosentaschen vergraben, schaute ihnen hinterher und grübelte, ob er sich richtig verhalten hatte.

Gretchen Kaul, die Freundin von Kati Simmerlein, trafen sie nicht zu Hause an. Sie würden die junge Frau nach Bamberg auf das Präsidium zur Befragung einladen.

„Ich verspüre mächtigen Hunger, Kollege", bemerkte Mandy. „Was hältst du von einer Mittagspause?"

„Davon halte ich viel", entgegnete Gerd Förster. „Wollen wir auf dem Weg nach Bamberg eine Kleinigkeit bei Ricky essen?"

„Auf jeden Fall, aber keine Kleinigkeit!"

Ihr Kumpel Ricky betrieb einen Imbissstand direkt am Kanal zwischen Buttenheim und Bamberg und war für die beste Currywurst weit und breit berühmt. Von den Stehtischen aus hatte man einen herrlichen Blick auf das grünblaue Wasser.

Als die Kommissare dort ankamen, hatte Ricky alle Hände voll zu tun. Sie begrüßten ihn herzlich und zogen sich mit ihrem Mittagessen an einen der freien Tische zurück.

Mit großem Appetit machten sie sich sofort über ihre Riesencurrywurst mit Pommes und Mayo her und tranken einen Schluck von ihrer eiskalten Cola.

Mandy blinzelte auf das ruhig vorbeiziehende Kanalwasser, das die Sonnenstrahlen reflektierte. Sie genossen für eine Weile die leckere Mahlzeit und die Ruhe, bevor es zur Besprechung mit Sieglinde Silberhorn und hoffentlich den ersten Ergebnissen der Spurensicherung weiterging.

„Dieser aalglatte Unternehmer hat uns nicht alles erzählt“, begann Mandy. „Er wollte Kati Simmerlein eine berufliche Chance geben – was für ein guter Mensch. Ich vermute vielmehr, dass sie ihm außerordentlich gut gefallen hat mit ihrem hübschen Gesicht und den langen, blonden Haaren. Den Mann müssen wir im Auge behalten.“

Ihr Kollege nickte: „Wenn wir von Karl-Heinz den ungefähren Todeszeitpunkt erfahren haben, überprüfen wir sein Alibi, ebenso das von Peter Kränzlein. Und wir müssen uns mit dem Wasserrad beschäftigen: Warum wurde die Leiche ausgerechnet dort abgelegt? Wer weiß etwas über Wasserräder, wer restauriert und wartet sie? Ist die Gemeinde dafür zuständig, gibt es einen Verein? Und natürlich die Schlüsselfrage: Welches Motiv steckt hinter diesem Verbrechen?“

„Und wo verbrachte Kati Simmerlein ihre Wochenenden?“, ergänzte Mandy. Zum ersten Mal hatte sie plötzlich das Gefühl, als würde sich ihr Unterbewusstsein bei dem Stichwort „Wasserrad“ diffus regen.

Margit saß mit Walter Burkhard im Bauwagen von Helene, der ehemaligen „Dorfhexe“, an einem grob gezimmerten, hellen Tisch, über dem ein goldener Kronleuchter baumelte. Die tannengrün gestrichene Behausung befand sich geschützt am Waldrand oberhalb der kleinen Ortschaft, in der Kati Simmerlein behütet aufgewachsen war.

Die pragmatische Margit hatte auf Helenes Holzofen Wasser aus einem Kanister erhitzt und frischen Kaffee aufgebrüht. Eine bauchige Kanne mit abgebrochenem Henkel und einen Filter hatte sie nach einigem Stöbern in Helenes Küchenschrank entdeckt.

Der Raum war behaglich und zugleich eigenwillig nach dem Stil der Hexe eingerichtet.

Helene, eine überaus kundige Heilkräutersammlerin, war tot. Margit und Walter waren mit ihr befreundet gewesen und hatten es sich zum Ziel gesetzt, ihr Vermächtnis in Ehren zu halten – sie wussten nur noch nicht wie. Deshalb trafen sie sich neuerdings öfter und berieten sich.

Helene von Falkenstein, wie die Kräutersammlerin eigentlich hieß, hatte sich vor langer Zeit in den Bauwagen zurückgezogen, den ihr die Gemeinde freundlicherweise überlassen hatte, um ein alternatives Leben als Aussteigerin zu führen. Sie hatte vom Verkauf gesammelter Heilkräuter und selbst hergestellter Tinkturen gelebt, von der diskreten Beratung der einheimischen Bevölkerung bei scheinbar unlösbaren Problemen und von kundigen Kräuterführungen für Touristen. Bei ihrem aktuellsten und bedauerlicherweise auch letzten Projekt waren nächtliche Exkursionen an sagenumwobene Stätten in der Fränkischen Schweiz angeboten worden.

Bei einer solchen Wanderung hatte Margit, die damals unter heftigem Liebeskummer litt, Helene kennengelernt. Margit, eine siebenundfünfzigjährige vermögende Witwe aus Nürnberg-Gostenhof, hatte den Bürgermeister der kleinen Ortschaft überredet, ihr den verwaisten

Bauwagen zu überlassen. Dass dabei eine nicht unerhebliche Spende zur Restaurierung der wertvollen Kirchenorgel ein gewisse Rolle gespielt hatte, wussten nur der geschäftstüchtige Bürgermeister, die Pfarrerin Regina Engeltal und selbstverständlich Margit selbst.

Diese hatte eine drängende Sehnsucht verspürt, sich ab und zu aus der Großstadt in die unberührte Natur zurückzuziehen und dem Geist von Helene nahe zu sein. Hier las sie viel – die Aussteigerin Helene hatte eine feine, kleine Bibliothek hinterlassen –, wanderte durch die hügelige, von Feldern und Obstwiesen durchzogene, friedliche Landschaft und hatte ihren Liebeskummer und ihre Lebensunzufriedenheit weit hinter sich gelassen.

Außerdem hatte sie die Bekanntschaft von Walter Burkhard und dessen Rauhaardackel Ferdinand gemacht. Walter war ein sympathischer Rentner und leidenschaftlicher Jäger, der in dem kleinen Ort ein Haus besaß, wo er mit seinem Hund lebte.

Als er vor einigen Wochen beschlossen hatte, der neuen Besitzerin des Bauwagens einen Besuch abzustatten und sich vorzustellen, war er von Margit herzlich empfangen und zu einer Tasse Kaffee eingeladen worden. Über sein großzügiges Angebot, ihr, wie vorher der Hexe Helene, trockenes, gehacktes Brennholz zu liefern und hinter dem Bauwagen aufzustapeln, freute sich die Nürnbergerin riesig.

Margit schenkte Walter eine weitere Tasse Kaffee ein und blickte auf den Schrank mit den zahlreichen, winzigen Schubladen, in denen die Dorfhexe getrocknete Kräuter in Säckchen aufbewahrt hatte.

„Ich habe von Kräutern überhaupt keine Ahnung, Walter. Durch die Fortführung ihrer beliebten Kräuterexkursionen können wir dem Andenken Helenes nicht gerecht werden."

Walter nickte zustimmend: „Und wenn wir Wanderungen anbieten, wir beide als Wanderführer? Ich kenne mich durch die Jagd sehr gut in dieser Gegend aus."

Margit runzelte zweifelnd die Stirn: „Ich habe den Eindruck, dass die wandernden Touristen in der Gegend sehr gut alleine zurechtkommen. Aber lass es gut sein, Walter, wir haben schon noch eine zündende Idee. Wollen wir unseren Kaffee draußen auf der Treppe trinken? Es ist so ein schöner Tag heute."

Als sie kurz darauf vor dem grünen Bauwagen auf den Treppenstufen in der Sonne saßen, begann Ferdinand zu kläffen. Walter Burkhard blickte mit zusammengekniffenen Augen in die Richtung, in die der Hund anschlug. Er entdeckte einen Mann, der sich gemessenen Schrittes näherte.

„Ach du bist es, Ewald, grüß Gott, drehst du eine Runde durch dein Revier?"

„Hallo Walter, ich habe im Wald eine verwüstete Fichtenschonung entdeckt. Eine Wildschweinrotte muss in einer der letzten Nächte dort eingefallen sein, hat den Waldboden auf der Suche nach Mäusen und Engerlingen aufgewühlt und dabei die jungen Bäume beschädigt. Könnt ihr Jäger dieser Plage nicht Einhalt gebieten?"

Walter zuckte mit den Achseln: „Diese Tiere sind verdammt schlau, Ewald. Erst vor zwei Tagen saß ich die halbe Nacht auf einem Hochsitz und konnte kein einziges Wildschwein entdecken. Auf dem Nachhauseweg dann kreuzte eine Rotte von zwölf Wildschweinen den Feldweg, auf dem ich lief. Die hatten ein ganzes Feld, auf dem noch Maiskolben lagen, umgepflügt. Die Tiere werden immer dort aktiv, wo gerade kein Jäger ist." Er lachte. Dann wandte er sich an seine Gastgeberin: „Margit, darf ich vorstellen, das ist Ewald Hufnagel, unser Förster. Sein Revier erstreckt sich bis Mittelehrenbach."

Margit nickte dem Mann freundlich zu und musterte ihn. Er war sehr groß, übergewichtig und trug trotz der wärmenden Septembersonne einen dunkelgrünen Lodenmantel, der wie ein Cape geschnitten war, mit silbernen Knöpfen, in die filigrane Hirschköpfe geprägt waren. Sie schätzte ihn auf etwa fünfundvierzig Jahre. Ein sorgfältig gestutzter Bart bedeckte seine Wangen, auf dem Kopf dagegen war eine beginnende Glatze zu erkennen. Kleine, wachsame Augen blickten sie an, während er genüsslich an seiner Pfeife zog.

„Darf ich Ihnen eine Tasse Kaffee anbieten, Herr Förster?", fragte Margit einladend.

Ewald Hufnagel lehnte höflich ab: „Ich muss zu einer Sitzung des Naherholungsvereins. Die Pflicht ruft, einen wunderschönen Tag noch!" Winkend wandte er sich bergabwärts.

Sieglinde Salome Silberhorn rückte ihre Krawatte zurecht und strich sich das zerzauste Haar glatt. Gerd Förster würde bald eintreffen und sie wollte ordentlich aussehen. Sie wartete in einem der Besprechungszimmer im Polizeipräsidium in Bamberg und der gründliche Bericht über die Befragung der Anwohner in der Nähe des Wasserrades lag vor ihr auf dem Tisch. Unterwegs hatte sie noch beim Bäcker frische Nuss- und Nougathörnchen besorgt, nun fehlte nur noch der Kaffee. Als die beiden Kommissare den Raum betraten und sie sich begrüßt hatten, machte sich Sieglinde auf den Weg zum Kaffeeautomaten.

Gerd Förster griff nach einem duftenden Hörnchen und bat die Polizistin, die Ergebnisse ihrer Befragung zusammenzufassen. Eifrig begann Sieglinde, in ihren Papieren zu blättern: „Ich habe gestern Nachmittag und am Abend nach mehreren Versuchen alle Anwohner zu Hause angetroffen und intensiv befragt. Keiner hat etwas Auffälliges oder Ungewöhnliches bemerkt. Bis auf eine alte Dame, die eine Beobachtung gemacht hat." Sieglinde seufzte. Der Kommissar beugte sich interessiert vor.

„Sie hat in der Woche vor der Entdeckung der Leiche Kati Simmerleins, wahrscheinlich am späten Donnerstagabend gegen dreiundzwanzig Uhr – die Soap ‚Ich bin ein Star – holt mich hier raus' war gerade zu Ende – den Nachtgieger im hellen Schein des Vollmondes neben dem Wasserrad dicht am Ufer lauern sehen. Rauchschwaden erhoben sich um ihn herum in die schwarze Nacht." Sieglinde zog die Augenbrauen hoch. „Mehrmals schlug er mit seinen Flügeln."

Der Kommissar verschluckte sich an seinem Kaffee, dann meinte er amüsiert: „Vielleicht sollten wir unser Team ‚Soko Werwolf' nennen, wegen des Vollmondes."

Mandy blickte verständnislos von einem zum anderen. „Was bitte hat die alte Dame gesehen? Den Nachtgieger?"

Gerd Förster versuchte, es ihr zu erklären: „Der Nachtgieger ist eine fränkische Schreckensgestalt, eine Art Monster. Als Kinder wurde uns damit gedroht, dass uns der Nachtgieger holt, wenn wir nicht brav und vor Einbruch der Dunkelheit zu Hause sind. Er soll vor allem nachts umhergehen und Kinder holen, die er dann angeblich frisst. Keiner hat ihn je genau gesehen. Er wird als große, schwarze, Angst einflößende Gestalt beschrieben, von der extreme Gefahr ausgeht. Manche berichten, er sei auch mit Flügeln ausgestattet, ähnlich einem Vampir, der seinen Opfern nachstellt."

„Verstehe", Mandy nickte, „dann verhaften wir doch das Monster. Spaß beiseite – machte die alte Dame einen verwirrten Eindruck?"

Sieglinde verneinte: „Sie hat auf mich ganz klar im Kopf gewirkt."

„Was haben wir noch?", wollte der Kommissar wissen.

„Die Spurensicherung hat einen Reifenabdruck nahe dem Wasserrad entdeckt. Er stammt von einem Geländewagen. Bei den Reifen handelt es sich um gängige Massenware, die man überall im Fachhandel kaufen kann.

Die Untersuchung der Bohlen von der Baustelle in der Nähe hat allerdings zu hoch interessanten Ergebnissen geführt. Die Spurensicherung hat Abdrücke am Uferrand gefunden, in die die Bohlen exakt passen. Wenn man sie dort auf die Uferböschung legt, reichen sie bis zur Holzkonstruktion, in der das Wasserrad befestigt ist, und können dort aufgelegt werden. Sie bilden dann einen stabilen, nicht zu steilen Steg. Was hat das wohl zu bedeuten?"

„So hat der Täter die Leiche auf das Wasserrad transportiert", überlegte Mandy aufgeregt. „Über die Abflussrinne kann er nicht balanciert sein, die ist zu glitschig und zu schmal. Die Gefahr, auszurutschen und mitsamt der Leiche in den Fluss zu stürzen, wäre viel zu groß gewesen."

Sie sahen sich an. Gerd Förster nickte: „So muss es gewesen sein. Der oder die Täter haben das Rad gestoppt, das Opfer über den provisorischen Steg getragen, auf das Wasserrad gebunden und danach die Bohlen im Gebüsch versteckt."

„Und sind dann mit einem Geländewagen weggefahren", ergänzte Sieglinde.

„Ganz schön kaltblütig", fand Mandy, „jemand hätte sie bei dieser riskanten Aktion beobachten können."

„Leider hat sie aber niemand gesehen", stellte die Polizistin bedauernd fest.

„Ist Karl-Heinz mit der Untersuchung von Kati Simmerlein fertig?"

Sieglinde schüttelte den Kopf. „Ihr sollt morgen früh in sein Institut kommen, dann ist er soweit. Und ich habe recherchiert, wer hier in der Gegend für die Wasserräder zuständig ist. Es handelt sich dabei um den Wasserradverein, der ist für die Schaufelräder in Oberfranken verantwortlich. Ich habe bei dem Vorsitzenden einen Termin für euch vereinbart, morgen am späten Vormittag. Sein Name lautet Kilian Krautwurst und er war nicht sehr begeistert von meinem Anliegen."

„Danke, Sieglinde, gute Arbeit", lobte der Kommissar. Die Polizistin errötete und lächelte höchst erfreut. Ihr Chef war immer so höflich und aufmerksam, ganz anders als diese Mandy, die Sieglindes ständige Schufterei wohl als Selbstverständlichkeit betrachtete.

„Ach Sieglinde, eins noch, der PC von Kati Simmerlein muss so schnell wie möglich von unseren Computerspezialisten untersucht werden, vielleicht bringt uns das weiter."

„Wird gemacht, Chef."

Die Gastwirtschaft „Goldener Hirsch" füllte sich allmählich. Der Wirtsraum war gemütlich und rustikal eingerichtet. Den Blickfang bildete ein ausladender Kachelofen mit glänzenden, flaschengrünen Fliesen, an denen man sich im Winter den Rücken wärmen konnte. Der längliche Holztisch davor, um den eine Eckbank mit weichen Kissen führte, war bereits besetzt. Bauern, die in der kleinen Ortschaft lebten, tranken ihr Feierabendbier und waren in ihr Schafkopfspiel vertieft. Die Dorfwirtschaft war für ihre hervorragenden fränkischen Spezialitäten bekannt und sowohl bei den Einheimischen als auch bei Touristen sehr beliebt.

Manuela Henneberger, die Konditoreibesitzerin, war soeben mit ihrem Lebensgefährten Klausi eingetroffen. Sie ließen sich an einem runden Tisch in der Nähe der Eingangstür nieder – der beste Platz für die neugierige Manuela, um die anderen Gäste zu beobachten.

Rainer Rohlederer, der Vorsitzende des örtlichen Sportvereins, vor einigen Monaten von seiner Ehefrau wegen eines dynamischen Tennislehrers verlassen, saß allein am Tisch und starrte trübsinnig in sein Weizenbierglas. Seit seine Gattin das Weite gesucht hatte, wurde er immer häufiger von depressiven Verstimmungen heimgesucht und grübelte, was er falsch gemacht hatte. Vielleicht hätte er ihr ab und zu einen Strauß Blumen schenken oder mehr Fantasie beim Sex entwickeln sollen? Er seufzte tief.

Die resolute Manuela Henneberger, die ihr blondes Haar mit goldenen Spangen hochgesteckt trug und sich über ihre tief ausgeschnittene, lichtblaue Bluse malerisch ein bunt gewebtes Tuch geworfen hatte, beugte sich zu ihm vor. Der Einblick in ihr Dekolleté war atemberaubend, stieß jedoch bei dem verlassenen Rainer auf keinerlei Interesse: „Du brauchst eine Frau, Rainer, so schnell wie möglich, so geht das nicht mehr weiter."

Der Angesprochene fuhr aus seinen finsteren Gedanken hoch. „Wie soll ich denn eine finden, Manuela?" Er klang verzweifelt.

„Wenn du jeden Abend hier sitzt und ein Bier nach dem anderen in dich hineinkippst, dann bestimmt nicht. Du musst aktiv suchen. Du könntest zum Beispiel einen Volkshochschulkurs besuchen."

Klausi mischte sich ein: „Bewirb dich doch bei ‚Bauer sucht Frau'."

„Großartige Idee!" Die Geschäftsfrau war begeistert.

„Ich bin doch gar kein Bauer", widersprach der überrumpelte Rainer Rohlederer.

„Das spielt überhaupt keine Rolle, deine Eltern bewirtschaften doch einen großen Bauernhof. Den willst du übernehmen und dafür brauchst du eine tüchtige Ehefrau, ganz einfach." Manuela war nicht mehr zu bremsen.

„Oder du bestellst aus einem Katalog eine neunzehnjährige Weißrussin". Klausi kam ebenfalls in Fahrt. Nachdem er den Blick seiner Lebensgefährtin richtig gedeutet hatte, versicherte er rasch: „Für mich persönlich käme ein solches Vorgehen natürlich nicht in Frage, ich schätze eine reife Frau, die mir auf hohem Niveau geistig ebenbürtig ist."

Manuela entspannte sich.

„Seid ihr wahnsinnig geworden?" Rainer war empört. „Wisst ihr nicht, was das für Konsequenzen nach sich zieht? Das habe ich erst letzte Woche in der Zeitung gelesen. So eine Dame zieht ein, dann stellt sich nach kurzer Zeit heraus, dass sie einen Ehemann und drei Kinder hat, die sie dann nachholt. Später folgen noch mehr verarmte Verwandte. Wenn man sich weigert, für den Unterhalt der ganzen Sippschaft aufzukommen, wird man massiv bedroht. Und wenn man nicht zahlt, wird einem ein Finger abgeschnitten." Er schauderte.

Zum Glück trafen nun Klarissa und Gregor König ein, sodass die beiden Kuppler abgelenkt wurden. Ihnen folgte schwerfällig die Pfarrerin Regina Engeltal mit ihrem Gatten Theo. Die hochschwangere Pfarrerin wollte vor der Geburt ihres vierten Kindes noch einmal richtig gut essen gehen, ehe sie sich mit der kargen Krankenhauskost begnügen musste. Ihre Freundin Paulina hatte sich bereit erklärt, die drei lebhaften Kinder des Pfarrersehepaares zu hüten.

Klausi bestellte für seine Lebensgefährtin einen Schoppen trockenen Franken-Silvaner.

„Ich habe einen harten Tag hinter mir", verkündete sie. „Die Polizei hat mich auch schon verhört. Ich konnte ihnen ein paar wertvolle Hinweise geben. Man tut schließlich, was man kann."

„Ist das nicht ein fürchterliches Verbrechen?" Klarissa König fröstelte. „Das arme Mädchen wurde getötet und auf ein Wasserrad gebunden, ich kann es immer noch nicht fassen. Ich habe Kati Simmerlein nur vom Sehen gekannt, aber trotzdem, sie war doch eine von uns hier."

Regina Engeltal nickte: „Es ist so grausam, wenn ein junger, blühender Mensch aus dem Leben gerissen wird, und dann auf so eine Weise. Was ist das für ein Monster! Ich hoffe, der Mörder wird bald geschnappt."

„Kati Simmerlein hatte sich in letzter Zeit verändert. Sie war verschlossener, aber auch zuversichtlicher und fröhlicher", sinnierte Manuela.

Die Bedienung servierte ihre Bestellungen, da lief Regina Engeltal krebsrot an, krümmte sich stöhnend zusammen und umklammerte heftig atmend ihren Bauch.

Als Mandy Bergmann nach einem späten Feierabend endlich ihre Altbauwohnung betrat, kickte sie als Erstes ihre unbequemen Schuhe von den Füßen auf den Dielenboden. In Strümpfen tappte sie in die Küche und ließ Leitungswasser in ein Glas laufen. Durstig trank sie es aus. Dann lief sie durch das Wohnzimmer und öffnete die Glastür, die zu der kleinen Dachterrasse führte.

Bei der Besichtigung der Wohnung hatte sie sich auf Anhieb in diesen Adlerhorst, wie sie ihren Freisitz nannte, verliebt. Diese sechs Quadratmeter im dritten Stock am Heinrichsdamm mit Blick auf die Regnitz, aufgrund einer alten Brandmauer auf der einen Seite und eines Kaminschlotes aus roten Backsteinen auf der anderen Seite uneinsehbar, waren ihr absoluter Lieblingsplatz.

Nach ihrem Einzug hatte ihr der handwerklich begabte Gerd Förster geholfen, grüne und gelbe Fliesen im Schachbrettmuster auf dem Estrich zu verlegen. Die stabilen Verstrebungen der geschwungenen Brüstung mit ihren goldenen Spitzen hatte sie schwarz lackiert.

Die Kommissarin genoss für einen Moment den Ausblick und die Ruhe, atmete tief durch und begann dann ihren Rundgang durch das Apartment. Langsam, in Gedanken versunken, sammelte sie getragene Kleidungsstücke auf, die verstreut in der Wohnung lagen, und stopfte sie in die Waschmaschine. Danach spülte sie ihr Frühstücksgeschirr und goss die blühenden weißen und rosaroten Oleandersträucher, die sie in Terrakottakübeln auf der Dachterrasse aufgestellt hatte.

Sie beschloss, die letzten Sonnenstrahlen zu genießen, ließ sich in einen Korbstuhl sinken und legte die Füße auf das Geländer. Ihre Gedanken wanderten unverzüglich zu ihrem aktuellen Fall. Da klingelte das Telefon. Das war bestimmt ihre Mutter. Sie hatten es sich zur Gewohnheit gemacht, wenigstens einmal in der Woche, meistens am Dienstag, miteinander zu sprechen.

Normalerweise rief Mandy an. Ihre Mutter bezog eine kleine Rente, und so sparte sie die hohen Telefonkosten. Als die Kommissarin vor einiger Zeit feststellte, dass ihre Mutter das Zeitungsabonnement abbestellt hatte, obwohl sie so gerne den Lokalteil las, hatte sie die Kosten übernommen. Mehr Unterstützung ließ ihre Mutter nicht zu. Dafür war sie zu stolz. Sie lebte in Leipzig im Stadtteil Grünau in einer kleinen Wohnung in einer Plattenbausiedlung. Dort war Mandy mit ihren beiden Brüdern aufgewachsen. Ihr Vater war verschwunden, als sie noch klein war. Die Erfahrung, dass man sich auf Männer nicht verlassen konnte, prägte bis heute ihre Beziehungen.

„Hallo Mami."

„Hallo, mein Goldfasan. Wie geht es dir? Du machst doch hoffentlich keine gefährlichen Sachen?"

„Bestimmt nicht, Mami, ich arbeite bei der Polizei. Da geht es moderat zu."

„Passt dieser Kommissar, wie heißt er doch gleich, auf dich auf?"

„Aber sicher, Mami", grinste Mandy. „Wie ein Schießhund."

„Stell dir vor", platzte ihre Mutter mit der Neuigkeit heraus. „Ich habe heute Mittag in der Mädler-Passage am Eingang zu Auerbachs Keller Maik getroffen. Er hat nach dir gefragt."

Unliebsame Erinnerungen stiegen in Mandy hoch. Maik, dieser eingebildete Affe. Früher war sie Mitglied eines Sportkaders gewesen. Als Einser- und Zweierkanutin konnte sie durchaus große Erfolge vorweisen. Maik war ihr Trainer und dann ihr fester Freund. Mandy, damals bis über beide Ohren verliebt und unbedarft, hatte lange gebraucht, bis sie entdeckte, dass ihr Lebensgefährte sie nach Strich und Faden betrog. Sie hatte ihn mit einer anderen Sportlerin im Bett überrascht. Die Narbe auf seiner Stirn stammte von einer Vase, die sie ihm damals voller Zorn an den Kopf geschleudert hatte.

„Du hast ihm doch nichts über mich erzählt?"

Ihre Mutter druckste herum.

„Mami?"

„Nein, wo denkst du hin, mein Kind."

„Aber?"

„Ich habe ihm nur deine Telefonnummer gegeben. Er hat so traurig gewirkt. Außerdem ist er eine gute Partie und sieht blendend aus."

Nachdem Mandy und ihre Mutter das Telefonat mit vielen Bussis beendet hatten, stand sie an der Brüstung und beobachtete lächelnd, wie ausgelassene Jugendliche nacheinander auf einem kurzen Steg Anlauf nahmen und unter Aufbietung beachtlicher akrobatischer Kunststücke in der Regnitz verschwanden, um Sekunden später prustend und johlend wieder aufzutauchen. Dann erklommen sie geschickt eine quadratische, feuerwehrrote Luftmatratze, ließen sich im Schneidersitz nieder und zogen Bierdosen an einem Seil aus dem Wasser.

Mandy beschloss, morgen früh ihre Schwimmsachen in den Rucksack zu packen und, wo auch immer, eine Runde im kühlen Nass zu drehen.

Sie ließ sich erneut an ihrem Lieblingsplatz nieder, vergaß Maik und kreiste mit ihren Gedanken um die schöne tote Frau auf dem Wasserrad, während sich die Dämmerung sanft über Bamberg herabsenkte.

Mittwoch, 18. September

Mandy Bergmann und Gerd Förster betraten früh am Morgen das Institut für Rechtsmedizin in Bamberg. Draußen kündigte die bereits wärmende Sonne einen schönen Tag an, in dem Gebäude war es jedoch still und kühl.

Die Kommissarin trug einen eleganten, schwarzen Hosenanzug mit weißen Nadelstreifen, der ihre schlanke, durchtrainierte Figur trefflich zur Geltung brachte. Unter der kurzen Anzugjacke lugte der weiße Kragen einer Bluse hervor. Ihren vollen, breiten Mund hatte sie mit einem purpurfarbenen Lippenstift betont und ihren schwarz glänzenden Garçonschnitt mit etwas Gel in Form gezupft.

Vor der Besprechung mit Carlo war sie durch die Mainauen nördlich von Bamberg gejoggt, und wieder beschlich sie das Gefühl, dass aus ihrem Unterbewusstsein eine wichtige Meldung versuchte, zu ihr durchzudringen.

Gerd Förster, ausgeschlafen und bereit, sich in die Ermittlungen zu stürzen, lächelte in sich hinein. Immer wenn eine Begegnung mit dem Gerichtsmediziner Karl-Heinz von Hohenfels bevorstand, legte seine Kollegin auf ihr Äußeres besonders großen Wert.

Sie fanden den Rechtsmediziner konzentriert in seinem Büro am Schreibtisch sitzend und sich Notizen machend. Er begrüßte sie munter, obwohl er die Nacht durchgearbeitet hatte. Bei der Aufklärung eines Verbrechens zählte jede Stunde. „Kommt herein, ihr lieben Kollegen, und setzt euch. Der Untersuchungsbericht ist noch nicht geschrieben, aber ich kann euch die wichtigsten Ergebnisse mitteilen. Wollt ihr Kaffee? Ich habe eben frischen, starken gekocht, eine edle Mischung aus Costa Rica übrigens."

Unter seinem blütenweißen Medizinerkittel spitzte eine königsblaue Fliege mit dunkelroten Punkten hervor.

Er goss für die Kommissare heißen, duftenden Kaffee in Schalen, dann faltete er seine gepflegten, kräftigen Hände.

„Kati Simmerlein ist erdrosselt worden, und zwar irgendwo an einem anderen Ort, nicht auf dem Wasserrad. Aber das hatten wir ja bereits vermutet. Sie war also schon tot, als sie an das Wasserrad gebunden wurde. Der Todeszeitpunkt liegt in etwa zwischen zweiundzwanzig Uhr und ein Uhr in der Nacht von Sonntag auf Montag."

„Erdrosselt, sagst du, Carlo?" Mandy beugte sich aufmerksam vor. „Deshalb das rote Mal um ihren Hals."

Karl-Heinz nickte: „Die sogenannte Drosselmarke. Hierbei handelt es sich um oberflächliche Schürfungen durch das Strangwerkzeug, die postmortal trocknen und Rückschlüsse auf den Gegenstand zulassen."

„Ist Kati Simmerlein also erstickt?", wollte Gerd Förster wissen.

„Nein, Gerd, der Tod tritt durch die Unterbrechung der Blutzufuhr zum Gehirn mit Hilfe eines Gegenstandes ein. Es erfolgt eine Beeinträchtigung der Kopfdurchblutung. Die venösen Blutleiter des Halses werden komprimiert. Dabei kommt es zu einer massiven Kopfstauung mit entsprechenden Stauungssymptomen. Wenn das Opfer überrascht und die Schlinge mit großer Kraft zugezogen wird, tritt fast sofort Bewusstlosigkeit ein. Gegenwehr ist unmöglich."

„Welche Art Strangwerkzeug wurde deiner Ansicht nach benutzt?", fragte Mandy.

„Eine Schlinge aus feinem, biegsamem Draht, vielleicht eine Stahldrahtschlinge, wie sie zum Beispiel Wilderer benutzen."

Die Kommissarin schüttelte fassungslos den Kopf.

Der Gerichtsmediziner fuhr fort: „Kati Simmerlein

hatte kurz vor ihrem Tod geschützten, einvernehmlichen Geschlechtsverkehr. Ich konnte keinerlei Anzeichen von Gewaltanwendung erkennen. An ihrem Körper befanden sich keine fremden DNA-Spuren, er war makellos blank. Am rechten Fußgelenk trug sie ein Kettchen."

Er reichte den Kommissaren einen kleinen, durchsichtigen Plastikbeutel. Sie betrachteten den Inhalt interessiert. An der feingliedrigen, silbernen Kette befanden sich in Abständen von ungefähr eineinhalb Zentimetern winzige Anhänger, die wie Silberkugeln aussahen, dazwischen waren ungleichmäßig runde, türkisfarbene Steine eingearbeitet.

„Was sollen denn diese Kugeln darstellen?", überlegte Mandy.

Karl-Heinz erwiderte: „Ich habe lange darüber nachgedacht und glaube, dass ich eventuell eine Erklärung gefunden habe. Es handelt sich um kleine Symbole von Gefängniskugeln, die man früher den Gefangenen in schaurigen, dunklen Verliesen an ihr Fußgelenk schmiedete, um somit ihre Flucht zu verhindern."

Mandy blickte ihn bewundernd an: „Eine nachdenkenswerte Interpretation, Carlo. Der Mörder wollte nicht, dass Kati ihm davonlief. Er wollte sie für sich behalten."

„Durchaus möglich, aber es ist tatsächlich reine Spekulation, das Kettchen könnte für unseren Fall auch keinerlei Bedeutung haben. Wir müssen herausfinden, wo man solchen Schmuck kaufen kann", bemerkte Gerd Förster.

„Also, werte Kollegen." Karl-Heinz von Hohenfels gähnte dezent hinter vorgehaltener Hand. „Ich werde mich ein klein wenig ausruhen, der Bericht folgt so schnell wie möglich." An die Kommissarin gewandt fügte er hinzu: „Was sagst du zu einem Tennismatch am Sonntagmorgen, danach Brunch in dem neuen Bistro am Domplatz?"

Mandy strahlte: „Ich bin dabei! Diesmal fege ich dich vom Platz."

Carlo lächelte milde.

Die Nordic-Walking-Gruppe der kleinen fränkischen Ortschaft traf sich an diesem sonnigen Morgen nicht wie üblich am verwitterten Marterl oberhalb des Schlangenbaches, sondern auf Anweisung von Mathilde, ihrer erbarmungslosen Trainerin, auf dem Vorplatz der Dreifaltigkeitskapelle, die nahe der Landstraße zwischen Oberehrenbach und Kasberg erbaut war.

Die Kapelle bestand aus groben, graubraunen Feldsteinen und einem spitzen Dach, auf dem vorne ein eisernes Kreuz angebracht war. Die dunkelgrüne Tür führte in einen schmalen Raum, in dem ein liebevoll geschmückter Altar aufgebaut war, vor dem eine Gebetsbank ihren Platz hatte. Alte, knorrige Eichen umsäumten den Vorhof, auf dem links vor dem Kirchlein ein rechteckiger, stabiler Holztisch mit zwei Bänken zum Verweilen und Brotzeitmachen einlud.

Die sportlichen Damen hatten ihre Walking-Stöcke lässig an die umstehenden Bäume gelehnt und auf den Bänken Platz genommen. Sie lauschten ihrer Trainerin, die ihren Plan lebhaft erläuterte. Anneliese Schüpferling nahm einen Schluck von ihrem grell orangefarbenen Isodrink, Geschmacksrichtung Maracuja. Sie trug zu ihrer engen Sportkleidung ein neues, neongrünes Stirnband, das sie sich hinter dem Rücken ihres Gatten Konrad geleistet hatte. Mit ihrem Outfit war sie nun absolut zufrieden.

„Also, passt auf", erklärte Mathilde, „wir werden ab heute einmal in der Woche eine neue Route gehen. Sie ist länger und ein wenig hügeliger als unsere bisherige Strecke entlang dem Schlangenbach. Wir müssen unser

Trainingsprogramm steigern, damit wir uns weiterentwickeln. Stillstand bedeutet Rückschritt."

„Das habe ich jetzt nicht verstanden", meldete sich Paulina.

Mathilde winkte ungeduldig ab und dozierte weiter: „Der Weg nach Haidhof und zurück beträgt schätzungsweise fünf bis sechs Kilometer. Eine Kleinigkeit für uns."

Die wohlbeleibte Manuela Henneberger stöhnte: „So weit, ich frage mich, wie viele Qualen ich noch auf mich nehmen soll, um fit für meinen Klausi zu sein."

Gunda Mirsberger legte tröstend den Arm um Manuelas Schultern: „Wir schaffen das mit links, wir sind schließlich topfitte Mädels."

Paulina Regenfuß meldete sich erneut zu Wort: „Außerdem hat Regina erzählt, dass ein gewisser Notker der Rammler das Gehen als Heilmittel gegen die Einflüsterungen des Teufels pries."

„Der bedeutsame Gelehrte und Dichter aus der karolingischen Zeit, den Regina zitiert hat, hieß Notker der Stammler, weil er einen Sprachfehler hatte", korrigierte Luise Walz ihre sportliche Mitstreiterin.

Paulina zuckte unbekümmert mit den Schultern.

Nachdem bei Regina gestern Abend im „Goldenen Hirsch" heftige Wehen eingesetzt hatten, war sie von ihrem höchst besorgten und aufgeregten Ehemann Theo nach Forchheim ins Krankenhaus gefahren worden. Dort hatte man sie dann zur Beobachtung behalten. Da die Geburt offenbar noch auf sich warten ließ, hatte die Pfarrerin zunächst energisch protestiert, dann aber doch nachgegeben. Weil sie zu ihrem Abendessen in der Dorfgaststätte nicht mehr gekommen war, bekam sie in der Klinik aufgewärmte, bleiche Königsberger Klopse, die keineswegs dazu beitrugen, ihre Stimmung zu heben. Dreimal noch hatte Regina am gestrigen Abend heimlich vom Krankenzimmer aus mit ihrem Handy zu Hause angerufen und ihrem Gatten, der schon jetzt mit der Betreuung seiner drei liebreizenden Kinder völlig überfordert war, ihre dringenden Wünsche mitgeteilt: Sie benötigte bestimmte Zeitschriften, Bücher und vor allem ihre Bibel. Außerdem ein großes Glas Salzgurken und drei Tafeln Vollmilchnussschokolade.

Die Sportlerinnengruppe absolvierte soeben unter den wachsamen Augen ihrer Trainerin sorgfältig Dehnübungen auf dem schmalen Feldweg, der nach Haidhof führte, als sie einen bulligen, karmesinroten Traktor wahrnahmen, der mit Höchstgeschwindigkeit auf sie zuraste. Im letzten Moment sprangen die Damen laut schimpfend in den flachen Graben, der den Weg säumte. Verblüfft sahen sie dem Fahrzeug hinterher, das in einer aufgewirbelten Sandwolke verschwand.

„Das war der alte Hans, der Vater von Erich", erklärte Manuela ihren Freundinnen. „Er traut sich nicht mehr, seinen Wagen zu benutzen, und fährt mit seinem neuen ‚John Deere', den er extra hat umspritzen lassen, nach Forchheim in den Supermarkt zum Einkaufen. Dort stellt er sich quer auf vier Parkplätze. Jetzt ist er auf dem Weg nach Hohenschwärz, um seine Schnapsvorräte aufzufüllen, das weiß ich von Erich. In seiner Scheune stehen auf hoch angebrachten Holzregalen, sicher vor seiner kleinwüchsigen neugierigen Frau, Dutzende von Gummistiefelpaaren, die Hans im Laufe seines harten Bauernlebens abgetragen hat. Dort versteckt er seine Schnapsflaschen."

„Genug erzählt", rief Mathilde resolut. „Wir starten jetzt auf unserem neuen Parcours. Und denkt bitte an den korrekten Stockeinsatz." Die Formation der Damen setzte sich flott in Bewegung.

Da sie noch reichlich Zeit bis zu ihrem Termin mit dem Vorsitzenden des Wasserradvereines, Kilian Krautwurst, hatten, beschloss Gerd Förster, nicht den schnellsten Weg über die A 73 nach Buttenheim und die Landstraße nach Ebermannstadt zu wählen. Er entschied sich für die Burgenstraße, die sie durch eine malerische Landschaft und verträumte Dörfer zum Markt Heiligenstadt führen würde.

Als sie die Marktgemeinde erreichten, wies Gerd seine Kollegin auf das Schloss Greifenstein hin, das erhaben über dem Ort auf einem dicht bewaldeten Berg thronte. Die Blätter der Laubbäume leuchteten in gelben, roten, ocker- und orangefarbenen Schattierungen in der höher steigenden Sonne.

Das eindrucksvolle Barockschloss hatte sich einst im Besitz der Schenk von Stauffenberg befunden, aus deren Geschlecht große Männer in die Geschichte eingingen. Der berühmteste dieser Männer war der Hitler-Attentäter vom 20. Juli 1944, Oberst Claus Graf Schenk von Stauffenberg.

Mandy war sichtlich beeindruckt und nahm sich fest vor, bald an einer Führung teilzunehmen.

Durch das liebliche Leinleitertal, auf dessen grünen Anhöhen Wacholderbäume wuchsen, fuhren sie an Gasseldorf vorbei.

„Dieser Ort hat seinem berühmtesten Bürger ein Denkmal gewidmet", erklärte Gerd Förster. „Bei dieser interessanten Geschichte geht es um Frankfurter und Wiener Würstchen. Ich erzähle sie dir ein anderes Mal. Wir sind gleich da."

Der Wasserradverein „Fränkische Schweiz" hatte seinen Sitz in einer Blockhütte, die neu und geräumig wirkte und sich in der Nähe des beliebten Ebermannstädter Schwimmbades Richtung Streitberg auf einer flachen, kleinen Anhöhe befand, inmitten eines Kiefernwäldchens oberhalb der Wiesent.

Gerd Förster steuerte den Dienstwagen über eine

schmale Brücke einen Feldweg entlang, der sich durch Rübenäcker und Wiesen schlängelte. Schließlich parkte er direkt vor der Blockhütte. Links davon stand unter Schatten spendenden Bäumen eine ausladende, aus Buchenholz gezimmerte, robuste Sitzgarnitur neben einem überdachten Grill.

„Ein schöner Platz", bemerkte der Kommissar, während er auf den grün und türkis schimmernden Fluss schaute, der sich wild rauschend durch das Tal zog. Als sich sein Blick gegen Nordosten das Tal hinauf richtete, konnte er die Burgruine Neideck auf schroffen, steil abfallenden Felsen erkennen, die aus einem bereits herbstlich bunten Laub- und Nadelwald hervorwuchsen. Gegenüber, ungefähr tausend Schritte entfernt, erhob sich die Ruine Streitburg. Er machte seine Kollegin auf die eindrucksvolle Aussicht aufmerksam: „Die Ruine, die du rechts sehen kannst, ist die Burg Neideck, die als Wahrzeichen der Fränkischen Schweiz gilt und erstmals 1219 urkundlich erwähnt wurde."

Er erzählte eine Episode aus ihrer Geschichte: Zu jener Zeit war sie von der Adelsfamilie der Schlüsselberger bewohnt gewesen. Konrad II. von Schlüsselberg, der Letzte seines Geschlechts, hatte hier einen grauenvollen Tod gefunden. Er war 1347 bei einer Belagerung von einem Wurfgeschoss, einem sogenannten Pleyden, getroffen und getötet worden. Auslöser der Auseinandersetzungen war seine maßlose Habgier gewesen. Von seiner Burg aus hatte er die alte Handelsstraße zwischen Nürnberg und Bayreuth kontrollieren können. Durch die Errichtung einer Mautstelle, an der ein Wegezoll für die Überquerung der Wiesent erhoben wurde, hatte er sich den Zorn der Bischöfe von Bamberg und Würzburg sowie des Burggrafen von Nürnberg zugezogen. Die Burg Neideck war an den Bischof von Bamberg gefallen und Amtssitz geworden.

Mandy lächelte ihren Kollegen an: „Deine geschichtlichen Exkurse sind immer wieder hoch interessant. Kann man dort auch schön wandern?"

„Aber ja", erwiderte Gerd, „man kann vom Streitberger Schwimmbad oder vom Weiler Haag aus zu der Burgruine hochsteigen. Zwischen den alten Burgmauern und den Wehrtürmen finden ab und zu auch Theateraufführungen statt. Die Plattform weiter oberhalb eignet sich mit ihrer wunderschönen Aussicht hervorragend als Picknickplatz."

„Diesen Vorschlag werde ich Carlo unterbreiten, als Ziel eines Sonntagsausfluges", freute sich Mandy, „ein Gourmet-Picknick."

Gerd Förster nickte grinsend: „Dann kann Karl-Heinz schon einmal anfangen, eine seiner Damasttischdecken zu bügeln und das feine Silberbesteck zu polieren."

Mandy lachte: „Und sich Gedanken über erlesene Speisen und Getränke machen. Aber lass uns jetzt die Befragung durchführen."

Beidseitig der breiten Eingangstür waren Ausstellungskästen angebracht, in denen farbige Abbildungen von verschiedenen Wasserrädern mit ausführlichen Beschreibungen zu studieren waren.

Mandy klopfte und öffnete die Tür. Sie betraten einen Raum mit weiteren Glaskästen und Tafeln, die über die Geschichte der Schöpfräder informierten.

Die Kommissarin betrachtete interessiert die Fotografie eines riesigen Wasserrades, das sich in Syrien über einen Fluss namens Orontes erhob. In den früheren Hochkulturen des Vorderen Orients wurden Wasserschöpfräder bereits vor Tausenden von Jahren genutzt. Weiter erfuhr sie, dass man zwischen unterschlächtigen und oberschlächtigen Wasserrädern unterschied.

Mandy war in einen Text vertieft, als sich plötzlich eine Tür öffnete und ein Mann hereintrat.

Er begrüßte die Kommissare und stellte sich als Kilian Krautwurst, erster Vorsitzender des Wasserradvereines „Fränkische Schweiz“, vor.

Der Mann war fast so groß wie Gerd Förster, mager, mit blasser Gesichtsfarbe und hängenden Schultern. Langes, drahtiges schwarzes Haar, mit grauen Strähnen durchzogen, umrahmte ein Gesicht mit unförmiger Nase, runden, ausdruckslosen Augen und einem schmallippigen Mund. Auf dem asymmetrischen Nasenrücken saß eine schwarze, dünnrandige Nickelbrille. Zur abgewetzten Jeans trug er ein zerknittertes T-Shirt, auf dem „Rettet die Regenbogenforelle“ zu lesen war.

Kilian Krautwurst bat sie, in einer Sitzecke Platz zu nehmen, und fragte dann: „Was kann ich denn für Sie tun?“

Der Kommissar erklärte: „Auf dem Wasserrad in Ebermannstadt wurde am frühen Montagmorgen die Leiche einer jungen Frau gefunden, Kati Simmerlein. Sie haben sicher davon gehört?“

Der Vorsitzende nickte.

Gerd Förster fuhr fort: „Ein Schöpfrad ist ein außerordentlich ungewöhnlicher Fundort für eine Leiche. Vielleicht gibt es eine Verbindung zum Wasserradverein. Sie verstehen, wir müssen jeder Spur nachgehen.“

„Natürlich, ich verstehe, aber ich sehe da keine Verbindung. Der Verein hat es sich zur Aufgabe gemacht, Patenschaften für Wasserschöpfräder zu übernehmen, und dadurch ist es gelungen, die althergebrachte Tradition der seit dem 15. Jahrhundert bestehenden, gewaltigen Holzkonstruktionen wieder in das Bewusstsein zu bringen. Nach der heute noch gültigen Baiersdorfer Wasserordnung aus dem Jahre 1693 dürfen die Schöpfräder nur vom 1. Mai bis zum 31. September laufen. Neigt sich der Sommer dem Ende zu, werden sie dann normalerweise abgebaut und eingelagert. Wir schaffen das nicht immer bei allen Rädern. Sie müssen gewartet und ausgebessert werden. Das ist viel Arbeit."

„Wie viele Mitglieder hat Ihr Verein?", wollte Mandy wissen.

„Unser Verein hat vierunddreißig engagierte Mitglieder, darauf sind wir stolz. Der zweite Vorsitzende ist Ewald Hufnagel, der Oberförster des Landkreises Forchheim. Wir sind sehr aktiv, auch um Spendengelder für unsere Arbeit zu akquirieren. Zum Beispiel veranstalten wir Vorträge und Wasserradführungen für interessierte Bürger, Kindergärten und Schulklassen."

„Das Wasserrad musste zum Stehen gebracht werden, als die Tote daraufgelegt wurde. Können das nur kundige Personen?", fragte der Kommissar.

„Ein Wasserrad justieren kann im Grunde jeder, der sich mit dem Mechanismus beschäftigt hat und sich traut, auf die Holzkonstruktion zu klettern", erläuterte Herr Krautwurst sachlich.

„Darf ich fragen, was Sie beruflich machen?", fuhr Gerd Förster fort.

„Ich habe vor fünfzehn Jahren mein Studium – Lehramt für das Gymnasium für die Fächer Deutsch, Geschichte und Erdkunde – beendet und arbeite seit einigen Jahren in einem Nachhilfeinstitut."

„Kannten Sie Kati Simmerlein?"

„Nein." Die Antwort kam etwas schnell.

„Wo waren Sie in der Zeit von zweiundzwanzig Uhr und ein Uhr in der Nacht vom 15. auf den 16. September?"

Kilian Krautwurst sah den Kommissar überrascht an.

„Reine Routine", versicherte dieser.

„Zu Hause, in meinem Bett."

„Kann das jemand bezeugen?", hakte Mandy nach.

„Nein, ich war alleine."

Als die Kommissare über die steinerne Brücke zurück in Richtung Landstraße fuhren, überlegte Mandy: „Wenn er Lehramt studiert hat, warum arbeitet er dann nicht an einer Schule, sondern gibt Nachhilfe? Als Gymnasiallehrer verdient er doch viel mehr."

„Sieglinde soll das mal genau überprüfen", nickte Gerd Förster nachdenklich.

Sein Handy klingelte. Er fuhr rechts an den Straßenrand und nahm das Gespräch entgegen. „Hallo Sieglinde", begrüßte er seine Kollegin.

„Es gibt Neuigkeiten von unseren Computerspezialisten", berichtete diese aufgeregt. „Kati Simmerlein hatte in einem Chatroom speziell für Partnersuche häufigen Kontakt zu einer Person, die sich unter dem Namen Ernst Schönleben aus Bayreuth, Eremitageallee 17, eingeloggt hat. Sie sagen, das kann auch ein sogenannter Nickname sein, aber manche Internet-User sind so naiv und verwenden tatsächlich ihren eigenen Namen."

„Hervorragend, Sieglinde, wir holen dich in Bamberg ab, dann fahren wir gemeinsam nach Bayreuth. Wir setzen dich am Bahnhof ab und du zeigst ein Foto von Kati Simmerlein herum, vielleicht ist sie ja mit dem Zug gefahren, schließlich besitzt sie keinen Führerschein. Mandy und ich begeben uns in die Eremitageallee 17. Womöglich ist das unser Mann. Viele Menschen machen sich überhaupt keine Gedanken darüber, dass das Internet nichts vergisst."

„Ich muss noch einen dringenden Bericht fertig schreiben, wann kommt ihr denn?", fragte Sieglinde.

„In ungefähr zwei Stunden", antwortete der Kommissar und blinzelte Mandy verschwörerisch zu.

Gerd Förster wendete, fuhr durch Streitberg und überquerte dann erneut über eine alte, holprige Holzbrücke die Wiesent. Dahinter bog er links ab und nach etwa vierhundert Metern parkte er den Dienstwagen unter einer mächtigen Eiche im Schatten. Über Mittag war die Temperatur auf für September ungewöhnliche sechsundzwanzig Grad gestiegen. Vor ihnen lag ein flaches, gelb gestrichenes Gebäude, dessen gedrungene Holztür weit offen stand. Dahinter schimmerte verlockend blaues Wasser.

„Was machen wir hier?", fragte Mandy verblüfft.

„Schwimmen gehen. Das hast du dir doch gewünscht. Wir haben eine gute Stunde zur Verfügung. Vor dir liegt das bezauberndste, altmodischste Schwimmbad der Fränkischen Schweiz."

Mandy strahlte: „Ist das dein Ernst?"

„Aber ja. Du stürzt dich in die Fluten und ich setze mich in die Sonne und denke nach. Ich habe keine Schwimmsachen dabei."

Gerd Förster bezahlte das Eintrittsgeld und steckte einen Fünfeuroschein in ein dickes Sparschwein. Die Spenden dienten dem Erhalt dieses Kleinodes.

Mandy betrachtete mit Entzücken das einladende, rechteckige Becken. In der Mitte verlief ein Seil mit weißen und roten Bällen, das gewissenhaft den Schwimmer- und den Nichtschwimmerbereich trennte. Nur wenige Personen schwammen im tiefen Becken. Im Kinderbecken kreischten vergnügte kleine Menschen mit Schwimmflügelchen wild durcheinander.

Ein gebräunter Papa sauste mit seiner Tochter die blaue Rutsche hinunter, sie flogen zwei Meter waagrecht über die Wasseroberfläche, dann plumpsten sie, jauchzend vor Freude, ins Wasser, dass es nur so spritzte. Im davorliegenden Babybecken mit seinem Springbrunnen füllten Kleinkinder mit Speckfalten konzentriert ihre bunten Eimerchen, trugen sie auf wackeligen Beinen zum großen Becken und schütteten das Wasser unter den wachsamen Blicken ihrer Mamas hinein. Es war ein wundervolles, friedliches Bild.

Mandy zog sich in der Sammelkabine rasch um und hechtete kopfüber in das einladende Wasser.

Gerd Förster grinste bereits, als sie nach einigen Sekunden luftschnappend wieder auftauchte.

„Verflixt, ist das kalt."

Sie kraulte an den Beckenrand, wo ihr Kollege mit hochgekrempelten Hosenbeinen saß und die Füße erfrischte.

„Vielleicht hätte ich vorhin noch erwähnen sollen, dass das Becken nicht beheizt wird", lachte Gerd Förster. „Es wird von der Muschelquelle auf dem gegenüberliegenden Berg gespeist. Aber du bist doch ein robustes Naturmädel."

Mandy spritzte ihn nass und zog dann glücklich ihre Bahnen.

Ein junger Mann, der es mit ihr aufnehmen wollte, verlor das Wettschwimmen mit katastrophalem Ergebnis. Wie ein begossener Pudel trollte er sich.

Die Kommissarin zog sich am Beckenrand hoch und stieg aus dem Wasser. „Es ist wirklich wundervoll hier. Danke, Gerd, für die schöne Überraschung."

„Wir haben noch Zeit für eine Erfrischung im Biergarten", schlug Gerd Förster vor. Unter Kastanienbäumen, umgeben von Schwimmern, Wanderern und Fahrradfahrern, folgten ihre Blicke den Kajaks, die ruhig über die smaragdgrüne Wiesent glitten.

Die Damen-Nordic-Walking-Gruppe hatte die Strapazen der neuen, längeren Strecke soeben hinter sich gebracht und fand sich nun in Manuela Hennebergers Konditorei zu einer kleinen Erfrischung ein. Die Sportlerinnen versammelten sich in einer Sitzecke, die der

Lieblingsplatz aller Gäste und zum Glück unbesetzt war. Im Unterschied zu der ansonsten modernen Einrichtung mit klaren Linien bestand die Ecke aus zwei kirschroten Biedermeiersofas, deren Ränder mit kordelartigen Goldbordüren gesäumt waren. Zwei dazu passende, ebenso bequeme Sessel befanden sich auf der anderen Seite des runden, glänzend lackierten Holztisches. Die erschöpften, verschwitzten Damen ließen sich erleichtert in den weichen Plüsch fallen. Sie waren durstig und brauchten dringend eine Verschnaufpause. Mathilde hatte sie nur mit Mühe davon abgebracht, bereits in Haidhof in der Gaststätte einzukehren. „Erst ein großen Glas Mineralwasser für alle", bestimmte sie.

Die Konditoreibesitzerin legte einen Hochglanzkatalog mit einem umfangreichen Sortiment an schicker Landhausmode und Dirndlkleidern in allen Farben und unterschiedlichen Schnitten auf den Tisch. Danach schenkte sie eisgekühlten Prosecco in hohe Sektgläser ein.

Die Sportgruppe stieß an und verspürte Stolz darüber, dass sie den anstrengenden Parcours bravourös gemeistert hatte. Staunend blätterten die Sportlerinnen die Katalogseiten um. Anneliese fand manche Dekolletés zu gewagt. Ihr Konrad würde Amok laufen.

Hauptgesprächsthema war das Betzenaustanzen bei der bevorstehenden Dorfkirchweih. Paulina, Anneliese, Luise und Manuela hatten sich bereits angemeldet. Sie würden, wie es der Brauch vorschrieb, einem ledigen Kirchweihburschen zugeteilt, mit dem sie im Kreis um den Maibaum tanzen und mit anderen Paaren darum wetteifern würden, den Betzen, ein junges männliches Schaf, zu gewinnen. Die Pfarrerin des Ortes, Regina, hatte aufgrund ihrer fortgeschrittenen Schwangerschaft schweren Herzens auf die Teilnahme verzichtet, ebenso Gunda, die sich in Trauer befand. Klarissa König hatte mit der Begründung abgewunken, dieses traditionelle Geschehen sei ihr doch zu ursprünglich.

Konrad Schüpferling, der eifersüchtige Ehegatte von Anneliese, war mit diesem Plan ganz und gar nicht einverstanden und schmollte seit Tagen. Sie verwies zwar darauf, dass Kirchweihburschen nicht verheiratet sein dürfen, doch das half in keinster Weise weiter.

Die Damen spekulierten auf den Betzen und rechneten sich gute Chancen aus. Acht Paare hatten sich angemeldet, sodass ihre Gewinnchancen bei etwa fünfzig Prozent lagen. Das hatte Paulina in mühseliger Rechnerei herausgefunden.

Munter stießen sie auf das Gelingen ihres Vorhabens an und beschlossen, am kommenden Wochenende in Forchheim einen Einkaufsbummel zu machen und sich schicke Dirndlkleider zu kaufen. Sie diskutierten lebhaft über die Zuordnung der jeweiligen Farbtöne, wobei Manuela Henneberger von vornherein ein zartes Rosa für sich beanspruchte. Ausschließlich diese Farbe würde ihren Alabasterteint und ihre blonden Haare perfekt zur Geltung bringen.

Gutmütig gaben ihre Freundinnen nach. Paulina sollte ein hellblaues Dirndl tragen, Anneliese ein lindgrünes und für Luise entschieden sie sich für ein dunkelrotes Kleid, das sie zu ihren schwarzen Haaren wunderbar kleiden würde.

„Auf den Betzen!", riefen sie ausgelassen und nahmen noch einen Schluck kühlen Prosecco.

Die Kommissare hatten Sieglinde Silberhorn im Bamberger Präsidium abgeholt und fuhren nun auf dem schnellsten Weg nach Bayreuth. Gerd Förster versprach seinen Kolleginnen unterwegs, dass er sie nach den Ermittlungsarbeiten zum Essen einladen würde.

Sie setzten die Polizistin am Bayreuther Bahnhof ab. In der Brusttasche ihrer Uniform steckte ein Porträtfoto von Kati Simmerlein, für das sie sich nach längerer Überlegung entschieden hatte. Sie verabredeten den späteren Treffpunkt und Sieglinde betrat den Bahnhof. Zuerst unternahm sie einen Rundgang, um sich mit der Lokalität vertraut zu machen. Da sie Zeit genug hatte, beschloss sie, sich vor den schwierigen Befragungen erst einmal eine Erfrischung zu gönnen. Ihr war heiß in der Uniform. Doch die Jacke konnte sie nicht ablegen, schließlich war sie mit einem offiziellen Auftrag unterwegs und musste Autorität und Kompetenz ausstrahlen.

Sieglinde Silberhorn suchte sich einen freien Platz in der Bahnhofscafeteria und bestellte sich eine große Cola mit Eiswürfeln. Sie legte sich einen genauen Plan zurecht, wie sie vorgehen wollte, und machte sich geschäftig Notizen. Es galt zu entscheiden, an welchen markanten Stellen innerhalb des Bahnhofsgeländes sie das Foto von Kati Simmerlein vorzeigen wollte.

Sie würde Gerd Förster nicht enttäuschen und jeden Stein umdrehen. Wenn die junge Frau sich hier aufgehalten hatte, würde sie es herausfinden. Entschlossen nahm die Polizistin ihre Aufgabe mit gestrafften Schultern in Angriff.

Mandy Bergmann und Gerd Förster wurden unterdessen von ihrem Navi zur Eremitageallee 17 gelotst. Sie bogen von der breiten Straße, die weiter zur Eremitage führte, in einen schmalen, gepflasterten Weg ein und steuerten auf ein steinernes Portal zu, dessen schmiedeeiserne Tore weit geöffnet waren.

Gerd Förster hätte seiner Kollegin die Eremitage gerne gezeigt oder wenigstens im Ostflügel der Orangerie einen Kaffee mit ihr getrunken, doch dafür war leider keine Zeit. Die Eremitage war eine einzigartige historische Parkanlage mit spektakulären Wasserspielen. Zu dem Ensemble gehörten auch das alte Schloss, die Orangerie mit dem Sonnentempel und ein Ruinentheater. Im Jahre 1735 hatte Markgraf Friedrich seiner Gattin Wilhelmine die Eremitage zum Geschenk gemacht. Heute fand im Park jedes Jahr ein rauschendes Sommernachtsfest statt.

An der rechten Säule des Portals war ein mit Patina überzogenes, ovales Messingschild angebracht, auf dem in dunklen, verschnörkelten Buchstaben „Seniorenresidenz Wilhelmine“ zu lesen war. Ein Pfeil wies zu einem Parkplatz. Die Kommissare schauten sich verblüfft an.

„Ein Täter, der in einem Altenheim lebt?“, staunte Mandy.

„Vielleicht handelt es sich bei dem Mann um einen Angestellten und nicht um einen Bewohner“, mutmaßte Gerd Förster. „Wir werden sehen.“

Es war offensichtlich ein Pflegeheim der nobleren Art. Sie stiegen aus ihrem Dienstwagen und blickten auf einen gepflegten Rasen, auf dem sich alter Baumbestand in den Himmel erhob und sich ein weites Stück bis zum Hauptgebäude erstreckte.

Verteilt auf dem Vorplatz, umgeben von Rosenbüschen, waren Sitzgelegenheiten aufgestellt, die zum Verweilen einluden. Auf einer weiß lackierten Bank mit geschwungener Lehne, neben einer altmodischen Vogeltränke, saß eine alte Dame, in deren Schoß eine Strickarbeit ruhte. Sie schien sie völlig vergessen zu haben und starrte in Gedanken versunken vor sich hin. Mandy tat sie leid. Sie machte einen so verlorenen, einsamen Eindruck.

Die Kommissare näherten sich auf einem gewundenen, kiesbestreuten Pfad einer imposanten Villa, die mit Erkern und Türmchen verziert war und eher den Eindruck eines Herrenhauses vermittelte.

Im Eingangsbereich, der mit abgetretenem Parkett

ausgelegt war und den genau in der Mitte der hohen, gewölbten Stuckdecke ein riesiger Kronleuchter zierte, meldeten sie sich am Empfang, wiesen sich aus und erklärten, dass sie mit Ernst Schönleben sprechen wollten.

Die Dame am Empfang vergewisserte sich, dass die Kriminalpolizei mit dem Herrn sprechen durfte. Dann rief sie eine Altenpflegerin herbei, die sie zu Herrn Schönleben bringen sollte. Die Pflegerin führte die Beamten über eine breite Treppe in den ersten Stock.

„Ist Herr Schönleben ein Bewohner?", wollte Mandy von der hilfsbereiten jungen Frau wissen.

„Ja, natürlich, er wohnt schon seit vielen Jahren hier", berichtete sie. „Ich versuchte ihn vorhin zu überreden, sein Zimmer zu verlassen und vor der Kaffeetafel ein wenig mit mir im Park spazieren zu gehen. Aber er wollte lieber in seinem Zimmer bleiben. Erwarten Sie nicht, dass er mit Ihnen spricht. Und regen Sie ihn bitte nicht auf. Er ist sehr sensibel und fürchtet sich schnell."

Sie traten in ein abgedunkeltes, geräumiges Zimmer, das – abgesehen von einem funktionalen Pflegebett – mit persönlichem, altmodischem Mobiliar eingerichtet war. Eine zusammengesunkene Gestalt saß in einem Ohrensessel am halb geöffneten Fenster. Die Gardine bauschte sich leicht im Herbstwind.

„Hallo Herr Schönleben, Sie haben Besuch!", rief die Pflegekraft aufmunternd. „Schauen Sie mal."

Es erfolgte keinerlei Reaktion. „Herr Schönleben?"

Der Mann drehte ein wenig seinen Kopf und seine trüben, alten Augen schienen durch sie hindurchzusehen. Plötzlich huschte der Anflug eines Lächelns über sein runzliges Gesicht.

„Ihr wollt mich zum Angeln abholen, habt ihr an die Würmer und Fliegen gedacht?" Dann sank er zurück und war nicht mehr ansprechbar.

Auf dem Weg nach unten erklärte die fachkundige

junge Frau: „Unser Bewohner, Herr Schönleben, leidet an einer fortschreitenden, unaufhaltsamen Demenzerkrankung und versinkt immer mehr in seine eigene Welt. Manchmal jedoch erinnert er sich an sein Leben von früher."

„Er besitzt keinen PC, oder?", vergewisserte sich Mandy.

„Er weiß gar nicht, was ein Computer ist."

Die Kommissare verließen bedrückt und schweigend die vornehme Seniorenresidenz.

„So stelle ich mir meinen wohlverdienten Lebensabend gewiss nicht vor", meinte Mandy nachdenklich.

„Ich auch nicht", antwortete ihr Kollege.

„Also doch ein Nickname. Der Täter hat den Namen und die Adresse des alten Herrn benutzt. Es wäre ja auch zu schön gewesen. Holen wir Sieglinde ab und gehen etwas Ordentliches essen. Vielleicht konnte sie etwas herausfinden, das uns weiterbringt."

Sieglinde Salome Silberhorn hatte sich bereits am vereinbarten Treffpunkt eingefunden. Mächtig stolz auf ihre spektakulären Ermittlungsergebnisse wartete sie voller Ungeduld auf ihre Kollegen.

Sie hatte am Fahrkartenschalter, am Infopoint, an der Gepäckaufbewahrungsstelle und auch sonst überall das Foto von Kati Simmerlein vorgezeigt, doch alle Befragten schüttelten den Kopf. Niemand hatte die junge Frau gesehen.

Die Polizistin wollte schon resigniert aufgeben. Schließlich konnte das Verbrechensopfer überall hingefahren sein oder sie war in der Nähe ihres Wohnortes abgeholt worden.

Auf einem Bahnsteig entdeckte Sieglinde einen Kiosk und beschloss, einen Milchkaffee zu trinken. Sie hatte noch einige Minuten Zeit. Eine ältere Frau, die eine Zigarette rauchte und gelangweilt in einer Zeitschrift blätterte, nahm ihre Bestellung auf und reichte ihr über die Theke einen Becher mit dampfendem Kaffee. Sieglinde zeigte ihr das Bild und wollte es gerade wieder in ihre Tasche stecken, als die Frau sie bat, es noch einmal sehen zu dürfen. Sie betrachtete die Fotografie aufmerksam, dann stellte sie fest: „Die junge Frau war hier, ich kann mich erinnern, sie gesehen zu haben. Sie verlangte Sahne für ihren Kaffee, ich habe aber nur Milch."

„Wissen Sie noch, wann das war?", fragte Sieglinde aufgeregt. Die Kioskbesitzerin dachte nach. „Jetzt fällt es mir wieder ein, es war am vergangenen Samstagvormittag, so gegen elf Uhr. Ich hatte beschlossen, den Verkaufsstand früher zu schließen, weil ich so stark erkältet war."

„Hatte die Frau Gepäck bei sich?", wollte Sieglinde wissen.

„Ich glaube, sie trug einen großen Reiserucksack oder so eine Art Umhängetasche, aber daran kann ich mich nicht mehr so genau erinnern. Ich hatte jedoch den Eindruck, sie würde auf jemanden warten. Sie blickte sich ständig unruhig um und sah ungeduldig auf ihre Uhr. Ich dachte noch, wer lässt denn eine so hübsche junge Dame so lange warten?"

„Haben Sie gesehen, ob sie jemand abholte?"

„Ich bin mir nicht sicher. Die Kaffeemaschine musste noch gereinigt werden, und als ich wieder auf den Bahnsteig blickte, war sie weg. Ich meine, ich sah sie in der Menge verschwinden. Mit einem großen Mann an ihrer Seite."

„Können Sie ihn beschreiben?"

„Nein, die beiden waren schon viel zu weit weg, ich kann auch nicht beschwören, dass es sich tatsächlich um diese Frau handelte. Warum wollen Sie das eigentlich alles wissen, handelt es sich um ein Verbrechen?" Die von

Falten umgebenen, müden Augen der Frau leuchteten plötzlich vor Sensationsgier.

Die Polizistin verneinte: „Reine Routinebefragung, vielen Dank für Ihre Hilfe." Sie trank den letzten Schluck von ihrem Kaffee und machte sich voller Begeisterung über diesen Fortschritt bei den Ermittlungen auf den Weg.

Gerd Förster verließ Bayreuth Richtung Westen, fuhr durch Donndorf mit seinem eleganten Schloss Fantaisie und bog schließlich links ab Richtung Fränkische Schweiz.

„Wir nehmen jetzt eine sehr beliebte Touristenstrecke, eine Sightseeingtour gewissermaßen, dann lade ich euch in eine rustikale Gastwirtschaft ein, in der hervorragende fränkische Speisen zubereitet werden. Ich glaube, das haben wir uns jetzt verdient, besonders Sieglinde."

Diese strahlte und freute sich über die Anerkennung ihrer Arbeit.

Der Weg führte sie durch das Ahorntal, ein schmales, von schroffen Felsen gesäumtes Tal, und an der Stelle, wo es in das liebliche Ailsbachtal überging, gaben die hohen Fichten plötzlich den Blick auf die trutzige Burg Rabenstein frei, die sich rechterhand aus dem dichten Mischwald auf einer Anhöhe über einem mächtigen, senkrechten Felsgestein erhob. Mandy war entzückt.

„Die Burg ist etwa achthundert Jahre alt", erklärte der Kommissar. „Sie verfügt über prächtige Prunk-, Waffen- und Rittersäle, die ganzjährig besichtigt werden können. Interessant ist auch die Falknerei mit über achtzig der größten und schönsten Greifvogelarten und den beeindruckenden Flugschauen. Als Kind war ich einmal mit meinen Eltern hier. Da ist ein riesiger Geier knapp über meinen Kopf hinweggesegelt und dann neben mir auf die Bank gehüpft. Ich bin so erschrocken, dass mich nur noch ein großes Eis beruhigen konnte."

Sieglinde kicherte.

Bald durchquerten sie Behringersmühle und bogen im Zentrum rechts ab Richtung Schottersmühle, einer alten, ehemaligen Getreidemühle, die an der Wiesent lag. Sie hatten ihr Ziel beinahe erreicht. Einige hundert Meter weiter, wo die Wiesent einen Bogen beschrieb, befand sich ein Wirtshaus, das für seine gute Küche bekannt war. Sie wählten einen Platz an der hinteren, grob verputzten, mit Balken durchzogenen Wand, von wo aus sie einen schönen Blick auf den strudelnden Fluss hatten.

Über allen Tischen waren Kandelaber aus nachgedunkeltem Messing im Mauerwerk befestigt, in denen weiße, brennende Kerzen steckten. Sie fühlten sich ein wenig wie in einem Rittersaal.

„Wirklich schön hier", stellte Mandy fest und streckte seufzend ihre langen Beine unter dem festlich eingedeckten Tisch aus. Die Eindrücke des Altenheimbesuches gingen ihr jedoch noch im Kopf herum.

Sieglinde Silberhorn hatte ihre Uniformjacke ausgezogen und den Knoten der Krawatte etwas gelockert. Sie studierten die Speisekarte.

„Was kannst du uns empfehlen, Gerd?", fragte Mandy.

„Eine Spezialität des Hauses ist die gefüllte Bauerntaube. Auch die Brotzeitplatten sind besonders lecker, hier gibt es sogar Zwetschgenbaames."

„Was ist denn das? Davon habe ich noch nie etwas gehört." Die Kommissarin war neugierig.

„Das ist luftgetrockneter, geräucherter Rinderschinken, in hauchdünne Scheiben geschnitten, wirklich köstlich. Er ist dann perfekt, wenn sein Fleisch dem inneren Holz des Zwetschgenbaumes ähnelt, deshalb auch der Name."

Mandy und ihr Kollege entschieden sich für die Bauerntaube, Sieglinde bestellte Schäuferle, zusätzlich zum

Gefüllte fränkische Bauerntauben

Es gibt inzwischen leider kaum noch Angebote von den größeren Taubenrassen, wie die einfache Bauerntaube und die Feldflüchter, oder gar der größten Rasse, der Hubbeltaube (Fleischtaube). Die brachte es in ganz kurzer Zeit als „junge Taube“ auf bis zu 750 Gramm (eine Taube für zwei Personen). Belassen wir es also dabei und rechnen pro Person eine Taube in Normalgröße.

4 Stück, möglichst frische, junge, küchenfertige Tauben
Für die Füllung:
150 – 200 ml Milch, angewärmt
2 harte, trockene Brötchen
1 kleiner Bund Petersilie, gehackt
1 Zwiebel, ganz fein gehackt.
5 EL saure Sahne
2 Eier
Innereien der Tauben, Herz, Magen, Leber (wer den Geschmack kräftiger mag, der kann noch etwas Geflügelleber dazugeben; aber nur von Geflügel, kein Hackfleisch oder sonstige Leber).
Salz, Pfeffer, gemahlene Muskatnuss. Butterschmalz zum Braten

Tauben waschen, gut trocknen, innen und außen salzen und pfeffern. Die eingeweichten Brötchen gut ausdrücken. Die Innereien klein schneiden und zusammen mit den Brötchen durch den Fleischwolf drehen. Eventuell auch mehrmals, bis die Masse nicht mehr zu grob ist.
Alle anderen Zutaten dazugeben, gut vermischen. Wenn es zu weich ist, noch etwas Semmelbrösel dazugeben, aber Vorsicht, nicht zu viel, sonst wird es zu trocken. Tauben damit füllen und zunähen.
In eine gefettete (Butterschmalz) Pfanne, Brust nach oben, legen und im vorgeheizten Ofen bei 200 Grad 30 – 35 Minuten braten. Immer wieder mit dem Bratfett übergießen.
Bratensoße mit etwas Wasser und saurer Sahne verlängern, etwas eindicken, abschmecken und mit den Tauben servieren.
Dazu passen Knödel je nach Geschmack, auch Salzkartoffeln, Feldsalat oder grüner Salat.

Beilagensalat mit einer Portion Sauerkraut. Nach den aufregenden Ereignissen benötigte sie dringend ein gehaltvolles Mahl.

Sie prosteten sich mit alkoholfreiem Bier zu und besprachen die bisherigen Resultate.

„Bist du sicher, Sieglinde, dass die Besitzerin des Kiosks Kati Simmerlein erkannt hat?“, erkundigte sich der Kommissar.

„Ich hatte schon den Eindruck, ja“, bestätigte sie.

„Dann ist sie also allem Anschein nach am vergangenen Samstagvormittag mit dem Zug nach Bayreuth gefahren.“

„Und wurde am Bahnhof von ihrem Mörder abgeholt, sie waren dort verabredet“, fuhr Mandy fort. „Ich gehe inzwischen eher von einem Einzeltäter aus. Wo hat sich das Mädchen bis zu ihrem Tod aufgehalten? Warum musste sie auf so grauenhafte Weise sterben?“

„Wir müssen dringend mit ihrer Freundin Gretchen Kaul sprechen. Womöglich hat sie eine Ahnung, was Kati vorhatte“, überlegte Gerd Förster. „Unsere Computerspezialisten müssen außerdem herausfinden, von welchem Internetanschluss aus der Täter Kontakt zu Kati aufgenommen hat. Und Sieglinde, du überprüfst die Vergangenheit von Kilian Krautwurst. Gibt es da irgendwelche dunklen Stellen? Warum ist er aus dem Schuldienst ausgeschieden? Der ungefähre Todeszeitpunkt steht jetzt fest. Wenn wir verdächtige Personen ermittelt haben, müssen wir deren Alibis überprüfen.“

Die Polizistin nickte eifrig. Dann wurde sie abgelenkt. Eine freundliche Bedienung servierte ihre Bestellungen. Vorher hatten sie bereits den „Gruß aus der Küche“ genossen: Griebenfettbrote mit Salz und Pfeffer.

Mandy probierte ein saftiges Stück von ihrer Taube und war hoch zufrieden mit ihrer Wahl. Doch sie machte auch einen grüblerischen Eindruck. Sieglinde biss gerade in die knusprige Schwarte ihres Schäuferles, als die Kommissarin unvermittelt rief: „Jetzt ist es mir wieder eingefallen!“ Alle Köpfe in der Gaststätte drehten sich nach ihr um. Sie bemerkte nichts davon.

Aufgeregt, mit nun gedämpfter Stimme, berichtete sie ihren Kollegen: „Ich hatte die ganze Zeit das Gefühl, dass eine wichtige Information in meinem Unterbewusstsein gespeichert ist. Ich weiß jetzt, welche es war.

Ich erinnere mich vage an eine Nachricht im Radio, die ich ungefähr Mitte Juni gehört habe. Ich war alleine und hatte viel um die Ohren. Du hattest nach der Aufklärung der zwei Morde in dem kleinen fränkischen Dorf ein paar Tage Urlaub genommen und bist nach Berlin gereist, um dort mit deiner Freundin Laura den Stand eurer Beziehung zu klären.“

Der Kommissar stöhnte leicht schmerzgepeinigt auf. Seit dieser unglückseligen Unternehmung war er definitiv Single. Seine Freundin hatte sich in einen anderen Mann verliebt, der in der Hauptstadt eine steile Karriere vor sich hatte, und wollte nichts mehr von ihm wissen.

Sieglinde spitzte die Ohren. Dann verwarf sie den Gedanken so schnell wieder, wie er in ihrem Kopf aufgetaucht war. Der tollkühne Fußballspieler aus Ortspitz war schließlich ihr Favorit.

Mandy erzählte weiter: „In dieser Nachricht damals war von einer Leiche auf einem Wasserrad die Rede, ich bin mir ziemlich sicher. Irgendwo zwischen Erlangen und Forchheim, in der Nähe einer kleinen Ortschaft, deren Namen habe ich vergessen. Es handelte sich nicht um einen Unglücksfall. Sie sprachen von einem Verbrechen.“

„Möhrendorf? Oberndorf?“, hakte der Kommissar nach.

„Bingo“, bestätigte Mandy, „Oberndorf.“

Sie sahen sich erschüttert an, weil ihnen sofort klar wurde, was das bedeuten konnte.

„Wir recherchieren morgen die Hintergründe", bestimmte Gerd Förster. „Wenn Mandy recht hat, könnten wir es mit einem extrem gefährlichen Serienmörder zu tun haben."

Sieglinde Salome Silberhorn spürte, wie sich auf ihren Unterarmen abrupt sämtliche Härchen aufstellten.

Sieglinde hatte endlich ihren wohlverdienten Feierabend. Sie sah nach ihrem kranken Vater, plauderte mit ihm über den Tag und gemeinsam tranken sie eine Tasse Pfefferminztee.

Als schließlich seine Lieblingsserie „Hoffnungslose Liebe" begann, ließ sie ihn in Ruhe fernsehen. Sie überzeugte sich davon, dass er völlig in die für sie undurchschaubaren Liebeswirren vertieft war, und inspizierte heimlich seinen Kühlschrank. Häufig fanden sich darin abgelaufene Lebensmittel, die er trotzdem zerstreut verzehrte. Er verlor immer häufiger den Überblick und kaufte viel zu viel ein. Sie ließ die verdorbenen Speisen in einer Plastiktüte verschwinden, die sie später entsorgen wollte.

Danach durchwühlte die Polizistin ihren Schrank im Schlafzimmer nach geeigneter Sportkleidung. Sie war felsenfest entschlossen, ihr knallhartes Trainingsprogramm noch an diesem Abend zu beginnen. Ende der Woche würden sich bereits die ersten Muskelgruppen zeigen und sie hätte zwei bis drei Pfund an Gewicht verloren – so war es in der Frauenzeitschrift, die sie abonniert hatte und jede Woche eifrig studierte, zu lesen. Durch diese körperliche Verwandlung würde sich dann ganz automatisch auch ihr verkümmertes beziehungsweise nicht vorhandenes Liebesleben aktivieren. Aufregende Zeiten standen bevor!

Sie zerrte eine alte, ausgebeulte Jogginghose aus den

Tiefen ihres Kleiderschrankes und schlüpfte hinein. Der Gummizug musste im Laufe der Jahre geschrumpft sein. Sieglinde gelang es nicht, die graue Hose über ihren Bauch zu ziehen. Gedankenverloren knabberte sie an einem Stückchen Nougatschokolade. Heutzutage trug man beim Sport atmungsaktive, schicke, hautenge Kleidung. Es war unmöglich, sich mit Schlabberhose und T-Shirt zum Training zu begeben.

Sie hatte einen Waldpfad ausgesucht, der sich in der Nähe von Ortspitz befand. Vielleicht würde sie dort ihrer Flamme, dem begnadeten Fußballspieler, begegnen.

Sieglinde beschloss, in den nächsten Tagen mit ihrer Freundin Marlene, einer Haarstylistin, ein Sportfachgeschäft aufzusuchen und sich entsprechend einzukleiden. Als hätte es eine Gedankenübertragung gegeben, klingelte das Telefon. Marlene rief an und schlug vor, sich zu einer Runde Billard zu treffen.

Sie kamen fast gleichzeitig in ihrer Stammkneipe an und spielten fünf Runden. Sieglinde verlor knapp, als sie mit einem Stoß sowohl die schwarze als auch die weiße Kugel versenkte. Künstlerpech – sie hielt sich eindeutig für die bessere, taktisch klüger vorgehende Spielerin.

Die beiden Freundinnen beschlossen, eine schöpferische Pause einzulegen, und zogen sich an einen freien Ecktisch zurück. Bei der bevorstehenden nächsten Runde würde Sieglinde als Siegerin hervorgehen, davon war sie felsenfest überzeugt.

Sie bestellten zwei Radler. Marlene trank einen Schluck und fragte neugierig: „Was macht dein Liebesleben, Siggi?"

Sieglinde verzog das Gesicht: „Welches Liebesleben?"

„Meine Oma Berta", berichtete Marlene verschwörerisch, „wusste weisen Rat bei unglücklich Verliebten. Früher gab es da so einige Tricks, zum Beispiel Zaubertränke. Als sie noch lebte, hat sie mir oft davon erzählt. Was hundertprozentig funktioniert, ist Folgendes: Du musst dich des Nachts nackt im Weizen wälzen, das Korn daraufhin in der Mühle linksherum mahlen lassen – dieser Punkt ist immens wichtig, linksherum, Siggi! Aus dem Mehl musst du dann Liebeskrapfen backen und dafür Sorge tragen, dass dein Angebeteter sie verspeist. Das ist schon alles."

Sieglinde blickte ihre Freundin an, als hätte sie den Verstand verloren. „Also Marlene, ich bitte dich, glaubst du wirklich, eine realitätsbezogene, erfolgreiche Polizistin wie ich wälzt sich nackt im Weizen, noch dazu nachts?" Empört nahm sie einen Schluck von ihrem Radler.

„Okay, okay, dann versuchen wir eben einen anderen Trick, den hat meine Oma Berta damals bei meinem Opa angewandt. Absolut sicher und ganz einfach. Pass auf." Marlene legte eine geheimnisvolle Pause ein. Dann fuhr sie fort: „Du musst einen Liebesapfel zum Einsatz bringen. Vor Sonnenaufgang pflückst du den schönsten Apfel von einem Baum. Die Frucht wird vorsichtig halbiert und das Gehäuse entfernt. Auf ein Zettelchen schreibst du mit Blut deinen Namen und den deines Angebeteten und steckst ihn in die Höhlung des Apfels. Die beiden Apfelhälften werden mit grünen Zweigen von der Myrte zusammengesteckt, dann wird die Frucht im Ofen getrocknet. Jetzt kommt der schwierigste Teil. Du musst den schrumpligen Liebesapfel unter das Kopfkissen der sehnsüchtig begehrten Zielperson schmuggeln. Komm schon, Siggi, einen Versuch ist es wert."

Sieglinde sah ihre Freundin zweifelnd an. Sie glaubte eigentlich nicht an solchen Hokuspokus. Aber wer weiß, bei Oma Berta hatte die Zauberei ja angeblich auch geholfen. Die Alternative war bedrückend düster: Ein schmerzliches Liebessehnen ohne Aussicht auf Erfüllung stand ihr weiterhin bevor.

„Also gut, abgemacht, aber wie soll denn der Liebesapfel unter sein Kopfkissen gelangen?"

Marlene zwinkerte ihr komplizenhaft zu: „Da fällt mir schon etwas ein, Siggi. Verlass dich auf deine clevere Marlene."

Frohen Mutes stießen sie auf ihren genialen Plan an.

Es war schon finstere Nacht geworden, als Apollonia Vierheilig beschloss, ihren Müll hinauszutragen und die Blechnäpfe für die Katzen mit den Überresten ihres Abendessens zu füllen. Hausmacher Stadtwurst, ohne Haut und in kleine Stücke geschnitten, schmeckte den Dorfkatzen, die sich regelmäßig bei ihr im Hof zum Fressen einfanden, besonders gut.

Apollonia war eine sehr fromme alte Frau, die aufgrund ihrer schweren chronischen Rheumaerkrankung Schwierigkeiten hatte, sich fortzubewegen. Bei jedem Schritt fuhren ihr stechende Schmerzen in die Hüfte und in das linke Knie. Doch der Doktor hatte ihr empfohlen, dennoch in Bewegung zu bleiben.

Trotz ihres hohen Alters von sechsundachtzig Jahren schmückte sie seit Jahr und Tag am Sonntag die Kirche und vor allem den Altar festlich mit frischen Blumen, Gräsern und blühenden Zweigen. Das war ihre Aufgabe und die ließ sie sich nicht nehmen.

Fremde Katzen zu füttern war für sie ebenso ein Akt der Nächstenliebe, so wie gebrechliche, kranke, alte Menschen im Dorf zu besuchen, mit ihnen zu beten, ihnen vorzulesen und Mut zuzusprechen.

Sie zog ihre gestärkte Kittelschürze fester um ihre Mitte, die mit den Jahren fülliger geworden war, strich sich eine Strähne ihres ergrauten Haares, die sich aus dem strengen Knoten gelöst hatte, aus dem rosigen Gesicht und schlurfte langsam über den dunklen Hof zur

Mülltonne, die im hinteren Teil des Gartens ihren Platz hatte. Die Nachtluft hatte sich abgekühlt. Dichter Nebel hing wie erstarrt in den knorrigen, alten Kirschbäumen, an denen ihr Weg vorbeiführte.

Plötzlich erschrak sie und blinzelte in die Dunkelheit. Hatte sich da etwas hinter dem Sauerkirschenbaum bewegt? Das hintere Gartentürchen hatte sie doch abgeschlossen, oder nicht? In letzter Zeit spielte ihr Gedächtnis ihr manchmal einen Streich. Sollte sie lieber zurück ins Haus gehen oder nach ihrem Hund rufen?

„Unsinn", schalt sie sich. Aufmerksam, mit geschärften Sinnen lief sie weiter. Blätter raschelten im Septemberwind und das Geräusch ließ sie zusammenfahren. Da, wieder eine vage Bewegung, von Nebelfetzen verzerrt! Entschlossen griff sie nach einem Rechen, der an einem krummen Kirschbaum lehnte, und näherte sich vorsichtig dem unheimlichen Ort. Als knochige, dünne Finger über ihr graues Haar strichen, griff sie zu Tode erschrocken an ihr Herz. Doch dann schob sie den Ast entschlossen beiseite. Den morschen Rechen drohend erhoben, trat sie auf den schemenhaft erkennbaren Sauerkirschenbaum zu und fuhr auf einmal entsetzt zurück.

Eine sie um mindestens zwei Köpfe überragende, schwarze Gestalt mit einer Art Flügel starrte sie aus glühenden Augen abgrundtief bösartig an. Apollonia schrie schockiert auf und rief in heller Panik nach ihrem Hund: „Waldi, Waldi!", kreischte sie. Die Gestalt drehte sich blitzschnell um und rannte durch das offen stehende Gartentor davon in Richtung Friedhof.

Apollonia Vierheilig zitterte am ganzen Körper. War das der Teufel gewesen? Hatte er sie holen wollen? Darüber musste sie morgen dringend mit der Pfarrerin Regina sprechen – ach nein, die befand sich doch im Krankenhaus. Mit deren ahnungslosem Ehemann Theo wollte sie ein derartig intimes Gespräch nicht führen. Der konnte ja nicht einmal eine Kartoffelsuppe kochen, ohne dass es zu einem Unfall kam.

Sie beruhigte sich ein klein wenig und beschloss, ins Haus zurückzugehen und sich einen Kräutertee zur kochen. Ihr Hund Waldi lag ausgestreckt vor dem Wärme verbreitenden Holzofen und schnarchte leise. Er war ebenso betagt wie Apollonia und dazu auch noch schwerhörig.

Sie schlürfte ihren heißen Tee in kleinen Schlucken. An Schlaf war jetzt nicht mehr zu denken. Sie schaltete den Fernseher ein und schaute sich eine Talkshow an. Sie begriff nicht ganz, worum es dabei ging. Irgendetwas mit Patchwork und Beziehung, ging es um zusammengenähte Decken? Aber das oberflächliche Geplauder lenkte sie zumindest ab. Nach einer Weile nickte sie im Ohrensessel ein.

Plötzlich fuhr sie aus ihrem leichten Schlaf. Das Gartentürchen! Sie hatte vergessen, das Tor abzuschließen. Die unheimliche Gestalt konnte jederzeit erneut in ihren Garten eindringen. Sie rappelte sich mühsam hoch und griff nach ihrem Schlüsselbund. Apollonia konnte heute Nacht nur ruhig schlafen, wenn alle Türen verriegelt waren.

Ängstlich machte sie sich erneut auf den Weg. In ihrer rechten Hand hielt sie fest umschlossen das Brotmesser, die größte und gefährlichste Waffe, die sie besaß, und spähte vorsichtig in alle Richtungen. Es war nichts Verdächtiges zu entdecken. Als die Kirchturmuhr Mitternacht schlug, zuckte sie heftig zusammen. Schnell verschloss sie die Gartentür und ging so rasch sie konnte zum Haus zurück.

Als sie am Holzschuppen vorbeikam, hörte sie ein verdächtiges Geräusch, das sie in höchste Alarmbereitschaft versetzte. Sie fuhr herum, umklammerte entschlossen das Messer und traute ihren Augen nicht. Das konnte nicht sein! Ein Alptraum, aus dem sie gleich erwachen würde.

Das dunkle, mächtige Wesen lauerte neben dem Schuppen in der Dunkelheit. Dann trat es schnell mit erhobenem Flügel auf Apollonia zu. Sie konnte noch erkennen, was es in seinen Klauen hielt, als die Axt mit voller Wucht auf sie herabkrachte und unbarmherzig ihren Schädel spaltete.

Sie sank zu Boden und Blut strömte auf die abgetretenen Steinplatten.

Donnerstag, 19. September

Mandy Bergmann schlüpfte unter dem Absperrband hindurch, der Kommissar folgte ihr humpelnd.

Er hatte es gestern Abend rechtzeitig geschafft und das Sportgelände von Don Bosco in Wildensorg pünktlich um achtzehn Uhr dreißig erreicht. Immer wieder war er von den gepflegten Außenanlagen begeistert. Und mitten darin ein in der Region einmaliger Kunstrasenplatz der neuesten Generation. Es machte Spaß, auf diesem Belag zu spielen, obwohl einige zuerst sehr skeptisch gewesen waren. Die meisten Mitspieler und Funktionäre aus der Sportgruppe der Polizei Bamberg waren schon da und machten es sich auf der wunderschönen Terrasse vor dem Sportheim bequem.

Eigentlich war er als Mittelstürmer aufgestellt, da er wegen seiner Torgefährlichkeit gefürchtet war. Aber der planmäßige Torwart war verletzt und man wollte hinten sicher stehen, also musste er ins Tor. Die gegnerische Mannschaft der Freiwilligen Feuerwehr Bamberg hatte einen gefährlichen Sturm. Überhaupt war die Mannschaft erstklassig mit je drei Spielern vom Landesligisten FC Eintracht Bamberg und vom Landesligisten DJK Don Bosco besetzt und lag zu recht auf dem ersten Tabellenplatz für Betriebsmannschaften. Die Polizei war auf dem dritten Platz.

Es ging pünktlich los und die ersten zwanzig Minuten waren eher ein gegenseitiges Abtasten – man kannte sich ja schließlich. Dann wurde das Spiel schneller und der Hauptkommissar stand immer öfter im Mittelpunkt des Geschehens. Aber er hielt alles, was kam, und durch sein gutes Stellungsspiel und den Vorteil seiner Größe konnte er viele der hohen Flankenbälle abfangen. So stand es zur Halbzeit null zu null. Die Polizei und ihr Anhang waren sehr zufrieden.

Bis Mitte der zweiten Halbzeit blieb es dabei, wobei die Feuerwehr immer mehr Spielanteile hatte und es nur Gerd Förster zu verdanken war, dass sie noch kein Tor gefangen hatten. Die Feuerwehrler waren am Verzweifeln – er hielt einfach alles. Sogar der gegnerische Anhang zollte ihm immer wieder Applaus. Die Polizei konnte kaum noch Entlastungsangriffe starten, es ging nur noch in eine Richtung.

In der achtzigsten Minute trugen sie wieder einen ihrer mustergültigen Angriffe vor. Über fünf schnelle Direktpässe kam der Ball in den freien Raum zum Mittelstürmer. Der war schon im Strafraum, legte sich den Ball aber etwas zu weit vor. Gerd Förster schoss regelrecht aus dem Tor, warf sich quer auf den Ball und hatte ihn sicher unter sich vergraben. Der Gegner wollte fair über ihn springen, blieb jedoch mit dem Schuh hängen und landete mit dem linken Fuß auf dem rechten Knöchel von Gerd Förster. Ein lauter Schrei, ein Knacken und alle Anwesenden erstarrten. Er krümmte sich am Elfmeterpunkt vor Schmerzen.

Sofort kümmerten sich alle um ihn. Der gegnerische Stürmer war verzweifelt, aber ihm wurde kein Vorwurf gemacht, es war ganz klar keine Absicht im Spiel gewesen. Gerd Förster humpelte auf einem Bein, gestützt von zwei Sanitätern, an den Spielfeldrand und sogleich war der Polizeiarzt Kuhn, ein begeisterter Fußballfan, zur Stelle und untersuchte den Knöchel.

„Halbe Entwarnung“, sagte er. „Es dürfte nichts gebrochen sein, aber Genaueres wissen wir erst nach dem Röntgen. Wir fahren sofort in die Klinik, ich melde uns an.“

In diesem Moment kam verhaltener Jubel auf: Die Feuerwehr hatte das eins zu null geschossen, und als der Arzt mit Gerd Förster abfuhr, fiel das zweite Tor für die Rothelme. Das bekamen sie aber nicht mehr mit.

Die Diagnose von Doktor Kuhn war richtig gewesen. Der Knöchel war nicht gebrochen, fünf Tage würde es aber mindestens dauern, bis die Bänderdehnung und der Bluterguss abklingen würden. Jetzt gab es erst einmal einen kühlenden Tapeverband, genug Salbe für die Nächte und vier Ersatzkissen, die man im Frostfach immer wieder vereisen konnte.

Bei dem Gedanken, ab morgen eine kleine Kühlbox im Auto zu haben, musste der Kommissar schon wieder leicht grinsen.

Es war erst sieben Uhr am frühen Morgen. Die Dämmerung wich langsam zurück und es war noch kalt. Mandy trug zu ihrer engen, dunkelblauen Jeans eine gefütterte Jacke aus dem gleichen Stoff, die sie fröstelnd zuknöpfte, als sie zu den Kollegen der Spurensicherung trat.

Erschüttert nahmen sie und Gerd Förster das grauenvolle Bild auf, das sich ihnen bot. Eine alte Frau mit einem offensichtlich zertrümmerten Schädel lag verdreht in ihrem getrockneten Blut im eigenen Garten. Bei dem Sturz hatte sie einen ihrer braunen Hausschlappen verloren, der einsam neben der Leiche lag. Ihr strenger Haarknoten hatte sich ein wenig gelöst. Ungläubige, wasserblaue Augen, in denen sich vermeintlich blankes Entsetzen widerspiegelte, starrten sie an. Im Haus bellte rasend ein Hund.

Gerd Förster zog sich Plastikhandschuhe über und griff nach dem Schlüsselbund, der neben der alten Frau auf dem Boden lag. Direkt neben einem Brotmesser. Auf der anderen Seite der Leiche befand sich eine Axt mit blutiger Klinge.

Er wählte den passenden Schlüssel und öffnete die Haustür. Heraus schoss ein mittelgroßer, hellbrauner

Mischlingshund, der geradewegs zu der toten Frau stürzen wollte. Der Kommissar erwischte ihn gerade noch am Lederhalsband und kettete das Tier, das traurig jaulte, an seiner Hundehütte an.

Inzwischen war auch der Gerichtsmediziner Karl-Heinz von Hohenfels eingetroffen und untersuchte behutsam die Leiche. Er schüttelte fassungslos den Kopf, den heute ein graugrüner Filzhut zierte, der perfekt zu seinem Anzug passte. Mandy fand, dass er einfach umwerfend aussah.

„Jetzt werden schon alte Damen in ihrem eigenen Kirschgarten niedergeschlagen und tödlich verletzt. Noch dazu drei Tage nach der Entdeckung einer Wasserradleiche. Was ist denn nur aus dem beschaulichen Landleben geworden? Jemand hat ihr den Schädel zertrümmert, wahrscheinlich mit dieser Axt, sie muss sofort tot gewesen sein, seit etwa sechs bis acht Stunden. Näheres nach der Autopsie. Wie heißt die arme alte Dame überhaupt?", wollte der Gerichtsmediziner wissen.

„Apollonia Vierheilig, sechsundachtzig Jahre alt", erklärte Mandy. „Sie hat schon immer hier gelebt. Die junge Frau, die dort auf der Steinmauer sitzt, hat sie heute Morgen gegen halb sieben gefunden, als sie beim Bäcker frische Brötchen holen wollte, und sofort einen Notruf abgesetzt. Ihr Name ist Paulina Regenfuß."

Der grauenhafte Anblick brannte sich Gerd Förster ins Gedächtnis ein. Nur mit Mühe riss er sich los und wandte sich der herzzerreißend schluchzenden Paulina zu. Er setzte sich neben sie auf das kalte Mäuerchen und legte behutsam die Hand auf ihren zitternden Arm.

„Was ist genau passiert?", fragte er sanft. Mandy wusste, dass ihr einfühlsamer Kollege nun mit der vollen Aufmerksamkeit der verstörten jungen Frau rechnen durfte.

Paulina hob den Kopf, wischte sich die Tränen fort

und blickte in meerwasserblaue Augen. Sie beruhigte sich ein wenig. „Ich wohne dort drüben, in der Einliegerwohnung." Sie deutete auf ein zweistöckiges Wohnhaus hinter der Wiese, die sich zwischen Apollonia Vierheiligs großem Obstgarten und dem etwa hundert Meter entfernten modernen Anwesen befand. Rechts daneben erstreckten sich teilweise schon umgepflügte Äcker bis zu einem dichten Mischwald hinan.

„Von meiner Wohnung führt ein Trampelpfad durch die Wiese an Apollonias Garten vorbei direkt in die Dorfmitte. Dort wollte ich in der Bäckerei Brötchen holen. Ich habe heute erst mittags Dienst im ‚Goldenen Hirsch' und wollte eigentlich gemütlich frühstücken. Da sah ich sie liegen. Die gute, alte Apollonia, sie hat doch keiner Menschenseele etwas zu Leide getan. Wer tut denn so etwas Schreckliches?" Die junge Frau begann wieder zu schluchzen.

„Haben Sie heute Nacht so gegen vierundzwanzig Uhr irgendetwas Verdächtiges gehört oder gesehen?", fragte der Kommissar weiter.

Paulina schüttelte heftig den Kopf, sodass ihre hellblonden, schulterlangen Haare um ihr hübsches Gesicht flogen.

„Ich hatte mich gestern Abend mit meinem Freund Manni gestritten. Er hatte ein wichtiges Fußballspiel und verlangte von mir, dass ich mich danach zu ihm und der Mannschaft ins Sportlerheim gesellte. Dabei wollte ich lieber ins Kino, einen Liebesfilm anschauen. Also bin ich nach Hause gegangen, habe ferngesehen und mich mit meinem Computer beschäftigt. Irgendwann gegen Mitternacht hat er Sturm geklingelt, der Vollidiot. Aber ich habe nicht geöffnet. Als er endlich weg war, bin ich in mein Bett gegangen."

„Danke, Frau Regenfuß, Sie können jetzt in Ihre Wohnung gehen und sich ausruhen. Ihre Aussage nehmen wir später zu Protokoll."

Gerd Förster betrachtete nachdenklich den Schlüsselbund in seiner Hand. Was hatte die alte Frau nachts in ihrem großen, dunklen, unübersichtlichen Garten gewollt? Er probierte die Schlüssel aus. Neben dem Haustürschlüssel befanden sich noch vier weitere, altmodische Schlüssel an dem verbeulten Metallring: einer für die Kellertür, einer für die vordere Gartentür, ein weiterer für das hintere, zur Wiese führende Tor, der letzte passte in das Schloss des Holzschuppens.

An dem einen Schlüssel und dem ausgeleierten Schloss der hinteren Gartentür befanden sich Ölspuren, als wäre es kürzlich eingefettet worden. Er machte Mandy und Karl-Heinz darauf aufmerksam. Daraufhin untersuchte der Gerichtsmediziner vorsichtig die rechte Hand des Opfers.

„Ölspuren", stellte er fest. „Wir werden schnell herausfinden, ob die Substanzen übereinstimmen."

„Ich tippe auf Nähmaschinenöl, das hat meine Oma immer für ihre alten, verrosteten Schlösser benutzt", meinte Mandy.

„Apollonia Vierheilig geht mitten in der Nacht durch ihren Kirschgarten, um das hintere Tor zu verriegeln", sinnierte der Kommissar. „Warum war ihr das so wichtig? Und sie hatte ein Brotmesser bei sich, wohl um sich zu schützen."

Sie blickten sich fragend an.

„Und ist dann ihrem Mörder begegnet", spekulierte Mandy weiter. „Was wollte er in diesem Garten? Hier gibt es doch nichts zu holen, zumindest nichts Wertvolles."

Sie nahm den rostigen Rechen wahr, der weiter hinten im Gras lag.

„Die alte Frau hat ihr Gartengerät nicht aufgeräumt. Merkwürdig, sonst ist alles an seinem Platz. Meine Oma hätte eine solche Unordnung nicht geduldet. Vielleicht wollte der Täter in ihr Haus einbrechen, und als sich die beiden in der Dunkelheit begegneten, hat er sie mit einer Axt erschlagen."

„Möglicherweise mit ihrer eigenen Axt", bemerkte Karl-Heinz von Hohenfels traurig und wies mit dem Kopf auf einen Holzklotz neben dem Schuppen, in dem sich unzählige Kerben vom Holzhacken befanden, in dem jedoch keine Axt steckte.

„Der Schlüsselbund lag dicht neben der Leiche", überlegte Gerd Förster. „Er erschlägt die alte Frau, schließt die Haustüre auf, raubt das Haus aus und platziert ihn wieder an der gleichen Stelle. Das kommt mir nicht schlüssig vor."

Bei einem Rundgang durch das Haus, das blitzblank sauber und aufgeräumt war, entdeckten die geübten Ermittler nach kurzer Zeit eine Kaffeedose, in der siebzig Euro aufbewahrt wurden.

Im Schlafzimmer von Apollonia Vierheilig, die ihr Bett in dieser Nacht offensichtlich überhaupt nicht benutzt hatte, lagen einige Schmuckstücke, in purpurnen Samt eingeschlagen, völlig unberührt. Darunter ein großer, schwerer Ehering, der aus massivem Gold und sicherlich wertvoll war. Gerd Förster vermutete, dass es sich bei dem Ring um ein Andenken an ihren verstorbenen Gatten handelte.

Nichts deutete auf einen Einbruch hin.

„Sie hat ihn überrascht, er hat sie getötet, aus Angst vor den Konsequenzen, vielleicht hat sie ihn erkannt, und dann ist er geflüchtet", folgerte Mandy. „Oder sie natürlich, wobei ich, was den Tathergang betrifft, eher auf einen Mann tippe."

Ihr Kollege nickte zustimmend, dann warf er die Frage in den Raum: „Und wenn er etwas ganz anderes hier wollte?"

In diesem Moment winkte ihnen ein Kollege von der Spurensicherung aufgeregt zu. „Ich habe etwas gefunden, seht euch das an."

Er hielt einen kleinen, schwarzen Gegenstand hoch. Sie folgten ihm neugierig unter einen Sauerkirschenbaum. Es war ein Fernglas, aber kein wuchtiges, schweres Objekt, wie es zum Beispiel Jäger oder Wanderer benutzten.

„Das ist ein Opernglas, sogar ein sehr hochwertiges, teures Glas", stellte Karl-Heinz erstaunt fest. „Besser als meines, damit kann man auf eine Distanz von bis zu hundert Metern jedes Detail erkennen."

„Äsende Rehe oder so?", fragte Mandy.

„Nein, das glaube ich nicht, die können weiterziehen, dann kann man mit diesem hübschen, kleinen Spielzeug überhaupt nichts mehr erkennen. Für die Beobachtung von Wild ist es nicht tauglich. Eher für ein Schauspiel, wie auf einer beleuchteten Bühne."

Sie betrachteten die unteren dicken, fast waagrechten Äste des Sauerkirschenbaumes, als Mandy sich schon geschickt auf den stabilsten, knorrigen Ast schwang und rasch drei Meter hochkletterte.

„Was siehst du in einem Radius von zirka hundert Metern, Mandy?", erkundigte sich ihr Kollege, obwohl er die Antwort bereits wusste.

„Das Haus, in dem Paulina Regenfuß wohnt."

Die Bamberger Kommissare und der Gerichtsmediziner Karl-Heinz, sichtlich schockiert über den gewaltsamen, brutalen Tod der alten Frau, beschlossen, in der Konditorei von Manuela Henneberger einen schnellen Kaffee zu trinken. Ein weiterer Mordfall hatte ihnen gerade noch gefehlt.

Die Geschäftsfrau wusste natürlich bereits genau Bescheid. Die Nachricht vom grauenvollen Tod der frommen alten Dorfbewohnerin hatte sich in der kleinen Ortschaft wie ein Lauffeuer verbreitet. Die Einheimischen waren völlig entsetzt und wie gelähmt ob der Ereignisse, die die Polizei erneut in ihr bisher friedliches Dorf geführt hatte.

Die Besitzerin der Konditorei flatterte aufgeregt um ihre Gäste herum. Sie hatte ihre Haare zu einem Zopf geflochten, der zu jedem ihrer Worte wippte: „Ich kann es einfach nicht fassen – die arme, alte, gläubige Apollonia! Am letzten Sonntag habe ich sie noch in der Kirche gesehen. Sie war kniend in ihr Gebet vertieft, als ich nach dem Gottesdienst gegangen bin. Frische, bunte Herbstblumen und Birkenzweige schmückten das Gotteshaus, das war allein ihr Werk. Sie fand immer ein tröstendes Wort für Schwache und Kranke. Ihr Lieblingsspruch lautete: ‚Nur zu Jesus aufgeblickt, wenn dein Kreuz dich zu sehr drückt.' Und auf einmal wird sie nachts in ihrem Kirschgarten heimtückisch erschlagen. Man traut sich bei Dunkelheit gar nicht mehr vor die Tür. Sie müssen den Mörder rasch finden, Herr Kommissar."

Natürlich war ihre Ansprache an den attraktiven Beamten gerichtet. Der erklärte ihr mit sanfter, beruhigender Stimme, dass er und seine Kollegin alles in ihrer Macht Stehende unternehmen würden, um den Täter so schnell wie möglich zu überführen. Dann gelang es ihm, ihre Getränkewünsche zu äußern.

Manuela Henneberger widmete sich neu eingetroffenen Gästen, sodass sie sich leise und ungestört unterhalten konnten.

Danach verabschiedeten sie sich und brachen auf. Karl-Heinz von Hohenfels wollte zurück nach Bamberg fahren und die Leiche von Apollonia Vierheilig in seinem Institut untersuchen. Die Kommissare machten sich auf den Weg, um die Nachbarn der alten Frau zu befragen. Vielleicht hatte jemand eine Beobachtung gemacht oder etwas gehört.

Später wollten sie sich zusammensetzen, um ihre Ergebnisse auszutauschen und das weitere Vorgehen zu besprechen. Vielleicht war es Sieglinde Silberhorn bis dahin gelungen, in Erfahrung zu bringen, was sich vor ungefähr drei Monaten am Oberndorfer Wasserrad zugetragen hatte.

Die Polizeiobermeisterin Sieglinde Salome Silberhorn saß am großen, lang gestreckten Tisch im Besprechungszimmer des Polizeipräsidiums in Bamberg und sortierte die Unterlagen, die sie während ihrer Computerrecherche ausgedruckt hatte.

Sie hatte das Stichwort „Wasserradleiche" eingegeben und die Ergebnisse ihrer Suche waren sensationell. Vor Aufregung hatten sich ihre runden Wangen rosarot gefärbt.

Dann stand sie auf und heftete Fotografien und Datenmaterial übersichtlich an eine Pinnwand, die etwa zwei Meter breit und einen Meter hoch war. Den Platz brauchte sie auch. Sie war eine Weile mit höchster Konzentration beschäftigt, hängte die Ausdrucke um und tauschte sie, bis sie mit ihrem Werk endlich zufrieden war. Unbewusst fuhr sie dabei immer wieder durch ihre mausbraunen Haare, die dadurch kreuz und quer in alle Richtungen standen.

Sie hatte bereits alle Unterlagen für jeden kopiert, der an dieser immens wichtigen Besprechung teilnehmen sollte. An jedem Platz lag ein Stapel Papier in einer Klarsichthülle. Sie blickte sich stolz um. Alles war perfekt vorbereitet. Auch an den obligatorischen Kaffee hatte sie gedacht. Gerd Förster würde hoch zufrieden mit ihrer Leistung sein.

Die beiden Kommissare betraten sichtlich enttäuscht den Raum. Die ausführliche Befragung der Nachbarn der toten Apollonia Vierheilig hatte keinerlei neue Erkenntnisse gebracht. Niemand hatte etwas Verdächtiges bemerkt oder beobachtet. Alle Einwohner des kleinen Dorfes schienen geschlafen zu haben, bis auf die Jäger, deren Vereinstreffen im „Goldenen Hirsch" bis in die frühen Morgenstunden gedauert hatte. Der eine oder andere konnte sich nicht mehr so recht erinnern, wie er nach Hause gekommen war, und an eventuelle nächtliche Beobachtungen schon gar nicht.

„Sieglinde, du bist ein wahrer Schatz, frischer Kaffee, wunderbar", freute sich Gerd Förster. Dann fiel sein Blick auf die Pinnwand und maßloses Erstaunen breitete sich auf seinem Gesicht aus. Mandy Bergmann stellte sich vor die Infowand und verharrte dort reglos.

Die Tür öffnete sich schwungvoll und Karl-Heinz von Hohenfels kam herein: „Ich kann die Obduktion der toten Frau erst später durchführen, es ist einfach zu viel los, tut mir leid." Erschöpft ließ er sich auf einen Stuhl sinken.

Das Besprechungsteam war nun vollständig. Der Gerichtsmediziner schenkte sich eine Tasse Kaffee ein, dann blickte er irritiert von einem zum anderen.

„Gibt es etwas Neues?"

Die Polizistin konnte die Spannung nicht mehr länger ertragen und platzte heraus: „Es gibt drei Wasserradleichen, stellt euch das vor. Ich habe die wichtigsten Informationen an die Pinnwand geheftet."

„Kannst du uns bitte erläutern, was du herausgefunden hast, Sieglinde?" Gerd Förster war schockiert: drei Wasserradleichen!

Sieglinde trat wichtig an das Board. Dass sie nun Mitglied der Soko „Wasserrad" war, erfüllte sie mit unbändigem Stolz. Das musste den muskulösen Fußballspieler aus Ortspitz, der den wunderschönen Namen Hansi Horlamus trug, wie sie inzwischen herausgefunden hatte, doch beeindrucken!

Sie deutete auf eine Fotografie, die eine lachende junge Frau mit schulterlangen, hellblonden Haaren zeigte. Auf dem Bild darunter lag sie festgebunden und tot in einem weißen Gewand auf einem alten Wasserrad.

„Die Tote heißt Melanie Fleischmann, gebürtige Nürnbergerin. Sie wurde nur zweiunddreißig Jahre alt. Man hat ihre Leiche auf einem Schöpfrad in der Pegnitz unweit von Lauf gefunden."

Sie deutete auf das nächste Foto.

Ein junges Mädchen blickte scheu lächelnd in die Kamera. Ihre langen, hellen Haare hatte sie zu Zöpfen geflochten und in einem dicken Kranz um ihren Kopf gelegt. Sie war eine richtige Schönheit.

„Das ist Linda Roßmeisl. Sie starb mit zweiundzwanzig Jahren. Das war die Tote auf dem Wasserrad bei Oberndorf, an die sich Mandy erinnerte. Bei unseren Computerrecherchen hätten wir das sowieso herausgefunden. Eine Studentin aus Erlangen." Darunter das Bild des Opfers, ebenfalls an dicken, verwitterten Holzstreben festgebunden und in weißes Tuch gehüllt.

Zwei weitere Fotografien zeigten Kati Simmerlein.

„Alle drei Frauen sind jung, attraktiv und haben lange, blonde Haare", bemerkte Mandy.

Der Gerichtsmediziner nickte: „Und zumindest auf den ersten Blick sieht der Modus Operandi auf den alten Wasserrädern, die Darstellung der toten Frauen, identisch aus."

„Wann wurden die Frauen getötet, Sieglinde?", wollte Gerd Förster wissen.

„Das ist interessant, Gerd. Melanie Fleischmann starb in der Nacht vom 15. auf den 16. Dezember letzten Jahres. Linda Roßmeisl wurde in der Nacht vom 15. auf den 16. Juni dieses Jahres getötet. Und Kati Simmerlein in der Nacht vom 15. auf den 16. September, aber das wisst ihr ja." Sieglinde holte tief Luft vor Aufregung.

„Das sieht nach einem bestimmten Schema aus“, überlegte der Kommissar. „Nach einem halben Jahr der zweite Mord, nach einem Vierteljahr das dritte Verbrechen.“

„Wenn er dieses Schema weiterverfolgt und wir ihm nicht rechtzeitig das Handwerk legen, wird die nächste Leiche in sechs Wochen gefunden.“ Mandy schauderte.

„Oder früher, wenn der Täter plötzlich völlig die Kontrolle verliert und sich seine Frustration, worüber auch immer, steigert“, fuhr Gerd Förster mit ernster Stimme fort.

Karl-Heinz von Hohenfels starrte gebannt auf die Pinnwand. Er konzentrierte sich auf die Geburtsdaten der drei Opfer.

Melanie Fleischmann, geboren am 19.11.77.

Linda Roßmeisl, geboren am 28.10.87.

Und Kati Simmerlein, geboren am 29.10.86.

„Alle drei Frauen sind im Sternzeichen des Skorpions geboren“, erläuterte er seinen Kollegen. „Und das ist noch nicht alles. Die Quersumme der jeweiligen Geburtsdaten ergibt die Zahl sechsundzwanzig. Nach der Lehre der Numerologie oder auch der Zahlenmystik, wenn ihr so wollt, haben Zahlen neben ihrer mathematischen Funktion noch eine weitere Bedeutung. Sechsundzwanzig sagt nichts Besonderes aus. Aber wenn wir nun von einer Täter-Opfer-Beziehung ausgehen, folglich von zwei Personen, ergibt das zweimal die Zahl Dreizehn. Und die hat sehr wohl eine Bedeutung. Nachbiblisch wurde die Dreizehn als eine teuflische Zahl verstanden, eine Störung der Zahl Zwölf. Im Mittelalter jedoch galt die Dreizehn als Glückszahl, sie symbolisierte die Zwölf Jünger mit Jesus um den Abendmahltisch versammelt. Es ist die Zahl der Vollkommenheit.“

Er verstummte nachdenklich. Seine Kollegen sahen ihn verblüfft an.

Mandy fasste sich als Erste: „Mensch Carlo, du bist wirklich ein wandelndes Lexikon." Sieglinde konnte nicht ganz folgen.

Gerd Förster meinte grüblerisch: „Eine interessante Theorie, Karl-Heinz. Vielleicht sucht der Mörder die Vollkommenheit einer Beziehung zwischen Mann und Frau. Die Frauen, die er kennenlernt, erfüllen seine Hoffnungen jedoch nicht, sondern enttäuschen ihn maßlos und werden deshalb von ihm bestraft und öffentlich zur Schau gestellt. Diese Möglichkeit behalten wir im Hinterkopf. Weiter müssen wir die Unterlagen und Berichte der Kollegen aus Nürnberg und Erlangen sorgfältig studieren und vergleichen."

Die entscheidende Frage war: Handelte es sich bei dem Mörder von Kati Simmerlein um einen Nachahmungstäter oder um einen Serienmörder? Sie mussten nachprüfen, ob wichtige Informationen über die beiden ersten Verbrechen durch undichte Stellen an die Bevölkerung gelangt waren. Wenn sie es mit einem Serienmörder zu tun hatten, würde das Töten weitergehen. Sie mussten ihn also schnell finden, bevor er die nächste Frau ermordete.

Ein Polizist meldete die Ankunft von Gretchen Kaul. Die Kommissare hatten die Freundin von Kati Simmerlein nach Bamberg zur Befragung bestellt.

Gretchen war ein Jahr jünger als die Tote und lange nicht so hübsch. Eine spitze, leicht schiefe Nase und ein fliehendes Kinn fielen dem Betrachter als Erstes auf. Ihre Haut war blass, was von den schwarz gefärbten, dünnen, langen Haaren unvorteilhaft hervorgehoben wurde. Sie war klein und übergewichtig. Eine Speckrolle drängte sich zwischen dem Hosenbund ihrer Jeans und dem knapp sitzenden, mit Pailletten besetzten T-Shirt hervor. Ein Tattoo zierte ihren unteren Rücken.

Sie erzählte, dass sie Kati Simmerlein kennengelernt

hatte, als diese im Obsthof Beer ihre Arbeit als Packerin aufnahm. Die beiden jungen Frauen hatten sich angefreundet und manchmal in ihrer Freizeit etwas zusammen unternommen, zum Beispiel einen Kinobesuch oder Pizza essen. Es tauchten immer wieder Männer auf, die sich für die hübsche Kati interessierten, leider nicht für Gretchen. Sie konnte einen gewissen Neid in ihrer Stimme nicht ganz verbergen: „Sogar unser Chef war hinter ihr her, er hat sie absolut bevorzugt behandelt, sie in sein Büro zum Kaffeetrinken eingeladen und so. Sie hätten etwas zu besprechen, dass ich nicht lache. Was gibt es denn schon mit einer Arbeiterin zu besprechen, ich bin doch nicht blöd." Gretchen Kaul schnaubte empört.

„Wollen Sie damit andeuten, dass Ihr Chef Oskar Beer ein Verhältnis mit Kati Simmerlein hatte?", fragte Mandy nach.

„Der Hallodri hat mit jeder gut aussehenden Angestellten für eine Weile ein Verhältnis. Dann wird es ihm langweilig oder seine wohlhabende Frau droht mit Scheidung und er macht Schluss. Bis wieder eine neue, attraktive Kollegin bei uns anfängt. So wird es jedenfalls bei uns im Betrieb bei der Brotzeit erzählt."

„Sie wissen es aber nicht genau, oder?", insistierte die Kommissarin.

Gretchen Kaul zuckte mit den Schultern. „Kati hat einmal damit geprahlt, dass sie der Chef in sein Wochenendhaus eingeladen hat, über Nacht."

„Können Sie sich erinnern, wann das war?"

Gretchen runzelte die niedrige Stirn und dachte lange nach: „Das ist bestimmt schon einige Monate her."

„Hat Ihre Freundin erwähnt, wo sich dieses Wochenendhaus befindet?"

Gretchen schüttelte den Kopf.

„Sind Sie mit Kati ab und zu übers Wochenende weggefahren, zu einem Kurzurlaub?"

„Nein, wir sind nie weggefahren. Ich gehe lieber in die Disco, aber ohne die Begleitung von Kati komme ich da schwer rein."

Sie seufzte bekümmert.

„Sind Ihnen an Kati, sagen wir mal in den vergangenen Wochen, Veränderungen aufgefallen? War sie anders als sonst?", erkundigte sich Gerd Förster.

Gretchen nickte eifrig. Der Kommissar war nett zu ihr. „Sie hat sich mehr zurückgezogen, war irgendwie verschlossener. Sie hat mir nichts mehr erzählt und wollte kaum noch mit mir ausgehen. Sie wirkte aber auch glücklicher und sprach von einer rosigen Zukunft, deutete Veränderungen in ihrem bisher so tristen Leben an. Mehr war nicht aus ihr herauszubekommen. Aber ich habe ihre Spinnereien nicht ernst genommen. Alle Packerinnen beim Obsthof träumen von einem aufregenden Leben an der Seite eines reichen Mannes. Ich frage sie dann immer, wovon sie nachts träumen."

Gretchen kicherte heftig über ihren Scherz. Die Kommissare beendeten die Befragung und verabschiedeten sich von der Zeugin.

„Cooles Tattoo übrigens", bemerkte Gerd Förster. Gretchen verließ strahlend das Präsidium.

Sieglinde kam in das Büro der Kommissare gestürzt und wedelte aufgeregt mit einer Telefonnotiz.

„Die Fotografie der Schlinge in der Zeitung hat bisher nichts gebracht." Man konnte diese Art Drahtschlingen in jedem Haushaltswarengeschäft und in Baumärkten kaufen. Praktisch jeder Haushalt auf dem Land hatte solche dünnen Drähte im Schuppen liegen. Sie waren für alles Mögliche zu gebrauchen.

„Ich kann mir nicht vorstellen, dass unsere braven Bauern hier alle Wilderer sind. Anders bei dem Fußkettchen: Eine Künstlerin aus Weilersbach hat soeben angerufen und mitgeteilt, dass es sich bei dem Schmuck um ein von ihr hergestelltes Unikat handelt. Jedes Kettchen gestaltet sie ein wenig anders. Alle drücken jedoch symbolisch durch die silbernen Gefängniskugeln die weltweite Unterdrückung der Frauen durch die Männer aus. Sie stellen eine Kampfansage an das herrschende Patriarchat dar, wenn ich das richtig verstanden habe."

Mandy grinste.

„Die Künstlerin heißt Melitta Morgenrot und ist bereit, euch heute noch zu empfangen, gegen siebzehn Uhr."

„Na dann", meinte Gerd mit einem Blick auf seine Armbanduhr, „nichts wie los. Wir haben schließlich eine Audienz bei einer Künstlerin."

Gerd Förster fädelte sich auf dem Frankenschnellweg in den fließenden Verkehr ein.

„Oskar Beer hat uns angelogen", stellte Mandy fest. „Den arroganten Burschen knöpfen wir uns morgen vor. Er hatte ein Verhältnis mit Kati Simmerlein. Sie hat Schluss gemacht und der erfolgsgewohnte Herr Unternehmer hat sich aus gekränkter Eitelkeit grauenhaft an ihr gerächt. Aber was ist dann mit den anderen beiden Opfern?" Grübelnd fuhr sie sich durch ihr Haar.

„Wir sprechen morgen mit ihm", erwiderte ihr Kollege. „Es ist auffällig, dass verschiedene Zeugen bisher berichtet haben, dass Kati Simmerlein sich seit einigen Wochen verändert hatte."

„Vielleicht ist zu diesem Zeitpunkt der Mörder in ihr Leben getreten", mutmaßte Mandy.

„Durchaus möglich."

Der Kommissar verließ den Frankenschnellweg an der Ausfahrt Forchheim-Nord und folgte der Straße durch den Kellerwald, in dem jedes Jahr am letzten Wochenende im Juli das berühmte Annafest begann, hinauf auf eine Anhöhe an der Jägersburg vorbei. Dann führte ihr Weg durch einen dichten Mischwald, der bereits die ersten leuchtenden, herbstlichen Farben zeigte, auf einer schmalen Landstraße über einen Berg in die kleine, schmucke Ortschaft Weilersbach. Die Sonne stand inzwischen tief im Westen und die Luft kühlte sich langsam ab.

Sie fanden den Wohnsitz der Künstlerin etwas außerhalb, wo drei heruntergekommene Gehöfte mit zum Teil einsturzgefährdeten Fachwerkscheunen einen Weiler bildeten. Überall lagen Gerümpel und alte Autoreifen verstreut. Mitten im Hof in einer riesigen Schlammpfütze stand ein verrosteter alter Traktor, auf dessen Dach eine fette Katze mit rötlichem Fell thronte und gelangweilt auf sie herabblickte. Ein handbemaltes, buntes Schild begrüßte sie: „Willkommen in der Künstlerkolonie Weilersbach."

„Alternative Aussteiger", flüsterte Mandy.

Im schiefen Bauernhaus rechterhand öffnete sich eine Tür, von der die Farbe abblätterte. Mandy tippte auf ehemals griechenlandblau. Daneben, an der grauen Hauswand, waren türkis und meergrün lackierte Blecheimer aufgereiht, in denen mediterrane Pflanzen verkümmerten.

Eine Frau, deren Alter schwer zu schätzen war, etwa zwischen fünfzig und sechzig Jahre alt, trat in den Hof und begrüßte sie. Sie schien etwas gestresst.

„Ich befinde mich soeben in einer akuten künstlerischen Schaffensphase und werde äußerst ungern gestört", erklärte sie. „Machen Sie es kurz, wie kann ich Ihnen helfen?"

Mandy wollte schon aufbrausend reagieren, doch ihr Kollege legte ihr beschwichtigend die Hand auf die Schulter.

„Sind Sie die Künstlerin Melitta Morgenrot, haben Sie heute Nachmittag bei der Kripo Bamberg wegen des Fußkettchens angerufen, dessen Foto heute in der Zeitung abgebildet war?", fragte er höflich.

Bei dem Schlüsselwort Künstlerin entspannte sich die Frau ein wenig und in ihrem faltigen, verhärmten Gesicht formte sich die Andeutung eines Lächelns. Sie war barfuß und trug zu ihrer weiten, schwarzen Pluderhose eine violette indische Baumwollbluse. Die matten, dunkelroten Haare hatte sie zu einem losen Pferdeschwanz gebunden.

„Wir müssen hier nicht im Hof stehen", lenkte sie ein. „Folgen Sie mir ins Haus, ich habe gerade Lindenblütentee aufgebrüht."

Sie liefen durch einen dunklen Gang und wurden in eine Küche geführt. Die niedrige Holzdecke und die zwei kleinen, tiefen Fenster, durch die wenig Licht in den Raum drang, verliehen dem Zimmer eine beklemmende, düstere Atmosphäre. Ein altmodischer gusseiserner Herd, in dem ein Feuer brannte, verbreitete ein bisschen Wärme. Auf dem Holztisch stand ein Stövchen mit einer bauchigen Teekanne. Sie nahmen Platz und Melitta Morgenrot schenkte ihnen Tee ein.

„Wenn ich recht verstanden habe", begann Gerd Förster zielstrebig, „sind Sie eine Künstlerin, die Schmuck herstellt, Unikate." Er nahm einen Schluck von seinem Tee. Der war wirklich schmackhaft.

„Das ist richtig, Herr Kommissar. Ich entwerfe und gestalte Schmuck und Tonarbeiten, lasierte Gefäße und Figurinen. In der Scheune gegenüber befindet sich mein Atelier. Ich arbeite hart, es ist jedoch schwer, als freischaffende Künstlerin seinen Lebensunterhalt zu verdienen."

Gerd Förster nickte: „Wohnen Sie alleine hier?"

„Nein, hier in der Künstlerkolonie leben und schaffen sechs Personen. Ich wohne hier mit meiner Freundin.

Im mittleren, gedrungenen Fachwerkhaus lebt ein Performance-Künstler, und im größeren Bauernhof schräg dahinter eine Wohngemeinschaft, Grit, Hanno und John. Maler und Bildhauer. Wir teilen uns die anfallenden Kosten und führen ab und zu gemeinsame Ausstellungen durch. Dazu verkaufen wir selbst hergestellte vegetarische Produkte aus ökologischem Anbau, zum Beispiel Quittengelee und Walnusscreme."

Mandy hatte nun genug von der romantischen Beschreibung der Künstleridylle: „Sie haben das von Ihnen hergestellte Fußkettchen in der Zeitung erkannt. Können Sie sich erinnern, wer es gekauft hat und wann?"

„Es war ein Mann mittleren Alters, groß, auch kräftig, wie mir schien. Aber ich bin mir nicht sicher. Er trug einen langen Mantel. Das wunderte mich, es war bei unserer letzten Ausstellung Ende Juli. Er strahlte eine düstere Aura aus."

Mehr konnte Melitta Morgenrot dazu nicht sagen, außer dass er fünf Fußkettchen gekauft hatte, nicht nur eines. Das sei für sie an jenem Tag ein lukratives Geschäft gewesen. Er hätte nicht versucht zu handeln, das sei ungewöhnlich gewesen.

„Diese Schmuckstücke gehen ansonsten nicht so gut. Wenn ich den Symbolcharakter der Kettchen mit den silbernen Kugeln als Kerkerketten erläutere, die die gesellschaftliche Unterjochung der Frau ausdrücken sollen, hört mir niemand mehr zu. Wo doch die türkisfarbenen Steinchen als Gegenkraft Hoffnung und Licht darstellen." Melitta Morgenrot schüttelte ratlos den Kopf.

„Der Mann hat fünf Kettchen gekauft, sind Sie sicher?" Die Kommissarin blickte ihren Kollegen mit besorgtem Blick an.

„Natürlich", erwiderte die Künstlerin, „absolut, ich habe an diesem Nachmittag hundert Euro verdient, zwanzig Euro pro Schmuckstück. Ich habe aber keine

Ahnung, was dieser unheimliche Mann damit vorhatte. Er war sehr wortkarg."

Die Kommissare tranken ihren Tee aus und bedankten sich. Als sie in ihren Dienstwagen stiegen, dämmerte es bereits. Es war kalt geworden.

„Wir machen Feierabend, Mandy", beschloss Gerd Förster. „Das war ein langer Tag."

„Einverstanden, ich vernehme schon den Lockruf meiner Badewanne."

Verborgen hinter einer dichten Weißdornhecke kauerte geduckt eine finstere Gestalt. Sie umklammerte fest ein Luftgewehr mit zitternder Hand. Zu spät – der dicke Audi verschwand bereits im aufgewirbelten Staub hinter einer Kurve.

Hasserfüllte, dunkel glühende Augen starrten hinter ihm her.

Gerd Förster saß in seinem Wohnzimmer auf dem bequemen, burgunderroten Sofa und las in den ausführlichen Berichten der Kollegen aus Nürnberg und Erlangen über die Morde an Melanie Fleischmann und Linda Roßmeisl.

Die pechschwarze Katze Delilah, die der Heilkräutersammlerin Helene gehört hatte, lag, die geheimnisvollen grünen Augen fast geschlossen, zufrieden zusammengerollt auf seinem Schoß.

Der Kommissar hatte sich starken schwarzen Kaffee aufgebrüht und brütete über den polizeilichen Unterlagen. Die alte Standuhr seiner Oma zeigte bereits halb elf. Er war müde und gähnte. Sie hatten bei ihren Ermittlungen Fortschritte gemacht, aber der entscheidende Durchbruch ließ auf sich warten. Sie mussten weiterhin hartnäckig jede Spur verfolgen.

Dann schweiften seine müden Gedanken ab und er

lächelte verträumt. Heute nach Feierabend, nachdem er Mandy zu Hause abgesetzt hatte, hatte er den Dienstwagen in der Tiefgarage geparkt und sich zu Fuß auf den Weg gemacht. Er verspürte das dringende Bedürfnis nach frischer Luft und Bewegung.

Seine Schritte hatten ihn automatisch zu seiner Stammkneipe unterhalb des Domes geführt, nicht weit von seiner Wohnung entfernt. Er lief über den Domplatz in der Bamberger Altstadt und bewunderte das mächtige sakrale Bauwerk mit seinen vier Türmen, die erhaben in den sternklaren Nachthimmel aufragten. Besonders gut gefiel ihm die Gnadenpforte im Südwestturm mit ihrem Tympanon, in dessen Mitte Maria mit dem Jesuskind abgebildet war. Im Mittelschiff des Domes stand an einem Pfeiler der berühmte Bamberger Reiter, in einem der Seitenschiffe der Riemenschneideraltar mit Skulpturen aus dem frühen 16. Jahrhundert.

Er ging weiter durch eine schmale Gasse mit Kopfsteinpflaster, dann hatte er die Kneipe erreicht. Vielleicht hatte er Glück und Babett war zum Dienst eingeteilt.

Babett, eine ehrgeizige, kluge Germanistikstudentin, finanzierte ihr Studium durch verschiedene Jobs. Sie gefiel ihm außerordentlich gut. Ab und zu plauderten sie ein bisschen über dies und das.

Gerade als Gerd Förster die Tür zu der Eckkneipe öffnen wollte, trat Babett schwungvoll nach draußen. „Hast du schon Dienstschluss, Babett?“, fragte er und versuchte, die Enttäuschung in seiner Stimme zu verbergen.

Babett lächelte ihn erfreut an. Sie sah einfach hinreißend aus. Einige glänzend goldkäferfarbene Haarsträhnen lugten unter einer dunkelgrauen Baskenmütze hervor, die perfekt zu ihren großen, grauen Augen mit den grünen Punkten passte.

„Es ist nicht viel los. Bruno“ – das war der Wirt – „braucht mich heute nicht mehr.“

„Und was machst du jetzt mit dem angebrochenen Abend?“, wollte Gerd Förster wissen.

„Ach, ich denke, ich laufe nach Hause, bereite mich auf das morgige Seminar vor und gehe bald schlafen. Morgen früh vor der ersten Vorlesung führe ich zwei verwöhnte Pinscher, die mir nicht gehorchen, Gassi.“ Sie lachten.

Der Kommissar fasste sich ein Herz: „Darf ich dich zu einem Bier einladen? Es würde mich sehr freuen.“

Babett war einverstanden und schlug das „Schlenkerla“ vor, einen historischen Brauereiausschank, der nur ein paar Schritte entfernt zu Füßen des Doms mitten in der Altstadt lag.

Sie nahmen an einem robusten Holztisch unter der tief hängenden Decke mit den ochsenblutroten Balken Platz und bestellten ihre Getränke. Eine Spezialität dieser Wirtschaft war das Rauchbier, das nach alter Tradition aus dem Eichenholzfass gezapft wurde.

Entspannt tranken sie ihr Bier und unterhielten sich angeregt. Sie lachten viel. Babett erzählte ihm, dass sie eine Seminararbeit über die Novelle „Ein fliehendes Pferd“ von Martin Walser schreiben musste. Dabei sollte die Problematik der Midlife-Crisis im Mittelpunkt stehen. Beide hatten die hervorragend gespielte Verfilmung im Kino gesehen und Babett fand die erotische Energie und Dynamik, die der Schauspieler Ulrich Tukur ausstrahlte, grandios. Gerd Förster fragte sich insgeheim, wie sie wohl seine erotische Energie einstufte.

Später am Abend begleitete der Kommissar Babett bis vor ihre Haustür. Inzwischen pochte sein verletzter Knöchel. Förmlich reichte er ihr die Hand zum Abschied.

„Danke für den schönen Abend und die Einladung zum Bier, Gerd.“ Die Studentin stellte sich auf die Zehenspitzen, drückte ihm einen zarten Kuss auf die Wange und verschwand dann fröhlich winkend im Haus.

Gerd Förster versuchte, sich wieder auf seine Arbeit zu konzentrieren. Babett war zu jung für ihn.

Was verband eine Bäckereiverkäuferin aus Nürnberg mit einer jungen Frau aus Erlangen, die ein Psychologiestudium abgebrochen hatte, und eine Packerin von Obst und Gemüse aus der Fränkischen Schweiz?

Er schlug eine Seite des Berichtes um, dann stutzte er, blätterte zurück und las erneut den letzten Abschnitt der vorherigen Seite. Eine Zeugin, die nahe der Pegnitz wohnte, hatte sich bei der Nürnberger Polizei gemeldet und angegeben, sie hätte einige Tage vor dem Auffinden der Leiche von Melanie Fleischmann gegen Mitternacht im fahlen Mondlicht eine Art Vogelmann am Schöpfrad beobachtet.

Freitag, 20. September

Mandy Bergmann eilte die Treppe des Mehrparteienhauses, in dem sie wohnte, hinunter und steuerte auf die Haustür zu, als die Wohnungstür im Parterre links geöffnet wurde.

„Guten Morgen, Margarete", rief sie freundlich und wollte weiter zu ihrer Besprechung. Sie war spät dran. „Ich schaue heute Abend bei dir vorbei. Jetzt muss ich mich beeilen."

„Nur fünf Minuten, Mandy, ich fürchte mich doch so sehr."

Die Kommissarin seufzte und trat ein. „Fünf Minuten, Margarete, keine Sekunde länger, wir jagen einen Mörder."

„Wir womöglich auch", erwiderte diese düster.

Mandy hatte sich mit ihrer betagten Nachbarin angefreundet, als diese im Sommer nach einer schweren Operation bettlägerig war und sie schüchtern und verzweifelt um Hilfe gebeten hatte. Mandy hatte ihre Einkäufe erledigt und den Rasen vor dem Haus gemäht. Nachdem die Arbeiten beendet waren, hatten sie zusammen Tee getrunken und sich unterhalten. Die beiden Frauen verstanden sich großartig.

Letzten Sonntagmorgen hatte Margarete an der Tür der Kommissarin geklingelt und zitternd um ein ernstes Gespräch gebeten. Mandy wunderte sich über dieses Verhalten, weil ihre Nachbarin normalerweise eine energische, patente Person war.

„Setz dich, Margarete, und erzähle mir, was los ist."

Die alte Nachbarin berichtete: Trotz ihres hohen Alters besaß sie einen Schrebergarten in einer überschaubaren, ruhigen Kolonie am Kanal. Am liebsten fuhr sie jeden Tag bei Wind und Wetter mit ihrem alten, schwarzen Fahrrad, einem sogenannten „Gebbelrenner", in ihr kleines Paradies. Sie trat kräftig in die Pedale und wunderte sich, dass die Fahrradfahrer heutzutage achtzehn Gänge benötigten, um vorwärts zu kommen.

Um die gemütlich eingerichtete, winzige Schreberhütte erstreckten sich Gemüsebeete. Vor der überdachten Sitzecke, die in südlicher Richtung lag, blühten in eingefassten Rabatten Blumen in allen Farben. Es war ein schöner, friedvoller Fleck Erde. Mandy hatte Margarete schon einige Male dort besucht und sie hatten die Sonne auf einem schmalen Holzsteg am Wasser genossen.

Nun war, nach Margaretes fester Überzeugung, das Grauen in ihr Idyll eingedrungen. Am vorletzten Sonntag hatte die alte Frau an der Wand des Holzschuppens rechts neben der Tür, ungefähr in Augenhöhe, geheimnisvolle Buchstaben entdeckt, die ihr Angst einjagten. Sie sahen so aus, als wären sie mit einem spitzen Gegenstand in das weiche Holz geritzt worden. Es waren fünf Großbuchstaben in deutscher Schrift, die senkrecht in einer Reihe angeordnet waren:

M
O
R
D
E

Margarete, die im Zweiten Weltkrieg Bombenangriffe in Luftschutzkellern überstanden hatte, war nicht so leicht aus der Ruhe zu bringen. Sie hielt das Ganze nach reiflicher Überlegung für einen Dumme-Jungen-Streich.

Als ihr jedoch, am Sonntag darauf, eine weitere Reihe mit Buchstaben, eingeritzt in das Holz, entgegensprang, radelte sie erschüttert zurück und holte Mandy. Gemeinsam entzifferten sie die zweite Spalte.

ME
OH
RE
DE
ER

Mandy las vor: „Morde, ehe er ... Was soll denn das heißen?"

Margarete verspürte entsetzliches Grauen. „Das könnte zum Beispiel heißen: ‚Ich morde dich, ehe der nächste Mond, also er, aufgeht.' Oder ‚Morden werde ich dich, ehe der Hahn kräht.'"

„Margarete", versuchte die Kommissarin sie zu beruhigen. „Ich glaube, jetzt geht deine Fantasie mit dir durch. Das steht doch da gar nicht."

„Der Bösewicht ist wahrscheinlich noch nicht fertig, der kommt wieder, immer in der Nacht von Samstag auf Sonntag."

Die Logik dieser Voraussage war nicht von der Hand zu weisen. Mandy überlegte, wie sie ihre Freundin beruhigen konnte. Da halfen nur konkrete Maßnahmen.

„Weißt du was, Margarete, ich übernachte in der Nacht von Samstag auf Sonntag in deiner Schrebergartenhütte und lauere dem Schurken auf. Wenn er kommt, schnappe ich ihn und bereite dem Spuk ein Ende."

Margarete schaute sie mit grenzenloser Bewunderung an: „Das würdest du für mich machen?"

„Aber sicher, Margarete."

„Das ist gefährlich."

„Ach was, gar nicht."

Die Kommissarin versicherte ihrer beunruhigten Nachbarin, dass es dabei bliebe und sie, wie vereinbart, Wache schieben würde. Dann rannte sie los.

Die Besprechung im Bamberger Polizeipräsidium war für acht Uhr angesetzt. Der Polizeiobermeisterin Sieglinde Salome Silberhorn fiel wieder die Aufgabe zu, für frischen, starken Kaffee und Gebäck zu sorgen. Da sie beschlossen hatte, gesünder zu leben und vor allem Kalorien zu sparen, hatte sie unterwegs auf dem Marktplatz frisches Obst besorgt und inzwischen auf einem flachen Teller einladend angerichtet. Ihre hungrigen Blicke schweiften zwischen einer gelben Banane und einem buttrig-zarten Schokocroissant hin und her.

Vier Leichen mittlerweile, aufreibende Ermittlungsarbeit ohne Ende, eine wichtige Teambesprechung jagte die andere. Der Kommissar übertrug ihr immer häufiger immens bedeutsame Arbeitsaufträge. Wie sollte so eine jämmerliche, krumme Banane diesem Energieaufwand gerecht werden? Sieglinde griff entschlossen nach dem Hörnchen.

Der Gerichtsmediziner Karl-Heinz von Hohenfels traf als Nächster ein. Er trug seinen offenen weißen Kittel über einer grauen Hose und einem weißen Hemd. Seine Seidenkrawatte glänzte anthrazitfarben und war von feinen, hellgrauen Streifen schräg durchzogen. Er wirkte ein wenig übernächtigt. Soeben hatte er die Autopsie von Apollonia Vierheilig beendet. Trotzdem saß sein braunes Haar tadellos und ein Hauch von teurem Aftershave umgab ihn.

Er beschloss, Mandy zu fragen, ob sie Lust hätte, am Wochenende eine Wanderung mit ihm zu unternehmen. Er musste einmal raus aus dem gerichtsmedizinischen Institut, abschalten und sich in der Natur bewegen. Dringend!

Der Rechtsmediziner befestigte Fotos und Untersuchungsergebnisse bezüglich der alten Dame an der großen Pinnwand, ein Stück entfernt von den anderen drei Wasserrad-Mordfällen. Es lagen bisher keinerlei Erkenntnisse vor, dass diese Verbrechen in irgendeinem Zusammenhang standen.

Die beiden Kommissare kamen gemeinsam. Gerd Förster hatte nach dem harmonischen Abend mit Babett gut geschlafen und sprühte vor Energie.

Mandy hatte sich für die anstehende Fallbesprechung schick gemacht. Schließlich nahm Carlo daran teil. Heute Morgen hatte sie sich für ein himbeerfarbenes Wollkostüm entschieden, dessen enger Rock, der kurz über den Knien endete, ihre langen, wohlgeformten Beine betonte, die in schwarzen Strümpfen steckten. Ihre vollen Lippen waren im Farbton des Kostümes angemalt.

Gerd Förster fragte sich amüsiert, wo seine Kollegin wohl in diesem Outfit ihre Dienstpistole unterbringen wollte.

Als Sieglindes Blick auf die schlanken Beine der Kommissarin fielen, schmeckte ihr das fette Croissant nicht mehr richtig.

„Was gibt es Neues, Karl-Heinz?“, begann Gerd Förster gut gelaunt.

„Ich habe heute am frühen Morgen die Leiche von Apollonia Vierheilig untersucht“, berichtete der Gerichtsmediziner. „Der kräftige Hieb mit der Axt hat ihr den Schädel gespalten. Sie war augenblicklich tot. Der Schlag wurde von einem Rechtshänder ausgeführt, der erheblich größer sein muss als die alte Dame, mindestens fünfundzwanzig Zentimeter. Es war ein heftiger Schlag, ich tippe auf einen Mann. Es handelte sich übrigens tatsächlich um ihre eigene Axt.“

„Diese Tatsache könnte darauf hinweisen, dass die Tat nicht geplant war. Der Mörder hat eventuell spontan gehandelt, warum auch immer. Er hatte selbst womöglich gar keine Waffe dabei“, bemerkte Mandy.

„Dafür ein äußerst funktionstüchtiges Opernglas“, ergänzte ihr Kollege.

Karl-Heinz von Hohenfels fuhr fort: „Außer, dass das Opfer an schwerem Rheuma litt, war sie körperlich in erstaunlich guter Verfassung für ihre sechsundachtzig Jahre. Sie hätte noch ein paar schöne Jahre verbringen können." Er schüttelte empört den Kopf: „Welches abscheuliche Monster tut einer alten Frau so etwas an?"

Mandy bot ihm fürsorglich ein Hörnchen mit Nougatfüllung an. In Gedanken versunken biss er hinein. Dann nahm er einen Schluck von dem heißen Kaffee und erläuterte weiter seine Erkenntnisse.

Er hatte heute Morgen auch mit den Fachkollegen im rechtsmedizinischen Institut von Erlangen telefoniert, nachdem er ihre Berichte studiert hatte. – Mandy fragte sich, wann Carlo überhaupt einmal schlief? Es lagen verblüffende Übereinstimmungen mit der toten Kati Simmerlein vor. Die beiden anderen ermordeten Frauen, Melanie Fleischmann und Linda Roßmeisl, wirkten ebenso, als seien sie nach der Tat sorgfältig gewaschen oder gebadet worden. Es ließ sich kein Hauch von Spuren des Täters oder der Täter feststellen. Eine DNA-Analyse war unmöglich. Beide hatten vor der Tat einvernehmlichen Geschlechtsverkehr gehabt. Es gab keinerlei Abwehrverletzungen, nichts deutete auf Gewalteinwirkung hin.

Bei den Tatwaffen handelte es sich um dünne Drahtschlingen, im Volksmund Wildererschlingen genannt. Die beiden Frauen waren erdrosselt worden, von hinten. Sie wurden überrascht, sodass ihnen keine Zeit mehr blieb, sich zur Wehr zu setzen. Die Knoten, mit denen sie an die Wasserräder gebunden wurden, waren einfache, gängige Schleifen, wie sie jeder binden konnte.

Karl-Heinz trank noch einen großen Schluck Kaffee. „Das weiße, lange Baumwollhemd – ein Kollege aus Erlangen bezeichnete es als Büßergewand – wurde den Frauen vermutlich nach der Tat übergezogen. Die Herkunft dieser Kleidungsstücke ist unbekannt."

Gerd Förster machte sich eine Notiz. „Also doch ein Serienmörder?“

Karl-Heinz zuckte unschlüssig die Schultern: „Ein Kollege aus Nürnberg wusste zu berichten, dass eine Fotografie der toten Melanie Fleischmann einen Tag nach ihrer Entdeckung in der Zeitung abgebildet war. Vermutlich hatte ein Hobbyfotograf in einem unachtsamen Moment das Absperrband überwunden und seinen Schnappschuss an die Presse verkauft. Ein Nachahmungstäter hätte zumindest eine brauchbare Vorlage für seinen Plan gehabt: die Form der Zurschaustellung, das weiße Kleid. Die Presse hatte damals auch die Todesursache veröffentlicht, wahrscheinlich eine undichte Stelle.“

„Und der Geschlechtsverkehr?“, hakte die Kommissarin nach.

„Zufall, ich weiß es nicht“, entgegnete der Gerichtsmediziner zweifelnd.

„Trugen die beiden anderen Opfer Fußkettchen?“, fragte Gerd Förster.

„Definitiv nein“, antwortete Karl-Heinz.

„Die Schmuckstücke wurden auch erst nach den ersten beiden Verbrechen gekauft“, erinnerte Mandy.

„Vielleicht eine neue Variante des Killers, eine Ergänzung seiner Vorgehensweise, oder doch ein Nachahmungstäter, der sein Opfer schmücken wollte oder für den dieses Fußkettchen ein Symbol ist – wofür auch immer“, überlegte der Kommissar.

Dann erkundigte er sich plötzlich bei Sieglinde, die gerade glücklich ihr zweites Hörnchen kaute: „Wo würdest du Büßerhemden besorgen, wenn du welche bräuchtest?“

Überrumpelt blickte sie ihren Chef an. Leider hatte es ihr ausgerechnet in diesem winzigen Moment an der erforderlichen Aufmerksamkeit gemangelt. Sie grübelte gerade darüber nach, wie sie den Liebesapfel unter das

Kopfkissen ihres Schwarmes schmuggeln könnte. Bei ihrem morgendlichen Einkauf auf dem Markt hatte sie bereits die schönste, saftigste, rotbäckigste Frucht ausgewählt und in ihrer Arbeitstasche verschwinden lassen. Das war fast das Gleiche, wie den Apfel vor Sonnenaufgang vom Baum zu pflücken. Alles hatte seine Grenzen. Marlene würde sie davon nichts verraten.

Sie fasste sich und dachte schnell nach. Der Kommissar hatte sie schließlich nach ihrer Meinung gefragt. „In einem Geschäft für Trauerausstattung vielleicht, in einem Bestattungsinstitut oder in einem speziellen Laden für die Berufskleidung für Geistliche und ihre Helfer. Manchmal wird eine derartige Bekleidung wohl auch in Klöstern hergestellt."

Mandy überlegte ebenfalls angestrengt: „Oder es handelt sich um Faschingskleidung, die kann man per Katalog oder Internet bestellen. Unterkleidung für Nonnen und Kapuzinermönche oder für mittelalterliche Mägde und Knechte."

Gerd Förster nickte anerkennend: „Noch eine Spur, die es zu verfolgen gilt."

Er bedankte sich bei dem Gerichtsmediziner für seinen umfangreichen Bericht und wandte sich seinen Kolleginnen zu: „Haben wir noch weitere neue Erkenntnisse?"

Nun war Sieglindes große Stunde gekommen. Stolz verkündete sie: „Gerd, du hattest mich beauftragt, Recherchen über die Vergangenheit von Kilian Krautwurst durchzuführen. Ein Volltreffer sozusagen. Er ist vor einigen Jahren aus dem Schuldienst entlassen worden. Seine Beamtenpension wurde ihm komplett gestrichen. Der Grund waren die Beschuldigungen mehrerer Schülerinnen zwischen vierzehn und sechzehn Jahren, ihr Lehrer hätte sie sexuell belästigt. Ein Untersuchungsverfahren wurde damals eingeleitet, es stand jedoch in allen

Fällen Aussage gegen Aussage. Die Ermittlungen mussten eingestellt werden. Aber das Gymnasium trennte sich aufgrund des massiven Drucks einiger Eltern von ihm. Und er hat Kati Simmerlein gekannt. Er hat also gelogen", berichtete die Polizistin triumphierend weiter. „Sie hatte sich vor etwa vier Monaten in dem Nachhilfestudio angemeldet, in dem er arbeitet. Sie wollte mit professioneller Unterstützung ihren qualifizierenden Hauptschulabschluss nachholen. Kilian Krautwurst hat sie unterrichtet. Nach drei Förderstunden tauchte sie nicht mehr auf. Sie ist ohne Erklärung ferngeblieben, hat aber die Stunden bezahlt. Der Leiter des Instituts, mit dem ich gesprochen habe, konnte sich dieses Verhalten nicht erklären. Das war jedoch das einzige Mal, dass der Nachhilfelehrer eine junge Frau schulisch fördern sollte. Ansonsten war er für die Kleinen zuständig. Ich konnte eine Nachhilfeschülerin ausfindig machen, die damals zur gleichen Zeit wie Kati Simmerlein dieses Institut besucht hatte. Man mutmaßte, dass Herr Krautwurst den Auftrag der Förderung etwas anders interpretiert hatte. Man konnte ihm jedoch keinerlei Verfehlungen nachweisen. Der Leiter hat es auch gar nicht versucht. Er wollte mit allen Mitteln verhindern, dass ein negatives Licht auf seine Einrichtung fällt."

„Großartige Arbeit, Sieglinde", lobte Gerd Förster.

Die Polizistin lief rot an vor Freude.

„Bestell ihn bitte morgen zur Befragung. Mit dem Vorsitzenden des Wasserradvereines müssen wir ein ernstes Wort sprechen, vielleicht ist das unser Mann."

Die vier Damen der Gymnastikgruppe, die sich für das diesjährige Betzenaustanzen am Kirchweihmontag angemeldet hatten, fuhren mit Luise Walz am Steuer in bester Stimmung nach Forchheim. Es war höchste Zeit, die entsprechenden Dirndl in den bereits besprochenen Farben für den traditionellen Tanz zu kaufen. Ihr Ziel war ein bekanntes Fachgeschäft mit umfangreicher Auswahl in der Innenstadt. Leider war es nicht ganz billig. Anneliese grübelte immer noch, wie sie ihrem Gatten Konrad diese erhebliche Ausgabe erklären sollte. Von ihrem knappen Haushaltsbudget konnte sie eine solche beträchtliche Summe unmöglich abzwacken.

Luise Walz steuerte ihren Wagen in das Parkhaus unter dem Paradeplatz und manövrierte ihn geschickt auf einen Stellplatz für Frauen.

Munter flanierten sie durch die Fußgängerzone. Manuela Henneberger gönnte sich „Zwei im Weckla" mit viel Senf und erzählte ihren Freundinnen gestenreich und lautstark von einem Rentnerehepaar aus Fürth, das gestern Nachmittag bei ihr zum Kaffeetrinken eingekehrt war. Die beiden waren fürchterlich in Streit geraten. Es ging dabei um ihr Auto. Beide waren gebrechlich und hatten unterschiedliche motorische Einschränkungen, weshalb einer allein von den vielfältigen Anforderungen während des Fahrens überfordert war. Darum teilten sie sich kurzerhand die Aufgaben: Sie lenkte und bediente die Pedale, während er den Schaltknüppel für die Gänge in die richtige Position schob.

Auf der Herfahrt hatte der Mann wohl beim Anfahren auf dem kleinen, inoffiziellen Bauernmarkt an der Landstraße zwischen den Ortschaften Forth und Igensdorf den Vorwärts- mit dem Rückwärtsgang verwechselt. Daraufhin war ihr Wagen mit Vollgas und aufheulendem Motor rückwärts in einen Verkaufsstand geschossen, der Paletten mit frischen Landeiern anpries. Da der Bauer gerade nicht an seinem Stand war und sich das Rentnerehepaar zudem – was äußerst selten vorkam – absolut einig war, dass sich der Stand mitten im Weg befunden hatte und der nachlässige Landwirt eindeutig schuld war, setzten sie ihren Weg mit reinem Gewissen fort – zudem es höchste Zeit für einen Nachmittagsimbiss war.

Der Streit drehte sich nun darum, wer die zahlreichen getrockneten Eierflecken, die ihr Fahrzeugheck unschön überzogen, wegputzen musste, weil doch keiner Schuld hatte.

Sie lachten herzlich über diese Geschichte, nur Paulina war recht still und in sich gekehrt an diesem Tag.

Sie betraten das Fachgeschäft für den eleganten Landhausstil am Marktplatz und stürzten sich voller Elan in ihre Einkäufe. Nach über zwei Stunden, gefüllt mit unzähligen Anproben, Vorführungen und lebhaften, endlosen Diskussionen verließen die Gymnastikdamen hoch zufrieden und erschöpft, mit großen Tüten beladen, das Geschäft und ließen eine völlig entnervte Verkäuferin zurück. Die Fachfrau im Einzelhandel war mit dem Disput zwischen Manuela Henneberger und Luise Walz, der die Auswahl des perfekten Farbtones betraf, völlig überfordert gewesen.

Die Freundinnen waren sich absolut sicher, dass sie beim Betzenaustanzen die schicksten Kirchweihmädels sein würden.

„Nach diesem erfolgreichen Einkauf pflegen wir nun unser gehobenes kulturelles Niveau", verkündete die Konditoreibesitzerin energisch. „Wisst ihr was, ich lade euch ins Kino ein, da kommt es jetzt auch nicht mehr darauf an."

Manuela Hennebergers Dirndl war natürlich das teuerste Kleidungsstück von allen gewesen.

Ihre Freundinnen waren begeistert von dieser Idee. In Forchheim gab es ein hübsches Kino, in dem immer sehenswerte Filme liefen. Sie entschieden sich für den in höchsten Tönen gepriesenen Film „Sex and the City". Regelmäßig verfolgten sie im Fernsehen mit Begeisterung die gleichnamige Serie und durchlitten die Qualen der

Hauptdarstellerinnen, den richtigen Mann und extravagante Kleidung aufzustöbern, mit.

Nach dem sensationellen Filmerlebnis, in dem die Protagonistinnen ein Vermögen für Taxifahrten ausgaben, weil sie in ihren schwindelerregend hohen Stilettos nicht laufen konnten, ging es weiter zum Krankenhaus. Die Damen hatten geplant, ihrer Freundin Regina Engeltal auf der Geburtsstation einen Besuch abzustatten. Gesundes Obst, Rotbäckchensaft aus dem Reformhaus und diverse Magazine, darunter die Hochglanzbroschüre „Gepflegt und attraktiv im Wochenbett“ hatten sie bereits besorgt.

Luise Walz parkte vor dem neuen Krankenhaus von Forchheim und sie fragten sich zu der Geburtsstation durch.

Die Pfarrerin Regina Engeltal saß in ihrem Bett – der Babybauch wölbte sich mächtig vor – und blätterte missmutig und gelangweilt in einer Frauenzeitschrift. Als sie ihre Besucherinnen erblickte, ging ein Strahlen über ihr Gesicht.

„Endlich Abwechslung“, freute sie sich. „Ich langweile mich hier schrecklich.“

Mit einem raschen Blick nach rechts und links auf ihre Zimmergenossinnen flüsterte sie ihren Freundinnen, die sie der Reihe nach herzlich umarmten, verschwörerisch zu: „Diese hysterischen Weiber hier machen mich total fertig. Sie reden nur von ihrer bevorstehenden Geburt und über die Odyssee ihrer Schwangerschaft. Als würden sie ein Werk vollbringen, das vor ihnen noch keiner Frau gelungen ist. Lasst uns in die Cafeteria gehen, ich muss hier mal raus. Dort gibt es leckeren Kuchen und Bohnenkaffee. Auf der Station wird nur lauwarmer, dünner Kamillentee und stilles Wasser angeboten, ich bin doch nicht krank.“ Sie stöhnte theatralisch.

Als die treuen Freundinnen sich später wieder von

Regina verabschiedeten, fuhr Paulina ihr zärtlich über die gebleichten Stoppelhaare und wisperte ihr vertraulich ins Ohr: „Bald werden glückliche Zeiten anbrechen."

Die hochschwangere Pfarrerin bezog diese Ankündigung auf die sehnlichst erwartete Ankunft ihres vierten Kindes. Sie hatte nicht die leiseste Ahnung, dass Paulina von etwas ganz anderem gesprochen hatte.

Der Unternehmer Oskar Beer erschien pünktlich zur Vernehmung. Die beiden Kommissare hatten soeben den Besprechungsraum verlassen und erwarteten ihn in ihrem Büro.

Der Obstgroßhändler, der mit einem schwarzen, teuren Geländewagen vorgefahren war und ihn ohne zu zögern auf einem der raren Dienstparkplätze abgestellt hatte, trat selbstsicher und weltmännisch auf. Bequem zurückgelehnt saß er auf dem Stuhl, der neben den Schreibtischen der Kommissare platziert war. Er lächelte die Beamten offen an. Seine kräftigen, behaarten Handgelenke wurden diesmal von gestärkten Manschetten, zusammengehalten von protzigen, quadratischen Goldknöpfen, verdeckt.

Mandy Bergmann nahm erneut seine starke, maskuline Ausstrahlung wahr und ärgerte sich darüber. Außerdem fühlte sie sich von seiner selbstsicheren, arroganten Haltung provoziert.

„Was kann ich für Sie tun?", fragte er in hilfsbereitem Ton. Er benahm sich wie bei einer Besprechung, bei der er alle Fäden in der Hand hatte.

Gerd Förster hielt es für besser, mit der Befragung zu beginnen: „Herr Beer, wir haben noch einige Fragen zu Ihrer Beziehung zu Kati Simmerlein."

Der Unternehmer runzelte irritiert die breite Stirn. Mandy beobachtete ihn. Ein guter Schauspieler, fand sie.

„Beziehung, welche Beziehung, es handelte sich um ein Arbeitsverhältnis, das habe ich Ihnen doch bereits erklärt, sonst um rein gar nichts." Oskar Beer wirkte verständnislos.

Der Kommissar fuhr unbeirrt fort: „Herr Beer, uns liegt eine Zeugenaussage vor, die besagt, dass Sie Kati Simmerlein für eine gewisse Zeit umworben und bevorzugt haben. Hatten Sie eine Liebesbeziehung mit Kati Simmerlein?"

„Hören Sie, Herr Kommissar, ich bin glücklich verheiratet und habe eine attraktive, vielseitig interessierte, gebildete Frau. Was sollte ich denn mit so einem einfachen Mädel anfangen, einer Hilfsarbeiterin?" Jetzt zeigte der Obstgroßhändler verhaltene Empörung.

Da schaltete sich Mandy ein. Sie hatte endgültig genug von den Behauptungen dieses aalglatten Lügners. „Sie haben Kati Simmerlein in Ihr Landhaus eingeladen. Die Kollegen von der Spurensicherung werden dort in Kürze jeden Stein umdrehen. Wenn sie sich dort aufgehalten hat, finden wir das ganz schnell heraus. Und dann stehen Sie auf der Liste der verdächtigen Personen, was den grausamen Mord an der jungen Frau betrifft, an erster Stelle." Die Kommissarin fixierte ihn entschlossen.

Oskar Beer verlor ein wenig von seiner gesunden, bräunlichen Gesichtsfarbe. Beschwichtigend hob er beide Hände. „Es war nicht so, wie Sie annehmen, das schwöre ich. Ich kann das alles erklären. Ich bin doch kein kaltblütiger Mörder. Und ich hatte überhaupt keinen Grund, Kati umzubringen."

„Dann erzählen Sie uns bitte, wie es war", forderte der Kommissar ihn auf.

Der Obstgroßhändler seufzte, dann erzählte er: Das Unternehmen gehörte seiner Frau, sie hatte es von ihrem Vater geerbt. Er war nur so eine Art geduldeter Geschäftsführer. Allerdings ein sehr erfolgreicher. Wenn seine Frau ihn verlassen würde, wäre er ruiniert. Weil jedoch ihr Verhältnis etwas angespannt war, gönnte er sich ab und zu eine kleine Geliebte. Seine Gattin reiste viel und wenn sie zurückkehrte, beendete er die jeweilige Beziehung. Das verlief immer alles ganz harmlos und einvernehmlich. Mit Geld konnte man vieles regeln und sich fast alles kaufen, natürlich auch die Verschwiegenheit von Exgeliebten.

„Sie geben also zu, mit Kati Simmerlein ein Liebesverhältnis gehabt zu haben?", bohrte Mandy nach.

Oskar Beer blickte ihr ernst in die Augen: „Nein, ich hatte kein Verhältnis mit Kati, wirklich nicht."

Die Kommissarin unterbrach ihn und stellte in scharfem Ton fest: „Sie haben Schluss gemacht und Frau Simmerlein hat versucht, Sie zu erpressen. Deshalb musste sie sterben."

Der Unternehmer versuchte verzweifelt, sich weiter zu erklären: „Sie hätte mich nicht erpressen können, weil nichts passiert ist."

Dann fuhr er fort: Er hatte vorgehabt, sie zu verführen, das gab er zu. Sie war eine sehr hübsche, junge Frau. Sie hatte ihm gefallen mit ihren ebenmäßigen, feinen Gesichtszügen und ihrem langen, blonden Haar. Also lud er sie über ein Wochenende auf sein Grundstück ein. Es umfasste eine weitläufige Weiherlandschaft zwischen Langensendelbach und Bubenreuth, und direkt an einem romantischen, schilfumsäumten Karpfenteich stand sein Wohnwagen. Kein Landhaus also. Dorthin zog er sich ab und zu zurück, wenn er seine Ruhe haben wollte. Oder er nahm sich ein Mädchen mit. Das war für ihn gefahrlos, weil seine Ehefrau dieses ursprüngliche, einfache Leben hasste und sich nie dort aufhielt.

Oskar Beer atmete tief durch.

Der Freitagabend mit Kati war ein Desaster gewesen. Er hatte ihr vorgeschlagen, gemeinsam nackt im Teich zu schwimmen, dann am Ufer auf einer Decke liegend Champagner zu trinken und dabei den Sonnenuntergang zu beobachten, begleitet vom Quaken der Frösche. Er fand diese Idee äußerst romantisch und perfekt als Einstimmung auf eine gemeinsame leidenschaftliche Liebesnacht.

Kati hatte sich jedoch angeekelt geweigert, in dem trüben Wasser zwischen Karpfen zu baden, und den teuren französischen Champagner hatte sie als Sauerampfer bezeichnet. Er versuchte weiter geduldig, sie mit einem vorzüglichen Diner vor seinem Wohnwagen unter dem Sternenhimmel in Stimmung zu bringen. Er entzündete Kerzen und Fackeln, deckte den Campingtisch festlich und servierte den ersten Gang des Menüs. Es dämmerte bereits. In der weichen, milden Luft lag eine bezaubernde Abendstimmung. Doch Kati beschwerte sich über die Stechmücken.

Da sich in seinem Wohnwagen nur ein einfacher Gaskocher befand, hatte er sich für frische Austern aus Cancale als Vorspeise entschieden, danach plante er, rosa Crevetten in Knoblauchbutter zu erhitzen und knuspriges Baguette dazu zu reichen. Für den Nachtisch lagen im Kühlschrank Profiteroles mit Schokoladeneisfüllung bereit.

„Kennen Sie Profiteroles? Das sind kleine Windbeutel aus ungesüßtem Brandteig, eine französische Köstlichkeit. Wörtlich übersetzt heißt das Gebäck ‚kleines Geschenk'. Die Unterhaltung mit der jungen Dame war extrem schwierig und schleppend. Sie besaß keinerlei Interessen und wusste überhaupt nichts. Ein wirklich außergewöhnlich einfältiges Mädchen. Ich beschloss daraufhin, wenigstens den anschließenden Sex mit ihr zu genießen, obwohl mir das sehr schwerfällt. Ich halte eine gewisse geistige Verwandtschaft und den intensiven Dialog der Geschlechter auf einer Ebene für immens wichtig."

Mandy musste ein Schmunzeln unterdrücken.

„Was soll ich Ihnen sagen. Ich servierte die köstlichen, prallen Austern, beträufelte sie für meine zukünftige Geliebte liebevoll mit Zitronensaft und ermunterte sie zum Probieren. Kati hatte keine Ahnung, was da vor ihr auf dem Teller lag, und schob sich angewidert eine Meeresfrucht in den Mund. Dann verzog sie das Gesicht und spuckte den Bissen wieder aus. Mitten auf ihren Teller. Und wissen Sie was? Ich hatte genug von diesem ungehobelten Bauernkind. Ich habe sie augenblicklich nach Hause gefahren und bis zu ihrer Haustüre begleitet. Danach kehrte ich an meinen Weiher zurück, bin eine Runde geschwommen und habe die Flasche Champagner alleine getrunken. Dann bin ich am Ufer auf der Decke eingeschlafen.

Ich habe sie nicht angerührt und auch nicht ermordet. Warum auch – weil sie keine Austern mag? Es war einfach Schluss, bevor es angefangen hatte. Kati hat es akzeptiert. Sie konnte mit mir rein gar nichts anfangen."

Oskar Beer schwieg erschöpft.

„Gut, Herr Beer", antwortete Gerd Förster, „wir müssen Sie dennoch fragen, wo Sie sich in der Nacht von Sonntag auf Montag zwischen zweiundzwanzig Uhr und ein Uhr nachts aufgehalten haben?"

Der Unternehmer hatte mit dieser Frage offensichtlich keine Probleme. Er dachte nach: „Ich war zu Hause und bin früh zu Bett gegangen. Dort habe ich noch wichtige geschäftliche Unterlagen durchgesehen. Am frühen Montagmorgen erwartete ich eine Wirtschaftsdelegation aus Rumänien, die meinen Betrieb besichtigen wollte. Wir planen eventuell eine Kooperation. Die Betriebskosten sind dort erheblich günstiger. Über dem Lesen bin ich eingeschlafen."

„Gibt es einen Zeugen, der diese Angaben bestätigen kann?", wollte die Kommissarin wissen.

Herr Beer verneinte: „Ich weiß gar nicht, ob meine Ehefrau an jenem Abend zu Hause war. Ich habe sie jedenfalls nicht zu Gesicht bekommen. Am Sonntag trifft sie sich, soweit ich informiert bin, mit einigen Freundinnen in einer privaten Sauna in Ebermannstadt."

„Danke, Herr Beer", beendete der Kommissar das Verhör. „Ihre Aussage wird noch zu Protokoll genommen, dann können Sie gehen."

Mandy Bergmann fügte hinzu: „Ihr Grundstück an diesem Karpfenweiher und Ihren Wohnwagen werden wir von der Spurensicherung unter die Lupe nehmen lassen."

„Bitte schön, nur zu", entgegnete Oskar Beer achselzuckend. „Ich habe nichts zu verbergen. Ich wäre Ihnen jedoch sehr dankbar, wenn meine Gattin davon nichts erfahren würde."

Die beiden Kommissare machten sich auf den Weg zum Besprechungsraum. Vor dem Whiteboard verharrten sie und ließen die bedrückenden Fotografien auf sich wirken. Was hatte Apollonia Vierheilig mit den Wasserradmorden zu tun? Gerd Förster vertrat im Moment innerlich die Ansicht, dass gar keine Verbindung bestand. Das äußerte er jedoch nicht. Er wollte sich nicht mit Spekulationen abgeben, die jeder Grundlage entbehrten.

Mandy Bergmanns Gedanken schweiften zu Oskar Beer. Sie war unschlüssig, wie sie ihn einschätzen sollte. Die Bezeichnung „Dorfcasanova" traf nicht wirklich zu, dafür hatte er zu viel Stil.

Soeben studierte sie grübelnd das Fußkettchen mit den winzigen Kugeln, als ein Kollege aus der Abteilung für Internetkriminalität den Raum betrat und ihnen aufgeregt zuwinkte. In der Hand hielt er einen Notizzettel.

Er berichtete: „Wir haben die Adresse, von der die

Mails an Kati Simmerlein stammen. Es handelt sich um ein Internetcafé in Nürnberg. Der User hat den Namen und die Adresse des alten, demenzkranken Mannes in diesem Pflegeheim in Bayreuth benutzt. Wenn die Postleitzahl zugeordnet werden kann, ist es kein Problem, sich mit einem Nickname in einem Chatroom anzumelden. Ich habe euch die Anschrift notiert: Allersberger Straße 101, irgendwo in der Südstadt. Viel Erfolg, Kollegen, schnappt euch die Bestie!“ Er hastete weiter.

Die Kommissare holten sofort ihren Dienstwagen aus der Tiefgarage und machten sich auf den Weg nach Nürnberg. Gerd Förster wählte die Strecke über den Frankenschnellweg, vorbei an Forchheim und Erlangen, wo links direkt an der Autobahn papageienbunt gestrichene Hochhäuser in den dunstig blauen Herbsthimmel ragten. Hinter Eltersdorf breitete sich fruchtbares Ackerland mit darauf verstreut liegenden Gehöften aus, so weit das Auge reichte. Landwirte bauten hier Salat und anderes Gemüse an. Weiter ging es durch Fürth an einem schwedischen Möbelhaus vorbei bis zu den Rampen in Nürnberg, wo um diese Zeit kein Stau herrschte. Dann bog er in die Südstadt ab.

Während der Fahrt tauschten sich die Kommissare über die Vernehmung von Oskar Beer aus.

„Eine hübsche kleine Geschichte hat er uns da präsentiert, so authentisch, dass man ihr beinahe Glauben schenken könnte“, meinte Mandy ironisch.

„Aber wenn er tatsächlich Kati Simmerlein loswerden wollte, warum auf eine so spektakuläre Art und Weise, die so viel Aufmerksamkeit und Medienrummel nach sich zieht?“, fragte ihr Kollege. „Er hätte zum Beispiel versuchen können, an seinem Weiher einen Badeunfall vorzutäuschen, oder die Leiche einfach verschwinden lassen.“

„Ein Badeunfall hätte seine Frau alarmiert. Und es ist

schließlich gar nicht so einfach, einen toten Menschen verschwinden zu lassen", entgegnete Mandy so überzeugt, als hätte sie es bereits versucht.

Dann spekulierte sie weiter: „Es wäre doch eine clevere Idee von ihm gewesen, bei dem Mord an Kati Simmerlein die beiden anderen Verbrechen auf den Wasserrädern nachzuahmen, um den Verdacht von ihm abzulenken. Wir konzentrieren uns auf einen Serienmörder, den wir jagen, und der Unternehmer schlüpft uns durchs Netz. Kati Simmerlein könnte ihn sehr wohl erpresst haben und aus Angst vor den Konsequenzen hat er sie getötet. Seine Frau hätte ihn vor die Tür gesetzt, er hätte seine gute Position verloren und das schöne Leben hätte jäh ein Ende gehabt."

„Er hätte auch zahlen können", wandte Gerd Förster ein.

„Du weißt doch, wie das ist, Gerd, Erpressungen hören in der Regel nie auf. Wenn man einmal erpressbar ist, ist man immer erpressbar."

„Das ist eine sehr interessante Theorie, Mandy. Es ist durchaus möglich, dass Oskar Beer sich einen derart perfiden Plan ausgedacht hat. Ich halte ihn für sehr intelligent und skrupellos. Vielleicht war es so. Mein Gefühl sagt mir jedoch, dass wir es mit einem eiskalten, gnadenlosen Serienmörder zu tun haben, den ein starkes Motiv antreibt, das wir dringend herausfinden müssen. Ich befürchte, dass er weiter mordet. Er ist noch nicht fertig."

Sie schwiegen nachdenklich. Dann fiel ihm etwas ein. Vielleicht gab es doch eine Verbindung.

„Womöglich hat der Mann, wenn es ein Mann war, in Apollonia Vierheiligs Garten tatsächlich Paulina beobachtet. Wir müssen sie warnen. Rufe bitte Sieglinde an, Mandy, und beauftrage sie, zu Paulina nach Hause zu fahren und mit ihr zu reden. Sie soll ihr aber keine Angst machen und umsichtig vorgehen. Sie soll sie bitten, vorsichtig zu sein. Es wäre gut, wenn ihr Freund Manni wenigstens ein paar Tage bei ihr wohnen würde."

Die Kommissarin erledigte das Telefonat sofort. Am Ende teilte sie der Polizistin mit, dass sie nach diesem Gespräch mit Paulina Feierabend machen konnte.

„Auf jeden Fall", resümierte Mandy, „besitzen weder Peter Kränzlein noch Kilian Krautwurst oder Oskar Beer ein Alibi. Sie kannten Kati Simmerlein und waren an einer Liebesbeziehung mit ihr interessiert. Zumindest der Vorarbeiter und der Obstgroßhändler. Kilian Krautwurst nehmen wir uns morgen vor."

Die Allersberger Straße war lang, dennoch fanden sie schnell ihr Ziel und sogar einen Parkplatz. Bei dem Haus mit der Nummer 101 handelte es sich um ein vierstöckiges, heruntergekommenes Gebäude. In den oberen Stockwerken waren Apartments untergebracht, deren blinde, vorhanglose Fenster trostlos in Richtung der stark befahrenen Straße zeigten.

Im Erdgeschoss befand sich rechts von der Eingangstür ein türkischer Gemüseladen, dessen vielfältiges Angebot vor dem Geschäft auf schmalen, länglichen Tischen einladend dargeboten wurde. Mandy beschloss spontan, grün glänzende, reife Avocados einzukaufen und sich heute Abend einen Salat zuzubereiten. Der freundliche südländische Gemüsehändler schenkte der „schönen Dame" dazu noch drei saftige Feigen.

Auf der anderen Seite war an einer schäbigen, verstaubten Glastür ein schiefes Pappschild angebracht, auf dem mit handgeschriebenen Buchstaben „Internetcafé" zu lesen war. Die Schaufensterscheibe war durch vergilbte, zerschlissene Gardinen verhängt, sodass ein Blick in das Innere des Cafés unmöglich war.

„Sehr vertrauenswürdig wirkt dieser Laden nicht gerade", murmelte Mandy und öffnete neugierig und wachsam die Tür. Eine Wolke dichten Zigarettenrauchs und

abgestandener Luft schlug ihr entgegen. Sie unterdrückte einen heftigen Hustenreiz. Der Kommissar folgte ihr und versuchte, in dem Qualm, in dem sich vereinzelte Sonnenstrahlen brachen, etwas zu erkennen.

Rechterhand zog sich eine Theke durch den schmalen Raum. Eine verschmierte Glasscheibe gab den Blick auf zwei Porzellanplatten frei, auf denen sich belegte Brötchen und ausgetrocknete Kuchenstücke stapelten, die nicht sehr appetitanregend wirkten. Hinter dem Tresen stand ein hochgewachsener, magerer junger Mann mit langen, ungepflegten Haaren und dünnen Armen, die über und über mit Tätowierungen bedeckt waren. Er musterte die neuen Gäste misstrauisch und zog an seiner selbst gedrehten Zigarette. Im Glasaschenbecher vor ihm lagen bereits unzählige Kippen mit braungelben Enden.

Gegenüber der Theke standen drei unbenutzte Computer eng in einer Reihe. Im hinteren Teil des Ladens hatten vier Bistrotischchen ihren Platz, von denen einer besetzt war. Zwei alte, weißhaarige Männer, offenbar türkischer Abstammung, spielten mit beeindruckender Geschwindigkeit Tavli und tranken Tee aus winzigen, gravierten Gläsern. Während ihrer Beschäftigung knabberten sie gesalzene Pistazien, deren Schalen auf dem Tisch bereits einen kleinen Berg bildeten.

Sie ließen sich bei ihrem Spiel nicht stören.

Die Kommissare kletterten auf die hohen, unbequemen Hocker vor dem Tresen. Gerd Förster musterte die Kaffeemaschine und beschloss, dass sie einen Espresso überleben würden.

Er sprach den jungen Mann an, als er die gewünschten Getränke servierte: „Ist hier immer so wenig los?"

„Mal so, mal so", erwiderte dieser kurz angebunden.

Der Kommissar änderte die Taktik: „Kann ich bitte den Geschäftsführer sprechen?"

„Der steht vor Ihnen. Was wollen Sie?"

Gerd Förster zeigte seine Dienstmarke und hatte den sicheren Eindruck, dass der junge Mann einen heftigen Fluchtimpuls unterdrücken musste.

„Kripo Bamberg, wir ermitteln in einem Mordfall. Es deutet einiges darauf hin, dass der gesuchte Täter Mails von einem dieser Computer hier verschickt hat."

Der Geschäftsführer reagierte sofort: „Für hier abgesendete Mails trage ich keine Verantwortung, das wissen Sie. Die Kunden benutzen die Computer, bezahlen nach festgelegten Zeiteinheiten und verschwinden wieder. Das ist alles."

„Ja, das wissen wir", versuchte Mandy den nervösen Burschen zu beruhigen. „Wir wollen von Ihnen wissen, ob Ihnen vielleicht ein Kunde aufgefallen ist, der häufiger Ihr Café besucht und einen verdächtigen Eindruck auf Sie gemacht hat. Jemand, der sich irgendwie auffällig benommen hat?"

Der Mann entspannte sich sichtlich und überlegte: „Ein paar Mal war einer hier, der war mir nicht geheuer. Er hat immer nur das Nötigste geredet, das Internet benutzt, etwa für eine halbe Stunde, hat bezahlt und ist verschwunden. Ein großer, dicklicher Mann mit stechenden, gefährlichen Augen. Er trug immer einen langen, dunklen Mantel."

„Können Sie sich erinnern, wann er das letzte Mal hier war?"

„Letzte Woche, am Dienstag oder am Mittwoch. Ein unheimlicher Kerl."

„Ich habe eine dringende Bitte." Mandy nahm einen Schluck von dem starken, süßen Espresso, der gar nicht so schlecht schmeckte. „Wenn dieser Mann wieder in Ihrem Laden auftaucht, rufen Sie uns sofort an, hier ist meine Visitenkarte. Es ist wirklich wichtig, es könnte sich um eine äußerst gefährliche Person handeln. Benehmen Sie sich völlig normal und telefonieren Sie unauffällig."

Der Geschäftsführer erschrak. Dann versprach er: „Ich melde mich sofort bei Ihnen, Frau Kommissarin, versprochen. Wenn ich helfen kann, einen Verbrecher zu verhaften, bin ich dabei."

Als die Kommissare sich verabschiedet und das Internetcafé verlassen hatten, griff der tätowierte Mann hektisch zum Telefonhörer, wählte und begann, schnell und eindringlich auf jemanden einzureden.

Nach dem Gespräch mit Paulina Regenfuß machte sich Sieglinde Silberhorn auf den Heimweg. Sie hatte noch Zeit, bis heute Abend die aufregende Aktion „Liebesapfel" stattfinden sollte.

Als sie ihren Vater, wie häufig in letzter Zeit, vor dem Fernseher antraf, beschloss sie, ihm eine Freude zu machen und paar Runden Mühle mit ihm zu spielen. Er mochte dieses Spiel. Ein schlechtes Gewissen beschlich sie, weil sie den alten, behinderten Mann so oft allein ließ. Aber hatte sie eine Wahl? Sie musste Geld verdienen und sie liebte ihre Arbeit. Ihr kam der Gedanke, ihn in einer Tagesstätte für Senioren anzumelden. In solch einer Facheinrichtung herrschte sicherlich keine Langeweile.

Nun musste sie sich dringend ein wenig ausruhen, damit sie heute Abend topfit war. Schließlich stand einiges auf dem Spiel und es ging um ihre Zukunft.

Heute Nachmittag hatte die Polizistin Glück gehabt. Gerade, als sie an der Haustür klingeln wollte, war Paulina Regenfuß von ihrem Krankenhausbesuch nach Hause gekommen. Die junge Frau war in dem Gespräch ganz ruhig geblieben und hatte die Vermutung des Kommissars nicht ernst genommen. Sie konnte es sich überhaupt nicht vorstellen, dass jemand sie beobachten könnte. Und sie lehnte es energisch ab, dass ihr Freund Manni, und sei es nur vorübergehend, bei ihr einziehen sollte. Sie hätten eine ernste Beziehungskrise, weil er nur Fußball im Kopf hatte und sie vernachlässigte. Sie jedoch hätte andere Pläne. Ihr weiteres junges Leben würde sie gewiss nicht am Rand eines Fußballfeldes verbringen.

Sieglinde hatte ihren Auftrag verantwortungsbewusst erfüllt. Aber sie hatte schließlich auch noch ein Privatleben, das dringend einer Bereicherung bedurfte.

Ihre Freundin Marlene traf pünktlich um achtzehn Uhr und voller Elan in Sieglindes Wohnung ein. Die Freundinnen hatten für ihr Vorhaben einen präzisen Zeitplan festgelegt. Zuerst galt es, den Liebesapfel nach der klaren Vorgabe von Marlenes Oma Berta zu präparieren. Sieglinde halbierte die pralle Frucht mit einem scharfen Küchenmesser, dann entfernte sie vorsichtig das Gehäuse aus den beiden Hälften.

Marlene hatte in der Zwischenzeit einen kleinen quadratischen Zettel vorbereitet und wühlte nun in einer Schublade nach einem roten Filzstift. Sieglinde weigerte sich nämlich kategorisch, das Papier mit ihrem eigenen Blut zu beschreiben. Das ginge entschieden zu weit. Sie war schließlich eine seriöse Polizeibeamtin. Alles hatte seine Grenzen. Marlene beschloss, dass in der heutigen, modernen Zeit ein Filzschreiber auch in Ordnung war.

Sieglinde schrieb mit zitternder Hand ihren Vornamen und den des attraktiven Fußballers Hansi Horlamus auf das Blatt, faltete es sorgfältig und stopfte es in das Apfelgehäuse. Die beiden Hälften steckte Marlene vorsichtig mit dünnen, biegsamen Zweigen eines Apfelbaumes zusammen. Es war ihr nicht gelungen, Myrtenholz aufzutreiben. Nachdem der Apfel zum Trocknen in den Ofen gelegt worden war, tranken die Freundinnen eine Tasse Kaffee und besprachen dabei ihren Plan noch einmal in allen Einzelheiten. Es durfte nichts schieflaufen.

Das Fußballtraining in der Ortschaft Ortspitz endete um halb acht. Danach begaben sich die Spieler in die

Umkleidekabine, duschten, zogen sich an und versammelten sich dann gegen zwanzig Uhr in der Gaststätte des Sportlerheimes zum gemütlichen Umtrunk, Strategiebesprechung genannt. Marlene hatte gründlich recherchiert.

Zu diesem Zeitpunkt befanden sich die Sporttaschen, die mit den Namen der Spieler beschriftet waren, unbeaufsichtigt in der Kabine. Marlene würde vor dem Umkleideraum Schmiere stehen, während Sieglinde Salome Silberhorn sich rasch und unauffällig hineinschleichen und den Liebesapfel in der Tasche von Hansi Horlamus verstecken sollte. Ein perfekter Plan. Marlene war stolz darauf. Eine Umkleidekabine war schließlich ein öffentlich zugänglicher Raum. Ein Eindringen in Hansis Zimmer zu Hause, um an sein Kopfkissen zu gelangen, hatten die Freundinnen nach langen, hitzigen Diskussionen wegen der enormen strafrechtlichen Brisanz verworfen.

Falls jemand Sieglinde in der Umkleidekabine entdecken sollte, was höchst unwahrscheinlich war, würde sie behaupten, die Damentoiletten zu suchen. Das Versteck des Liebesapfels zwischen den verschwitzten Kleidungsstücken des Fußballers war beinahe so intim wie unter seinem Kopfkissen. Der Zauber würde seine Wirkung entfalten, Marlene war sich dessen absolut sicher. Sieglinde keineswegs, aber nun gab es kein Zurück mehr.

Kurz nach zwanzig Uhr betraten die beiden Frauen das Sportlerheim von Ortspitz. Sie trugen unauffällige, bequeme Kleidung, Jeans, Turnschuhe, mit denen sie sich lautlos bewegen konnten, und dunkle Pullover. Vorher hatten sie sich mit einem Blick durch das Fenster der Gaststätte vergewissert, dass die Fußballer sich inzwischen dort eingefunden hatten. Ausladende Platten mit Käse- und Schinkenbroten und kühle Getränke wurden serviert und die Spieler machten sich, hungrig und durstig vom anstrengenden Training, sofort darüber her.

„Die Luft ist rein", flüsterte Marlene verschwörerisch. „Nun geh schon, Siggi." Sie stellte sich lässig vor das Schwarze Brett und tat so, als ob sie sich für die zahlreichen Aushänge und Ankündigungen interessierte.

Sieglinde trat nervös in den Umkleideraum der Männer und suchte nach den Sporttaschen. Aufgereiht standen diese auf einer langen, schmalen Holzbank. Die Tasche von Hansi Horlamus hatte sie schnell ausfindig gemacht und vergrub hastig den Liebesapfel zwischen der feuchten Kleidung.

Sie wollte sich gerade aus dem Staub machen, als sie plötzlich ein Geräusch vernahm. Erschrocken fuhr sie herum. Ein nackter junger Mann trat aus der Tür des Duschraumes und rubbelte sich mit einem Badetuch den Rücken trocken. Als er die erstarrte junge Frau erblickte, stieß er einen durchdringenden Schrei aus und ließ vor Schreck sein Handtuch fallen. Dann versuchte er, mit beiden Händen seine Männlichkeit zu bedecken.

Sieglinde drehte sich um wie ein Derwisch und rannte so schnell sie konnte aus dem Raum und weiter aus dem Sportlerheim. Marlene folgte ihr erschrocken. Die Freundinnen sprangen in den Wagen und rasten mit quietschenden Reifen davon.

Hansi Horlamus, die runden Wangen noch schamrot, stand vor der niedrigen Holzbank und hielt ratlos einen verschrumpelten, rotbäckigen Apfel, aus dem grüne Zweiglein ragten, in der Hand.

Samstag, 21. September

Gegen sechs Uhr früh joggte die Kommissarin Mandy Bergmann in sportlichem Tempo auf ihrer Lieblingsstrecke durch den Bamberger Hain an der Regnitz entlang. Es war kühl an diesem Morgen und es regnete in Strömen. Sie trug eine dünne, schwarzrote, wasserabweisende Trainingsjacke und eine Kappe. Die Laternen in antikem Stil, die in regelmäßigen Abständen das steinige Ufer säumten, warfen ein sanft gelbliches Licht in die Morgendämmerung. Nebelfetzen stiegen vom Fluss auf und verliehen der Umgebung ein unwirkliches, verschwommenes Aussehen. Die Umrisse des mächtigen Bamberger Doms tauchten schemenhaft zwischen den Regenfäden hoch über der noch schlafenden Stadt auf.

Mandy liebte diese Stille und das Alleinsein. Während der kontinuierlichen Anspruchslosigkeit des Laufens konnte sie am besten nachdenken. Sie grübelte über ihren aktuellen, schwierigen Fall nach. Wenn Gerd recht hatte und sie es mit einem Serienmörder als Täter zu tun hatten, mussten sie rasch handeln. Er konnte jederzeit erneut zuschlagen. Die Kommissarin war fest davon überzeugt, dass sie es mit einer männlichen Person zu tun hatten, die äußerst gefährlich und erbarmungslos war.

In den meisten Fällen entsprach ein Serienmörder einem typischen Profil: ein Mann im Alter zwischen zwanzig und fünfundvierzig Jahren, der zurückgezogen und unauffällig lebte. Auch konnte er eine Familie gegründet haben, einem Beruf nachgehen und von seiner Nachbarschaft als hilfsbereiter, freundlicher Mensch geschätzt werden. Allerdings kamen Serienmörder in Deutschland selten vor. Aber die Möglichkeit kam natürlich in Betracht.

Sie umlief eine weite, schlammige Pfütze und drehte dann um. Von ihrer Kappe tropfte Regenwasser.

Zu Hause duschte die Kommissarin erst lange heiß, dann eiskalt. Erfrischt und hellwach schlüpfte sie in eine enge schwarze Jeanshose, zog einen weiten, grob gestrickten, schilfgrünen Pullover über den Kopf und schnürte ihre Lederstiefel. Dabei trank sie starken schwarzen Kaffee aus ihrer bauchigen, angeschlagenen Lieblingstasse. Auf das Müsli mit Nüssen, Joghurt und frischem Obst verzichtete sie nach einem Blick auf die Wanduhr. Sie hatte es eilig.

Der Vorsitzende des Wasserradvereins und Nachhilfelehrer Kilian Krautwurst war für acht Uhr in das Polizeipräsidium zum Verhör bestellt worden. Den zwielichtigen Burschen mit zweifelhafter Vergangenheit würde sie sich jetzt vornehmen. Sie mussten dringend einen Durchbruch erzielen, ehe es zu spät war.

Ihr Kollege saß bereits an seinem Schreibtisch und war konzentriert in Akten vertieft. Sie begrüßten sich und Mandy stellte erfreut fest, dass Gerd Förster Schweineohren vom Bäcker mitgebracht hatte. Hungrig biss sie in das knusprige Gebäck, als es an der Tür klopfte und Kilian Krautwurst den Raum betrat.

Er wirkte wie bei ihrem letzten Treffen im Vereinsheim ungepflegt und schmuddelig. Dasselbe ungebügelte T-Shirt hing an ihm wie ein Sack. Die Haare hatte er zu einem Pferdeschwanz gebunden, seine Augen waren glanzlos und trübe, der Teint teigig und bleich, und er machte einen unausgeschlafenen Eindruck.

Der Mann setzte sich breitbeinig auf den Stuhl vor den Schreibtischen der Kommissare und versuchte vergeblich, einen gelassenen Eindruck zu machen. „Was wollen Sie von mir?“, fragte er misstrauisch.

„Sie haben uns nicht die Wahrheit erzählt, Herr Krautwurst“, begann die Kommissarin mit fester Stimme. „Sie haben Kati Simmerlein sehr wohl gekannt.“ Sie blickte entschlossen in seine Augen.

Der Befragte versuchte, diesen bohrenden Blicken auszuweichen, setzte sich aufrecht hin und erwiderte: „Das stimmt nicht, Sie irren sich, ich habe sie nicht gekannt. Ich habe mit dieser ganzen Angelegenheit überhaupt nichts zu tun." Er nickte bekräftigend.

„Herr Krautwurst", nahm der Kommissar den Faden auf. „Wir wissen aus sicherer Quelle, dass Sie Kontakt mit dem Mordopfer hatten. Es hat doch keinen Zweck, diese Tatsache zu leugnen. Kati Simmerlein hatte sich in dem Nachhilfeinstitut, in dem Sie beschäftigt sind, angemeldet, um ihren Hauptschulabschluss nachzuholen. Ihnen wurde von der Leitung die Aufgabe übertragen, sie in den Fächern Deutsch und Mathematik zu unterrichten und auf die externe Prüfung vorzubereiten. Nach drei Wochen ist sie nicht mehr erschienen. Warum nicht, Herr Krautwurst? Was ist passiert? Die junge Frau muss doch sicherlich Gründe für diese Entscheidung gehabt haben? Haben Sie sie belästigt? Hatten Sie dann Angst, dass erneut ein solcher Vorfall wie damals an Ihrem Gymnasium an die Öffentlichkeit dringen würde? Dass Ihnen diesmal strafrechtliche Konsequenzen drohen würden? Haben Sie Kati Simmerlein getötet, damit sie für immer schweigt?"

Mandy Bergmann setzte ihm weiter zu: „Es bestehen eventuell Verbindungen zu weiteren Mordopfern. Wir werden überprüfen, ob Sie diese auch persönlich gekannt haben."

Kilian Krautwurst starrte sie entsetzt an, dann verlor er die Fassung und brach schluchzend zusammen: „Ich habe nichts verbrochen, diese verdammte Geschichte von damals hängt mir ewig nach. Das waren alles Verleumdungen, übelster Rufmord. Sie können mir gar nichts nachweisen. Ich verlange einen Anwalt. Und ab jetzt sage ich kein Wort mehr."

Mandy hatte genug von dieser weinerlichen Kreatur,

die in Selbstmitleid versank. Sie informierte den Mann mit kalter Stimme: „Ich nehme Sie in Untersuchungshaft, Herr Kilian Krautwurst. Sie sind vorläufig festgenommen wegen des dringenden Tatverdachtes des Mordes an Kati Simmerlein. Sie haben selbstverständlich das Recht auf einen Anwalt."

Gerade als sich der Nachhilfelehrer widerstandslos, mit gesenktem, wirrem Blick von zwei Polizeibeamten abführen ließ, klingelte das Telefon auf Mandys Schreibtisch. Sie nahm den Hörer ab und lauschte aufmerksam.

„Wir beeilen uns, versuchen Sie, sich möglichst unauffällig zu verhalten, ich danke Ihnen." Sie sah ihren Kollegen aufgeregt an: „Die verdächtige Person ist soeben im Internetcafé in der Allersberger Straße eingetroffen. Los geht's Gerd, den nehmen wir uns vor."

Wenn der verdächtige Mann gewöhnlich etwa eine halbe Stunde den Internetanschluss nutzte, war die Zeit knapp. Eilig machten sich die Kommissare auf den Weg. Gerd Förster setzte das Blaulicht auf das Dach ihres Dienstwagens und raste mit Höchstgeschwindigkeit in Rekordzeit über den Frankenschnellweg in die Nürnberger Südstadt. Der Regen hatte inzwischen nachgelassen.

Er parkte im Halteverbot schräg gegenüber dem Laden. Ruhig und unauffällig traten sie ein, stellten sich an den Tresen und bestellten zwei doppelte Espressi. Mandy erfasste blitzschnell die anwesenden Personen im Raum. Da saßen wieder die zwei alten türkischen Männer in ihr Brettspiel vertieft. Sie wirkten, als hätten sie sich seit dem letzten Besuch der Kommissare überhaupt nicht von der Stelle bewegt. Der Berg von leeren Pistazienschalen war noch höher geworden.

An einem der aufgereihten Computer saß ein Mann, der in seine Beschäftigung versunken war und die Neuankömmlinge gar nicht wahrzunehmen schien. Mandy tastete dennoch unauffällig nach ihrer Dienstwaffe.

Der junge Geschäftsführer, der sie telefonisch benachrichtigt hatte, stand hinter der hohen Holztheke, begrüßte sie äußerlich gelassen und deutete durch die Rauchschwaden auf die verdächtige Person am Terminal, die ihnen nach wie vor den Rücken zuwandte.

Gerd Förster trat entschlossen auf den Mann zu, hielt ihm seinen Dienstausweis vor die Nase, behielt den Verdächtigen und seine Bewegungen fest im Blick und sagte knapp: „Kripo Bamberg, Polizeikontrolle, kann ich bitte Ihre Papiere sehen?"

Der Mann fuhr erschrocken zusammen: „Was wollen Sie von mir? Ich sitze hier friedlich und schreibe eine Mail, ist das verboten?"

Schweißperlen bildeten sich auf seiner hohen, breiten Stirn. Er war groß und dickleibig und trug einen schwarzen Mantel, aus dessen offenen Schößen ein runder Bauch ragte. Füllige Hängebacken und kleine, kohlschwarze Augen bestimmten seine Gesichtszüge. Seine welligen, ebenfalls schwarzen Haare fielen ihm bis auf die breiten Schultern. Um seinen Hals hatte er einen weißen Seidenschal geschlungen. Mandy fiel seine klar tönende, dunkle Stimme auf.

„Wir würden Ihre Mail gerne lesen und wollen wissen, an wen sie gerichtet ist", kam Mandy direkt zur Sache.

Der Mann reagierte empört: „Das ist meine Privatangelegenheit, das geht Sie überhaupt nichts an."

Mandy erwiderte gelassen: „Dann nehmen wir Sie jetzt mit auf das Polizeipräsidium in Bamberg zur Befragung und den Computer beschlagnahmen wir. Wenn Ihnen das lieber ist."

„Sachte, sachte, junge Dame, wissen Sie überhaupt, wer ich bin? Vor Ihnen sitzt der weltberühmte Opernsänger Francesco Carlos Fernandez, ich weile derzeit in Nürnberg, weil ich ein Engagement an der wunderschönen Oper angenommen habe. Ich singe jeden Abend den Samson. Ein grandioser Erfolg. Gestern hatte ich sieben Vorhänge.“ Die klangvolle Stimme tönte durch den Raum. „Nach der Premiere speiste ich mit den Honoratioren dieser geschichtsträchtigen, bezaubernden Stadt im Restaurant ‚Zum roten Elch‘ in der Nähe der Kirche Sankt Sebald – superb, versichere ich Ihnen. Bei dieser Gelegenheit wurde ich auch dem Polizeipräsidenten vorgestellt. Rufen Sie ihn an, er wird sicherlich meinen ausgezeichneten, untadeligen Leumund bestätigen. Ich bin ein friedliebender, frommer Mensch und durchaus bereit, Ihre Entschuldigung zu akzeptieren.“

Er verstummte und blickte die Kommissare auffordernd an. Gerd Förster machte sich an seinem Handy zu schaffen, telefonierte und wurde dabei wohl von einem zum anderen verbunden, dabei trank er seinen Espresso.

Mandy war weder überzeugt von dieser Geschichte noch beeindruckt und bestand darauf, die Mail zu lesen. Der dicke Mann resignierte vor ihrer Durchsetzungsfähigkeit. Sie drückte den Bildschirmschoner weg und überflog das Schreiben, das an eine Penelope Maria Santinos in Madrid gerichtet war. War ihr gesuchter Täter auch im Ausland aktiv?

Es handelte sich bei dem Schreiben um einen langen, schwülstigen Liebesbrief mit Schwüren, Beteuerungen und Versprechungen an die ferne Geliebte. Von übermächtigem Begehren und unstillbarer Sehnsucht war da die Rede, in weitschweifigen, erotischen Beschreibungen wurde vom baldigen Wiedersehen geträumt.

Mandy erkundigte sich bei dem feurigen Liebhaber: „Wer ist Penelope Maria Santinos – Ihre Frau?“

Das volle Gesicht des Opernsängers färbte sich burgunderrot, die Schweißperlen verdoppelten sich. „Nein, Frau Kommissarin, ich bin ein ehrlicher Mann. Penelope ist meine langjährige Geliebte. Wir kommunizieren schriftlich nur über Internetcafés, damit meine Frau nichts von unserer Liaison erfährt. Sie ist seit acht Jahren an den Rollstuhl gefesselt, ich will ihr keinen zusätzlichen Kummer bereiten. Außerdem ist sie rasend eifersüchtig, sie würde mich meucheln." Der Mann schwitzte jetzt heftig und rollte erregt die dunklen Augen.

Gerd Förster beendete sein Telefonat. Er war nun endlich zum Polizeipräsidenten vorgedrungen. Er nickte dem Sänger zu und erklärte: „Der Polizeipräsident hat Ihre Aussage bestätigt. Seine Beschreibung passt auf Sie. Können Sie sich ausweisen?"

An Mandy gewandt fuhr er fort: „Herr Fernandez hält sich seit knapp drei Wochen in Nürnberg auf. Vorher war er angeblich noch nie hier in der Gegend. Das werden wir überprüfen."

„Sie können gehen, Herr Fernandez", sagte die Kommissarin mit Blick auf den Personalausweis, sah den Mann jedoch weiterhin argwöhnisch an.

„Überzeugen Sie sich selbst", antwortete der untreue Sänger mit seiner Baritonstimme. „Ich bin ein großzügiger, offenherziger Mensch. Darf ich Ihnen zwei Eintrittskarten für den morgigen Abend überreichen? Beste Logenplätze, Sie sind herzlich eingeladen und werden es nicht bereuen. Nach der fulminanten Vorstellung werde ich Sie zu einem Glas Champagner einladen."

Mit einer überschwänglichen Geste drückte er der Kommissarin zwei goldbedruckte Karten in die Hand, warf mit theatralischem Schwung seinen verrutschten Schal um den Hals und rauschte mit stolz erhobenem Haupt aus dem Internetcafé. Die beiden Türken hoben die weiß behaarten Köpfe und blickten mit unverhohlenem Interesse hinter ihm her.

Auf der Rückfahrt nach Bamberg, als die beiden Kommissare gerade lebhaft ihren komplizierten Fall diskutierten und sich den offensichtlichen Missgriff mit dem spanischen Opernsänger im Café eingestanden, erreichte Gerd Förster auf seinem Handy ein dringender Anruf. Eine aufgelöste Marga Simmerlein wurde zu ihm durchgestellt.

Über die Freisprechanlage begrüßte er sie freundlich und fragte einfühlsam nach ihrem Anliegen. Es war ihm bewusst, dass die Mutter von Kati Simmerlein Höllenqualen leiden musste. Vermutlich hatte sie mittlerweile begriffen, dass ihr Leben nie mehr so sein würde wie früher. Das war eine bittere Erkenntnis.

Mandy hörte gespannt mit. Hoffentlich ergab sich endlich eine neue, heiße Spur. Der Druck durch ihre Vorgesetzten, die sensationshungrige Presse und die verängstigte Öffentlichkeit steigerte sich ständig. Sie hatten zwar inzwischen einige Hauptverdächtige, die über ein Motiv verfügten, aber keinerlei Beweise, keine Zeugen, keine DNA-Spuren, nichts.

„Ich habe Katis Handy gefunden", ertönte die aufgeregte Stimme der Mutter der Toten aus dem Lautsprecher. „Es lag im speziellen Wäschekorb für die empfindliche Kleidung meiner Tochter, in der Jackentasche eines lichtblauen Seidenblazers." Sie habe gerade die Kleidung waschen und in Katis Schrank legen wollen. So, als würde die Tochter irgendwann wiederkommen.

„Sie wissen ja, dass sie sich in letzter Zeit teure, gute Kleidungsstücke angeschafft hat. Ich frage mich, woher sie das Geld dafür hatte. Hätte sie sich doch an mich gewandt, meine Kati hätte doch alles von mir und meinem Mann Alfons haben können." Sie brach in heftiges Schluchzen aus.

Der Kommissar versuchte, sie zu beruhigen: „Frau Simmerlein, hören Sie mir bitte zu. Meine Kollegin und ich kommen so schnell wie möglich bei Ihnen vorbei und holen das Gerät ab. Vielleicht finden wir wichtige Hinweise auf dem Handy, Spuren, die uns weiterhelfen. Die jungen Leute benutzen ihr Telefon doch andauernd für alles Mögliche. Da muss etwas zu finden sein. Wir nehmen es auseinander, das verspreche ich Ihnen, und wir werden jede noch so winzige Spur verfolgen. Sie haben eine wichtige Entdeckung gemacht, ich danke Ihnen."

Die Schluchzer verebbten nach und nach. Marga Simmerlein lauschte der beschwörenden Stimme des Kommissars und schöpfte ein wenig Hoffnung.

„Der Fund ist wichtig, Herr Förster, nicht wahr, das habe ich Alfons auch gesagt. Sie werden den Mörder meiner Tochter finden, das spüre ich ganz deutlich in meinem Herzen. Ich warte hier auf Sie." Dann legte sie auf.

Die Kommissare warfen sich einen Blick zu. Es war ihnen beiden klar, dass Spuren von Telefonaten oder SMS nicht unbedingt zum Täter führen mussten – leicht konnten sie im Sande verlaufen. Aber vielleicht war dem Verbrecher ein Fehler unterlaufen. Niemand konnte immer alles richtig machen, zumal, wenn der Druck auf ihn zunahm – sei es von außen durch die Ermittlungen, die immer engere Kreise zogen, oder aufgrund seiner extrem gestörten Persönlichkeitsstruktur.

Der Hilferuf ereilte Gregor König, als er am Samstagvormittag in seinem weißblau gestreiften Schlafanzug barfuß in seiner Küche stand und auf einem kleinen, ovalen Holztablett den Morgenkaffee für seine Ehefrau Klarissa anrichtete. Er hatte im ersten Stock Geräusche gehört, das war sein Zeichen.

Gregor füllte die französische, sonnengelbe Bol, die sie im letzten Bretagneurlaub erstanden hatten und die seine Frau heiß liebte, mit schwarzem Kaffee und stellte sie auf das Tablett, daneben ein Glas kalte Milch. Zum Schluss fügte er liebevoll ein in rote Glanzfolie gewickeltes Schokoladenherz hinzu. Fertig.

Als das Telefon klingelte, zögerte er – seine Klarissa konnte lauwarmen Kaffee nicht ausstehen. Schließlich siegte doch die Neugier.

Aus dem Apparat erklang konfus und völlig aufgelöst die verzweifelte Stimme von Theo Engeltal: „Ihr müsst mir helfen, Klarissa und du, ich flehe euch an, ich kann nicht mehr, ich schaffe das nicht."

Gregor König hatte keine Ahnung, wovon der Pfarrer überhaupt sprach. „Beruhige dich, Theo, wir helfen dir natürlich", versuchte er seinen aufgeregten Freund zu beschwichtigen. „Was schaffst du nicht mehr? Erkläre mir bitte, was wir für dich tun können."

Klarissa rief nach ihrem Kaffee.

Aus Theo sprudelte es wie aus einem Quell heraus: „Die Betreuung meiner Kinder, den Haushalt, die Einkäufe, Regina wartet ungeduldig auf mich im Krankenhaus – Jakob, nimm Lea-Sophie das Nutellaglas weg!", unterbrach er sich stöhnend. „Gerade habe ich meine kleine Tochter geduscht, jetzt sieht sie aus wie ein Schokoladennegerkuss. Morgen ist Sonntag, ich muss die Predigt vorbereiten." Eine kurze erschöpfte Pause folgte. Im Hintergrund war höllisches Kindergeschrei zu vernehmen.

„Mir wachsen diese ganzen Aufgaben über den Kopf, Gregor. Wie schafft Regina das bloß alles? Seit sie im Krankenhaus liegt, habe ich kaum ein Auge zubekommen. Die Kinder haben Sehnsucht nach ihrer Mutter und wachen nachts abwechselnd auf, nie gleichzeitig, immer nacheinander, verstehst du, Gregor? Paulina hat keine Zeit, um mich beim Babysitten zu unterstützen, keine Ahnung, was sie treibt, ich kann sie nicht erreichen. Soll ich morgen beim Gottesdienst meine drei Kinder auf die Kanzel setzen?"

Gregor König begriff auf der Stelle, dass in dieser Notsituation sofortiges, rasches Eingreifen unabdingbar war. Er traf eine Entscheidung. „Beruhige dich, Theo, in einer halben Stunde holen wir deine Kinder ab. Wir behalten sie über Nacht bei uns und denken uns ein spontanes Kinderbelustigungsprogramm aus. Klarissa wird sich freuen. Morgen gegen dreizehn Uhr liefern wir sie zum Mittagsschlaf fröhlich und wohlbehalten wieder ab. Außerdem versuchen wir, Paulina aufzustöbern. Halte die Ohren steif, Kumpel, wir sind unterwegs."

Gregor scheuchte seine verschlafene Frau aus dem Bett und gönnte ihr ein paar schnelle Schlucke Kaffee, ehe sie in Jeans und Pulli schlüpften und sich eilig auf den Weg machten.

Als Theo ihnen die Haustür öffnete, wirkte er bleich und übernächtigt. Kraftlos winkte er die Freunde herein. Sie folgten ihm durch den breiten, hellen Flur und stiegen über Jacken, Rucksäcke und Spielsachen, die überall verstreut lagen. In der geräumigen, gemütlichen Küche sah es aus wie auf einem Schlachtfeld. Berge von schmutzigem Geschirr türmten sich auf der langen Küchenzeile, hunderte von bunten Legobausteinen lagen verstreut zwischen unterschiedlichen, lehmverschmierten Kinderschuhen auf dem Parkettboden, die Milch auf dem Herd kochte gerade über. Im Vorbeigehen zog Gregor den Topf auf die Seite.

Am wuchtigen, runden Buchenholztisch saßen die drei Kinder von Regina und Theo Engeltal beim Frühstück. Der fünfjährige Jakob und sein vierjähriger Bruder David hatten ihren Platz auf der langen Seite der rustikalen Eckbank. Die zweijährige Lea-Sophie thronte in einem Kinderstuhl, rüttelte mit ihren dicken Grübchenhänden an der vorderen Verstrebung des Sitzes und brüllte unentwegt: „Ich will laus!" Tränen der Empörung bahnten sich ihren Weg durch Nutellaschlieren. Zornig warf sie ihren rosafarbenen Schnuller auf den Boden, wobei die hellblonden, schokoverschmierten Löckchen wippten.

David begann nun ebenfalls zu schluchzen. Er konnte es nicht ertragen, wenn seine kleine Schwester weinte.

Mitten auf dem Tisch hockte der schwarze Familienkater Felix und versuchte verstohlen, mit seiner Pfote ein Stück Bierschinken aus der Zellophanverpackung zu stibitzen. Klarissa packte das Tier am Fell hinter seinen Ohren und setzte es, bevor es überhaupt reagieren konnte, unsanft auf die Erde. Felix fauchte zunächst, dann entschied er sich für die sichere Flucht.

Danach befreite Klarissa Lea-Sophie aus ihrem Hochstuhl, küsste sie herzlich auf beide Pausbacken und flüsterte beruhigend auf sie ein. Von einer Sekunde auf die andere versiegte der Tränenfluss und sie verkündete strahlend und bestens informiert in Richtung ihrer Brüder: „Wir gehen Ziegen füttern und Pommes essen, im Bollerwagen." Sie nickte zufrieden.

Gregor übernahm das Kommando. Zuerst drückte er Theo auf einen Stuhl und dann eine Tasse mit dampfendem Kaffee in seine Hand.

„Jakob, du hilft Klarissa dabei, eure Rucksäcke zu packen. Ihr braucht Schlafanzüge, Zahnbürsten, Lieblingskuscheltiere, Lea-Sophies Milchflasche und ihren Schnuller. Dann ziehen alle Gummistiefel und Regenjacken an. Wir machen einen Ausflug in den Tierpark Hundshaupten."

Er blickte nach draußen, es klarte langsam auf. Es würde ein schöner Herbsttag werden. Die Kinder jubelten. Theo nippte kraftlos an seinem Kaffee.

Während Klarissa und Jakob packten, füllte Gregor mit geübter Hand die Spülmaschine, schaltete sie ein und räumte den Tisch ab. Der kleine David, der seiner Mutter wie aus dem Gesicht geschnitten war, wollte nun auch helfen und sammelte die Legosteine in eine Holzkiste, die von Regina mit lustigen bunten Märchenfiguren bemalt worden war.

Jetzt mussten sie nur noch Lea-Sophie die Schokoladencreme aus dem Gesicht und den Haaren waschen und ihre rosarot geringelte Lieblingsstrumpfhose suchen. Jeder wusste, dass das kleine, eigenwillige Mädchen ohne ihre Strümpfe das Pfarrhaus nicht verlassen würde. Jakob fand sie unter den Kartoffeln im Küchenschrank. Nun konnte es losgehen.

„Ich danke euch für die Rettung", hauchte Theo mit letzter Kraft. „Ihr seid wirklich wahre Freunde. Ach, und Lea-Sophie darf keinen Orangensaft trinken, davon wird sie wund."

Klarissa legte im Wagen eine CD mit Kinderliedern ein, die sie im Kinderzimmer der Jungs entdeckt hatte, und fröhlich trällernd machten sie sich auf den Weg in den Tierpark.

Dort angekommen, mieteten sie einen Bollerwagen und kauften für jedes Kind eine Tüte Tierfutter. Lea-Sophie wurde in den Wagen gesetzt und David kletterte begeistert hinterher.

Jakob weigerte sich. Schließlich war er schon fünf Jahre alt und besuchte im Kindergarten die Schuki eins, wie er mit ernster Stimme erklärte. Klarissa fand heraus, dass es sich dabei um die Schulkindergartengruppe Nummer eins handelte.

Sie zogen gemeinsam den Bollerwagen zu dem hügeligen Gelände, auf dem die Ziegen untergebracht waren. Die steckten ihre Köpfe mit den gebogenen Hörnern durch die Streben des Gatters und wollten gefüttert werden. Lea-Sophie kippte blitzschnell einer kleinen, schwarzweißbraun gefleckten Ziege den halben Inhalt ihrer Tüte über den Kopf.

Weiter ging es zu den Fischteichen, in denen sich hunderte von Forellen tummelten und sich nach den kleinen Futterstückchen drängelten.

Bei den vietnamesischen Hängebauchschweinen

musste David dringend auf die Toilette und Klarissa rannte mit ihm in Richtung Holzhäuschen.

Ein alter, grauer, störrischer Esel schnappte nach Lea-Sophies Patschhändchen und löste dadurch eine mittlere Krise aus. Gregor lief zurück zum Kiosk und holte Eis für alle. Damit ließ sich die Aufregung kurz aus der Welt schaffen. Allerdings mochte Jakob nur Kaktuseis. Gregor ging ein zweites Mal los.

Die großen, schweren Elche mit ihren mächtigen Geweihen beeindruckten die Kinder. Gespannt beobachteten sie sie und für eine Weile kehrte Ruhe ein.

Am nächsten Gehege fraßen den Kindern zahme Rehe das Futter aus der Hand. Das kleine Mädchen quietschte entzückt, als es die raue Zunge eines Tieres spürte, woraufhin die Herde in alle Richtungen davonstob. Ein Tierfotograf, der geduldig auf dieses Schauspiel gewartet hatte, zeterte hinter ihnen her.

Ein gedrungenes, kleines Holzhaus wurde nach lieben Hexen durchsucht, die aber wohl ausgeflogen waren, vermutlich zum Einkaufen. Für David war das völlig klar.

Als sie nach Beendigung des Rundweges am Karpfenweiher vorbeischlenderten, rief Lea-Sophie plötzlich: „Ich springe da jetzt rein, zu den dicken Ententieren“, und sauste los. Klarissa erwischte sie am Uferrand an ihrer Kapuze.

„Jetzt brauche ich einen Kaffee und fette Torte“, wandte sie sich an ihren Ehemann. „Bitte, machen wir eine Pause, Onkel Gregor, ich bin den Weg mindestens dreimal gelaufen.“

Nachdem sie sich gestärkt hatten, verließen sie die Terrasse der Gaststätte und fuhren erschöpft, aber glücklich über den schönen, ereignisreichen Nachmittag nach Hause.

Während Gregor das Abendessen zubereitete – Spaghetti mit Tomatensoße und eine grüne Suppe für David – erinnerte sich Klarissa an eine Kiste mit Spielzeugautos auf dem Dachboden. Sie ließen die kleinen Autos durch den Hof rasen und malten mit pastellfarbenen Straßenkreiden breite Fahrwege, Verkehrsschilder, mehrstöckige Häuser und eine Feuerwehreinsatzzentrale – natürlich mit Schlauchturm – auf die Pflastersteine. Als sie einen bedrohlichen Großbrand simulierten, rückten die Einsatzfahrzeuge in einem heillosen Durcheinander und unter begeistertem Geschrei aus. David schleppte zum Feuerlöschen eine grüne, bis zum Rand mit Wasser gefüllte Gießkanne an und kippte sie im Eifer des Gefechts über dem Kopf seiner Schwester aus.

Vor dem Abendessen, als alle um den Küchentisch versammelt saßen, erklärte David, dass zuerst ein Spruch gemeinsam aufgesagt werden musste, so wie im Kindergarten. Nach mehreren Anläufen klappte es dann. Sie drehten ihre Hände vor ihrem Bauch um eine imaginäre Achse und sprachen im Chor:

„Rolle, rolle, roll,
mein Teller ist voll,
mein Bauch ist leer
und brummt wie ein Bär,
guten Appetit!"

Nachdem die Kinder gebadet worden waren und nach etlichen Runden Mau-Mau lagen sie endlich wie geschrubbte Engel in ihren bunten Schlafanzügen im breiten Gästezimmerbett. Der rabenschwarze Neufundländer Julius hatte sich unauffällig und behutsam zwischen ihre Füßchen gequetscht, er wollte unbedingt auch mit von der Partie sein. Lea-Sophie nuckelte schläfrig an ihrer Milchflasche, während Klarissa dreimal das Märchen von Schneewittchen und zweimal die Geschichte von Rotkäppchen vorlas. Gegen einundzwanzig Uhr schliefen die drei Herzchen friedlich.

Gregor hatte in der Zwischenzeit die Küche aufgeräumt, den Badezimmerboden trockengewischt, die im ganzen Hof verstreuten Autos eingesammelt und die Katzen Charlotte und Rudi gefüttert, die sich, nachdem die Kinder verschwunden waren, wieder eingefunden hatten. Gregor nannte sie Feiglinge.

Klarissa ließ sich in der Küche auf einen Stuhl fallen und forderte: „Ein Glas Weißwein bitte, Onkel Gregor. Ich bin platt, mittlerweile kann ich für Theo vollstes Verständnis aufbringen."

Die Kommissare waren auf der Rückfahrt nach Bamberg bei Marga Simmerlein vorbeigefahren und hatten das Handy ihrer Tochter mitgenommen.

Katis Mutter sah wirklich schlecht aus. Sie trug eine schwarze, zerknitterte Kittelschürze und hatte einige Kilo abgenommen, ihr Gesicht wirkte eingefallen und hatte jede Farbe verloren. Sie schien um Jahre gealtert. Alfons Simmerlein trafen sie nicht zu Hause an. Seit dem Tod seiner Tochter hielt er sich häufiger in der Dorfgaststätte auf.

„Sie finden doch jetzt den Mörder meiner Tochter, jetzt, wo Sie ihr Handy haben?", bohrte Katis Mutter verzweifelt nach.

Gerd Förster versprach ihr erneut, alles Menschenmögliche zu unternehmen, um den Täter zu finden und seiner gerechten Strafe zuzuführen.

Zurück in Bamberg brachten sie das Handy zur Untersuchung. Nur kurze Zeit später, als sie bei einem Kaffee zusammensaßen und ihr weiteres Vorgehen besprachen, kam ein Kollege in ihr Büro gestürmt und wedelte vielversprechend mit einem Computerausdruck.

„Wir konnten eine Fotografie auf dem Handy sicherstellen", erklärte er. „Schaut euch das an."

Auf dem Foto war ein Teil eines Hauses zu sehen, eines stabilen Holzhauses, das von hohen, dichten Bäumen umgeben war. Es war ein leicht verwackelter Schnappschuss, auf dem jedoch deutlich die starken, versetzt angebrachten, hellen Holzbohlen der Blockhauswand und ein quadratisches, kleines Fenster mit geschlossenen, jägergrünen Läden zu erkennen waren. Bei den Bäumen, die dicht an der Hütte wuchsen, handelte es sich um Buchen, Eichen und Kiefern. Ein wuchernder, dorniger Strauch, der vom eigentümlichen Wachstum her an ein Gorgonenhaupt erinnerte, aus dem zahlreiche, sich windende Schlangen herauswuchsen, befand sich links neben dem Holzhaus. Dann war noch ein Stück eines gemauerten Kamins zu erkennen, auf dem irgendetwas Geschwungenes angebracht war – was, das konnte man nicht ausmachen. Eine verbogene Regenabflussrinne verschwand in einem hohen, blauen Plastikbehälter. Nur spärliches Sonnenlicht fiel durch die Baumkronen und der abgebildete Ort wirkte düster und feindselig.

Mandy war aufgeregt: „Das könnte die Hütte sein, in der sich der Täter mit seinen Opfern trifft und sie eventuell auch erdrosselt. Kati Simmerlein muss dort gewesen sein. Vielleicht ist sie auch dort gestorben. Die Fenster sind womöglich vergittert, er könnte die Frauen dort eingesperrt und festgehalten haben.“ Sie schauderte und eisige Kälte kroch durch ihren Körper. „Wir müssen dieses Holzhaus finden.“

Sie beschlossen, die Fotografie am Montag in allen regionalen Zeitungen veröffentlichen zu lassen. Irgendjemandem musste die Hütte doch bekannt vorkommen. Das konnte eine heiße Spur sein.

Mandy starrte versunken auf das Foto: „Da hast du die Frauen ermordet, ich weiß es, und jetzt kriegen wir dich, du verdammte Bestie.“

Sie wirkte zu allem entschlossen.

Wie mit Margarete besprochen, fand sich Mandy Bergmann am späten Samstagabend auf dem Gelände des Schrebergartenvereins ein, um ihre nächtliche Wache anzutreten. Auf dem Grundstück ihrer Nachbarin überprüfte sie zuerst die Holzwand der Laube. Es waren keine neuen Buchstaben hinzugekommen.

Sie betrat das Häuschen und bereitete ihr Nachtlager vor. Die Isomatte passte gerade zwischen den Ofen und die Sitzecke. Darauf legte Mandy ihren Daunenschlafsack.

Sie beschloss, nach dem langen, anstrengenden Arbeitstag noch einen kleinen Spaziergang zu machen, auch mit der Absicht, sich einen Überblick über das Gelände zu verschaffen. Gemächlich lief sie über die mit Kies bestreuten, unkrautfreien Wege der Kolonie und atmete die schwüle Luft ein. Ein Gewitter schien im Anzug.

Auf dem Rückweg verweilte sie an Margaretes Holzsteg, wo das Wasser des Kanals im Mondlicht schimmerte, und verspürte große Lust, noch einen Runde zu schwimmen. Sie war bei ihrem Kontrollgang keinem Menschen begegnet. Die Schrebergartenanlage schien völlig verlassen zu sein. Sie wusste von Margarete, dass die Besitzer normalerweise zum Schlafen nach Hause gingen. Anscheinend waren alle Grillpartys zu Ende, vielleicht auch wegen des nahenden Gewitters.

Mandy schlüpfte aus ihren Kleidern und ließ sich vom Steg in das Wasser gleiten. Es war recht frisch. Fröstelnd schwamm sie ein Stück vom Ufer weg. Mit kräftigen, weit ausholenden Armbewegungen kraulte sie gegen die Strömung an, dann ließ sie sich entspannt zurücktreiben. Einem nächtlichen Spaziergänger, der am anderen Kanalufer auf einem schmalen Pfad unterwegs war, fiel vor Schreck die Zigarette aus der Hand, als er die helle Gestalt auf dem dunklen Wasser treiben sah.

Zurück am Steg stemmte sich Mandy aus dem Wasser und lief in die Hütte, wo sie sich mit einem Handtuch, das sie neben der Spüle an einem Haken fand, trockenrubbelte und ihre Kleider überzog.

Sie mixte sich aus Margaretes Vorräten einen Campari Soda, setzte sich auf eine Bank vor der Schrebergartenlaube und streckte die langen Beine aus. Sie dachte über den Fall nach und darüber, was morgen wohl auf sie zukommen würde.

Ein fernes Gewittergrollen war zu vernehmen und der aufkommende Wind rüttelte an den Bäumen. Mandy kroch in ihren Schlafsack. Sie war müde.

Plötzlich hörte sie ein Geräusch. Ein Klacken durchbrach die Stille, das sich immer schneller fortsetzte. Dann war es wieder ruhig. Was war das gewesen? Da – wieder war die gleiche, schneller werdende Lautabfolge zu vernehmen. Mit einem Mal wurde Mandy deutlich bewusst, dass sie sich höchstwahrscheinlich allein auf dem Gelände befand. Außer einer Person, die um die Hütte streunte.

Entschlossen krabbelte sie aus dem Schlafsack, griff nach ihrer Taschenlampe und schlich lautlos auf den Vorplatz. Dann sprang sie blitzschnell um die Hausecke und leuchtete auf den schmalen, gepflasterten Weg.

Es klackte erneut. Eine Kastanie in ihrer haarigen Hülle, durch den starken Wind vom Ast geweht, fiel auf eine Steinplatte und hüpfte dann in immer kürzeren Abständen den Weg entlang.

Erleichtert kroch Mandy wieder in ihr provisorisches Bett und fiel in einen tiefen Schlaf. Sie träumte von riesigen Wasserrädern, die sich durch tosende Wellen mahlten, und von weißen Bündeln, die kreisend und tropfnass herumgewirbelt wurden. Dabei entstand ein schabendes Geräusch.

Ein schabendes Geräusch? Die Kommissarin kämpfte sich aus ihrem Traum und riss die Augen auf. Sie lag ganz still und lauschte. Ihr eigenes Herzklopfen war zu hören – und ein Kratzen an der äußeren Holzwand. Der Übeltäter stand vor der Tür und ergänzte die unheimliche Botschaft.

Mandy riss die Tür auf und richtete Pistole und Taschenlampe auf eine Person, die gerade mit einem spitzen Nagel ein H in das Holz ritzte. Ein alter Herr in einem altmodischen Anzug und mit weißen Haaren fuhr zusammen und ließ vor Schreck sein Werkzeug fallen.

„Was machen Sie hier?", fuhr sie den nächtlichen Besucher an.

„Wer sind Sie denn, wenn ich fragen darf?", stotterte er. „Das ist doch Gretels Häuschen."

„Kripo Bamberg, ich habe gefragt, was Sie hier machen?"

„Nun, gnädige Frau, das kann ich erklären. Ich ritze für Gretel eine Liebesbotschaft in das Holz. Ein selbst geschriebenes Gedicht. In meinem hohen Alter handelt man gerne romantisch. Nun ja, ehrlich gesagt habe ich mich nicht getraut, meine Angebetete direkt anzusprechen."

Treuherzig zeigte er Mandy einen Papierbogen, auf den er einen fünfzeiligen Vers geschrieben hatte.

Sie las:

MEIN, LIEBES MEIN
OH, HOLDE GRET
REIN UND ALLEIN
DEIN WILL ICH SEIN
ERLBACHER FRED

Die Kommissarin unterdrückte ein Lächeln. Hatte sie sich doch auch von dieser Botschaft ins Bockshorn jagen lassen! Wenn man die Buchstaben von oben nach unten las und nicht von links nach rechts, wie vom Verseschmied beabsichtigt, ergab sich ein ganz anderer, mörderischer Sinn, was dem ehrenwerten Fred Erlbacher sicherlich nicht bewusst war.

Sie schüttelte tadelnd den Kopf. Wahrscheinlich hätte er noch wie ein verliebter Teenager ein Herzchen um den Vers geritzt, wenn man ihm die Zeit gelassen hätte. „Sie haben Margarete einen fürchterlichen Schrecken eingejagt. Machen Sie nie mehr so einen Unsinn. Verstanden?"

Der Galan Fred Erlbacher nickte betreten: „Verstanden!"

„Morgen Nachmittag treten Sie mit Kaffee und Kuchen hier an und entschuldigen sich bei Margarete."

„Jawohl, gnädige Frau. Sie haben mein Wort als Gentleman."

Sonntag, 22. September

Clemens Lämmerhirt saß auf einem Hochsitz am Waldrand. Es war exakt ein Uhr morgens und es war kalt. Er fröstelte und kuschelte sich in seinen dicken Anorak mit dem warmen Futter.

Der einundzwanzigjährige Jungjäger war ein schmaler, schüchterner junger Mann. Sein rötliches Haar war zu einem Kamm nach oben gegelt. Das längliche, mit Sommersprossen übersäte, blasse Gesicht mit der kurzen, groben Nase und dem breiten Mund war unscheinbar. Auffällig jedoch waren seine Augen, die türkisgrün leuchteten.

Frauen mochten keine rothaarigen Männer, das hatte er bereits zu seinem Kummer erfahren müssen. Während die anderen sich im Hochsommer unbekümmert kopfüber in die eiskalte Wiesent stürzten, saß er im Schatten mit einem Strohhut auf dem Kopf und musste sich ständig eincremen, mit Lichtschutzfaktor 30, wie für Babys. Die Mädchen fanden das memmenhaft.

So hatte Clemens den Entschluss gefasst, sich den unerschrockenen, mutigen Jägern anzuschließen, um etwas für sein unterentwickeltes Selbstbewusstsein zu tun. Mit einer Waffe in der Hand galt man schließlich als ganzer Kerl. Inzwischen hatte er den Rang des Jungjägers erreicht und durfte allein losziehen.

Er nahm einen Schluck von dem heißen, süßen Tee, den seine Mutter für ihn gekocht hatte, und blinzelte über die weiten Wiesen und Maisfelder, die sich in der Dunkelheit unter ihm ausbreiteten. Der milchige Mond erschien immer wieder zwischen den träge dahinziehenden Wolken und tauchte die Natur in ein sanftes Dämmerlicht. Hinter dem Hochsitz befand sich der dichte Wald, aus dem ab und zu natürliche Geräusche drangen. Trotzdem war Clemens ein wenig unheimlich. Viel lieber würde er jetzt in seinem warmen Bett liegen, als auf dem Jägerstand zu frieren und sich zu gruseln. Er wollte jedoch zu gern die abweisende, ihn von oben herab behandelnde Gerdi, eine Bedienung in der Wirtschaft „Zur Grünen Au" in Walkersbrunn, mit seinem Jägerlatein beeindrucken.

„Von nichts kommt nichts", predigte seine Mutter immer.

Er spähte nach Schwarzwild aus. Keiler und nicht führende Bachen durften im September geschossen werden. Die Tiere traten in Rotten immer dort auf, wo man sie nicht vermutete, und wühlten sich gerne durch weite Maisfelder. Sie wurden mittlerweile wirklich zur Plage. Wenn er heute Nacht wenigstens ein Wildschwein erlegen könnte, wären ihm Lob und Anerkennung am Jägerstammtisch sicher. Schwarzwild schoss man mit Kugeln – die Repetier-Hebelwaffe stand deshalb griffbereit neben ihm.

Plötzlich fuhr Clemens hoch und lauschte in die Dunkelheit. Er hatte Geräusche gehört, nicht weit von seinem Standort. Da, wieder! Jetzt konnte er Schritte vernehmen, die sich leise und langsam dem Hochsitz näherten.

Lähmende Furcht kroch von seinen steifen Beinen hoch in seine Brust. Er begann zu zittern. Sollte er rufen, um sich Gewissheit zu verschaffen, oder sich ganz still verhalten? Es bestand Hoffnung, dass er auf seinem Platz unentdeckt blieb. Vielleicht schlich ein Wilderer durch die Gegend, der an einer Begegnung kein Interesse haben konnte.

Jetzt begann jemand bedächtig, Schritt für Schritt, auf den Jägerstand zu klettern. Clemens geriet in Panik. Durfte er mit seinem Gewehr in Notwehr auf Menschen schießen? Er hatte keine Ahnung. In seinem Rucksack befand sich ein scharf geschliffenes Jagdmesser. Er wühlte hektisch in den Tiefen seiner Tasche. Seine Nervosität steigerte sich, die bedrohlichen Schritte auf den Holzstreben näherten sich unvermeidlich, dann fiel ihm der Rucksack aus der Hand und landete mit einem gedämpften Geräusch auf dem weichen Waldboden.

Jetzt war er verloren. Seine vom Schweiß feuchten Hände wollten nach der Waffe greifen, als knapp unter ihm eine bekannte Stimme ertönte: „Mensch, Clemens, wenn du hier so randalierst und deinen Rucksack durch die Gegend wirfst, wirst du das Wild verscheuchen. Jetzt ist es erstmal vorbei mit dem Jagdglück."

Clemens seufzte erleichtert auf: „Du bist es, ich dachte schon, ein Wilderer hätte es auf mich abgesehen, oder noch schlimmer, der Mörder der alten Apollonia Vierheilig sucht nach einem neuen Opfer."

Der Mann machte es sich auf dem breiten Sitz neben dem Jungjäger bequem und reichte ihm einen silbernen Flachmann: „Trink einen Schluck, Clemens, es ist alles in bester Ordnung, beruhige dich. Ich konnte nicht schlafen und wollte nach einer Wildschweinrotte Ausschau halten, die fressen nachts alles kaputt. Das ist Apfelschnaps, der wird dir guttun. Ich habe dich im Mondlicht hier oben sitzen sehen und dachte, ich schaue mal vorbei."

Clemens entspannte sich und trank einen kräftigen Schluck von dem Schnaps. Er brannte in seiner Kehle. Dann fragte er: „Du bist doch nicht mehr sauer wegen gestern Abend? Das war nur ein Scherz."

Der Mann neben ihm versicherte: „Nein, natürlich nicht, kein Problem, du alter Schlagg, wir sind schließlich Jagdbrüder. Aber schau mal, da drüben, kommt da nicht ein gewaltiger Keiler hinter der Hecke hervor? Da drüben, weiter links."

Vom Jagdfieber gepackt, versuchte Clemens, etwas in der jetzt undurchdringlichen Dunkelheit zu erkennen, beugte sich vor und spähte angestrengt nach seiner sicheren Beute.

Kurz darauf peitschte ein knallender Schuss durch die kühle Herbstnacht.

Die Kommissarin Mandy Bergmann und der Gerichtsmediziner Karl-Heinz von Hohenfels hatten am späten Samstagnachmittag nach ihrer Besprechung beschlossen, am Sonntag eine Wanderung in der Fränkischen Schweiz zu unternehmen.

Der gewaltsame Tod der drei jungen Frauen, zur Schau gestellt auf alten Wasserrädern, machte ihnen schwer zu schaffen. Und dann noch das grausame Verbrechen an Apollonia Vierheilig, bei dem sie noch keinen Schritt weitergekommen waren. Auch war immer noch völlig unklar, ob ein Zusammenhang zwischen diesen Taten bestand. Ihre Hoffnung lag nun auf der Veröffentlichung des Fotos, das Teile der Holzhütte zeigte.

Mandy hatte bereitwillig die Rufbereitschaft übernommen und ihr Handy in den Rucksack gepackt. Notfalls mussten sie ihren Ausflug eben abbrechen. Beide verspürten jedoch das dringende Bedürfnis nach Natur, Bewegung und frischer Luft. Dabei wurde der Kopf auch wieder freier.

Mandy hatte die trutzige Burg Rabenstein im Ailsbachtal beeindruckt, als sie vor einigen Tagen mit ihrem Kollegen Gerd Förster von Bayreuth zurückgefahren war. Deshalb hatte sie „Carlo" vorgeschlagen, dieses Burggemäuer zum Mittelpunkt ihrer Wanderung zu machen. Er war einverstanden und wollte mit Hilfe seiner Wanderführer eine Route festlegen. Außerdem übernahm er gerne die Vorbereitungen für das Picknick, das sie unterwegs an einem schönen Aussichtsplatz genießen wollten. Der Ausgangspunkt ihrer Wanderung sollte der kleine Ort Unterailsfeld sein.

Sie brachen am Sonntagmorgen nach einem leichten

Frühstück zeitig auf, beide in bequemen, wadenlangen Hosen und festen Wanderstiefeln. Der Wanderweg, den der Gerichtsmediziner ausgewählt hatte, erstreckte sich über fünfzehn Kilometer mit einigen Auf- und Abstiegen, die es in sich hatten. Fünf Stunden würden sie wohl ohne Pausen brauchen.

Der Regen vom Samstag hatte sich verzogen und die Sonne stand am blauen, noch dunstigen Himmel. Aus Mandys braunen Stiefeln lugten feuerrote Socken, die bestens zu dem ebenfalls roten Kopftuch mit Edelweißblumen passten, das sie sich im Piratenstil um den Kopf geschlungen hatte. Karl-Heinz von Hohenfels setzte auf Partnerlook und trug zu seinem weißen Baumwollhemd mit Stehkragen hellrote, breite Hosenträger, verziert mit winzigen, niedlichen Ziegenböcken und Heidschnucken. Auf seinem Kopf saß keck eine braune Schiebermütze aus Cordsamt.

Kaum hatten sie ihren Wagen auf einem Wandererparkplatz abgestellt und die Übersichtstafel studiert, klingelte Mandys Mobiltelefon. Der Oberstaatsanwalt war am Apparat und informierte die Kommissarin, dass der verdächtige Kilian Krautwurst bereits gestern am späten Abend aus der Untersuchungshaft entlassen worden war. Ein mit ihm befreundeter Anwalt hätte interveniert und aufgrund fehlender Beweise gab es keinerlei Spielraum, ihn noch länger festzuhalten. Krautwurst hatte jedoch die strikte Anweisung, sich zur Verfügung zu halten.

Mandy zuckte mit den Schultern – da war nichts zu machen. Dann marschierten sie stramm los und erfreuten sich an der würzigen, frischen Luft und der wohltuenden Stille auf ihrem weichen, schmalen Pfad, der sie erst steil bergauf und dann weiter in der Ebene nach Oberailsfeld führte. Der Weg verlief entlang des Tales, gesäumt von Felsennadeln, dann führte er sie durch einen dicht belaubten, duftenden Wald bergan. Sie kamen durch eine romantische Durchgangshöhle, den Schlupflochfelsen, und überquerten den Ailsbach.

Der Pfad führte sie weiter steil empor zu einer zweiten beeindruckenden Durchgangshöhle, der sogenannten Schneiderkammer. Hinter der Neumühle ging es stramm den Hang hinauf zur Sophienhöhle – sicherlich eine der schönsten Tropfsteinhöhlen Frankens. Auf einem Trampelpfad zwischen zerklüfteten Felsen und Wacholdersträuchern erreichten sie das zauberhafte Kirchlein Klausstein, das sich genau oberhalb der Sophienhöhle befand. Dieses Gemäuer war im Mittelalter die Burgkapelle des stolzen Schlosses Ahorn, das schon lange nicht mehr existierte. Diesen wunderschönen Platz, von dem aus sie Rabenstein und das gewundene Tal genießen konnten, wählten sie für ihr Picknick aus.

Ein weiterer Grund für ihre Wahl war neben der schönen Aussicht das anrührende Zitat von dem Dresdner Maler und Zeichner Ludwig Richter aus dem Jahre 1837, das in dem Buch „Der wandernde Maler" von Georg Kanzler erwähnt wurde. Dieses Zitat hatte Mandy in einem Wanderführer entdeckt und las es Karl-Heinz begeistert vor, während dieser die Köstlichkeiten für ihren Imbiss auspackte:

„‚Ich erblickte eine Kapelle, ging nahe darauf zu, und sah das romantischste Bild, was man sich denken kann.

Ein altes gothisches Kirchlein, an einem steilen bebuschten Felsen klebend;

In der schwindelnden Tiefe ein stilles Wasser, sonderbar gestaltete Felswände, an welchen eine große, mächtige Höhle das Tageslicht angähnte.

Auf einem der Felsenwände lag das Schloß Rabenstein, halb Ruine, zum Theil noch bewohnt. –

Ich zeichne die Kapelle.'

Ist das nicht wunderschön, Karl-Heinz?"

Der Gerichtsmediziner nickte, während er sorgfältig ein rotweiß kariertes Tischtuch auf dem klobigen Holztisch ausbreitete und weiße Servietten und Besteck darauflegte. Zwei Kristallgläser stellte er daneben. „Ich habe mich diesmal für eine fränkisch-rustikale Brotzeit entschieden", erklärte er seiner Kollegin soeben, als erneut ihr Telefon läutete.

Sieglinde Silberhorn, die heute Dienst hatte, berichtete eifrig: „Die Einzelnachweise auf Kati Simmerleins Handy haben uns leider nicht weitergebracht, Mandy. Sie führten zu einem Mobiltelefon, das ein Mann aus Bayreuth vor zirka drei Wochen als gestohlen gemeldet hat. Das Gerät ist nicht lokalisierbar, wahrscheinlich liegt es irgendwo in einem Fluss oder so. Fehlanzeige. Der Täter entwendet anscheinend Handys, benutzt sie für seine Zwecke und entsorgt sie dann. Er hat sich in Bezug auf die Rückverfolgbarkeit von Telefonaten und die Ortung der Geräte sehr gut informiert. Dann hat noch die Mutter eines kleinen Jungen angerufen. Sie wohnen zwei Häuser entfernt von Apollonia Vierheiligs Haus. Ihr Grundstück grenzt ebenfalls an die große Wiese. Ihr Sohn hat dort einen Knopf gefunden, rund und silberfarben, mit einem eingravierten Hirschkopf. Der Kleine kann sich aber nicht mehr erinnern, an welchem Tag er die Entdeckung gemacht hat. Er ist erst vier Jahre alt."

Die Kommissarin überlegte: „Mach doch bitte für morgen früh einen Termin mit der Mutter aus. Wir sprechen mit dem kleinen Jungen. Und informiere Gerd. Ich danke dir, Sieglinde, schönen Sonntag noch."

Während der deftigen Brotzeit informierte sie Karl-Heinz über die Mitteilungen von Sieglinde. Er servierte köstliches Bauchfleisch mit knuspriger Schwarte, rösche Hühnerbeine, Obatzten, Bauernbrot, Radieschen und Strauchtomaten. Dazu tranken sie kühles Radler. Es schmeckte vorzüglich. Beide langten ordentlich zu.

Echter fränkischer Obatzter

Dieses fränkische „Bierkellermuss" wird inzwischen in vielen Varianten verschandelt. Nachstehend die richtige Geschmacksrichtung in Franken.

400 g reifer Romadur oder Limburger, oft „Stinkerkäse" im Volksmund genannt
200 g weicher Camembert
100 g weiche Butter
2 große Zwiebeln
1 EL mildes Paprikapulver
4 EL fränkisches Bier (Sorte ist egal, die sind alle gut)
Salz und Pfeffer
Nach Geschmack: Knoblauch und ganzer Kümmel

Käse ganz klein schneiden, dann alle restlichen Zutaten, außer den Zwiebeln, dazugeben und in einer Küchenmaschine oder einem Handmixer sehr fein rühren. Es sollen keine groben Käsebrocken mehr drinnen sein. Mit Salz und Pfeffer abschmecken, fein gehackte Zwiebeln dazugeben und unterheben. Eventuell nicht so viele Zwiebeln nehmen und dafür mit Zwiebelringen belegt servieren.
Der Obatzte sollte mindestens eine Stunde, nicht zu kalt, ziehen. Dann mit echtem Holzofenbrot und Butter servieren. Dann noch ein gescheites Bier. Was gibt es Besseres?

Um Mandys Stimmung zu heben und sie von den aktuellen, nicht gerade euphorisch stimmenden Neuigkeiten abzulenken, erzählte Karl-Heinz seiner Kollegin die Sage, die sich um die Klaussteiner Kapelle rankte: Anno dazumal lebte auf Burg Rabenstein eine Magd, die sich bis über beide Ohren in einen feschen jungen Mann aus Oberailsfeld verliebt hatte. Immer, wenn sie einen Botengang im Dorf zu erledigen hatte, suchte sie seine Nähe und bot alle weiblichen Listen auf, um ihn zu umgarnen. Doch der Bursche zeigte kein Interesse an ihr, und wenn sie ihm heimlich zuzwinkerte und das Gespräch mit ihm suchte, wich er aus. Dann begann er, ihr aus dem Weg zu gehen. Sie erklärte sich dieses schroffe, abweisende Verhalten mit seiner Schüchternheit und gab nicht auf.

Eines Tages, am Sonntag beim Kirchgang, hörte sie ihn zu einem Freund sagen, dass er lieber Mönch werden würde, als diese Magd zur Frau zu nehmen. Verzweifelt rannte das Mädchen in den tiefen Wald und weinte bitterlich. Dann versiegte die Liebe und schlug in abgrundtiefen Hass um. Noch in dieser Nacht verschwor sie sich dem Teufel und vereinbarte mit ihm, in der Walpurgisnacht am grausigen Hexentanz teilzunehmen, wenn er den Burschen dorthin bringen würde. Das schien ihr die letzte Chance zu sein.

In der Walpurgisnacht ergriff sich der Teufel den jungen Mann und jagte mit ihm durch die Lüfte. Der war ein kräftiger Kerl und wehrte sich verzweifelt. Als er unter sich die Klaussteiner Kapelle erblickte, klammerte er sich mit aller Kraft an das Kreuz auf dem Dach. Der Teufel zog und zerrte an ihm, sodass durch den Radau der Klausner erwachte, der sich noch im Traum wähnte, als er den zappelnden jungen Mann am Kreuz erblickte. Beherzt rief er den barmherzigen Gott an, schlug damit den Teufel in die Flucht und rettete den erschöpften, verängstigten Burschen vom Kapellendach.

Die Magd fand man Tage später mit umgedrehtem Hals in einem Felsspalt unterhalb der Burg Rabenstein. Der Teufel hatte für seine Schmach fürchterliche Rache an ihr genommen.

„Wenn du ganz genau hinsiehst, kannst du erkennen, dass das Kreuzlein ein wenig verbogen ist."

Mandy lächelte ihn dankbar an, nahm das Kreuz in den Blick und knabberte genussvoll an einem mit scharfem Paprika gewürzten Hühnerbein. „Ich sehe es genau, Carlo, es ist leicht verbogen. Und danke für die Geschichte und das leckere Picknick."

Karl-Heinz freute sich über das Lob. „Keine Ursache, werte Kollegin, es ist mir ein Vergnügen", erwiderte er charmant.

Gestärkt und guter Dinge brachen sie auf. Vor ihnen lag noch eine Strecke von ungefähr zehn Kilometern. In stiller Einträchtigkeit schritten sie flott aus und genossen ihre Wanderung. Im klaren Ailsbach tummelten sich Dutzende von Forellen und sie fanden kindliche Freude daran, das Treiben der munteren Fische zu beobachten.

Kurz bevor sie Unterailsfeld erreichten, klingelte Mandys Handy erneut. Die aufgeregte Polizistin Sieglinde Silberhorn meldete sich:

„Du musst sofort kommen, Mandy. Wir haben noch eine Leiche. Spaziergänger haben sie auf einem Hochsitz in der Nähe von Walkersbrunn, Richtung Kasberger Windrad, entdeckt. Gerd weiß schon Bescheid, er ist unterwegs."

Es folgte eine exakte Wegbeschreibung. Sie stürzten los. Die Forellen waren vergessen.

Margit hatte mit Walter Burkhard am Sonntagnachmittag vor Helenes Bauwagen Kaffee getrunken. Sie beschlossen dann, zusammen mit dem Rauhaardackel Ferdinand einen ausgiebigen Spaziergang zu unternehmen. Margit hatte aus Nürnberg einen kleinen Koffer mitgebracht und plante, einige Tage in der „Fränkischen“ die Ruhe zu genießen.

Sie wanderten gemächlich über einen Kamm, von dem aus sie einen klaren Blick auf das Walberla hatten, durch Kirschgärten und weiter durch einen lichten Buchenwald, in dessen Blättern sich das Sonnenlicht fing. Ferdinand befand sich ein Stück hinter ihnen und wühlte verbissen in der Erde, die ihm um die Schlappohren flog, nach einer Maus.

Sie folgten jetzt einem Feldweg, der sanft in einem Bogen den Berg hinunterführte. Rechts von ihnen erstreckten sich abgemähte Wiesen und abgeerntete Maisfelder. Auf der anderen Seite lag eine Wiese, die bis zum Waldrand reichte.

Margit hatte sich bei Walter eingehängt und fand an dem hageren, großen, lieben Mann mit seinen kurz geschnittenen grauen Haaren immer mehr Gefallen. Für einen Junggesellen, der immer nur mit seinem Hund zusammengelebt hatte, war er kein bisschen schrullig, sondern umsichtig und aufmerksam. Aufgrund seiner vielen Interessen konnte sie sich gut mit ihm unterhalten – sie fanden immer ein Gesprächsthema. Sie hatte noch keine Marotten bei ihm entdecken können. Sie wusste aus Erfahrung, dass das außerordentlich ungewöhnlich war.

Ihr letzter Freund, den sie im Café „Einsame Herzen“ in Schwabach kennengelernt hatte, schlief aus Gründen, die er nicht preisgeben wollte, immer verkehrt herum im Bett und rollte die Zahnpastatube penibel von hinten auf. Er neigte dazu, Monologe zu halten, wusste alles besser und duldete keinen Widerspruch. Als er eines Tages bei einer Essenseinladung die Avocado mitsamt der Schale verspeiste und von seiner Behauptung nicht abzubringen war, auf Teneriffa würden das alle Bewohner so handhaben, brachte das das Fass endgültig zum Überlaufen. Sie trennte sich von ihm. In einem bitteren Brief forderte er mit Fristsetzung alle seine Geschenke zurück. Viele waren das nicht.

Walter Burkhard ging gern an der Seite dieser warmherzigen, gut gelaunten Frau mit der unerschütterlich positiven Lebenseinstellung, die für seinen Geschmack ganz bezaubernd aussah. Auch ihre Figur konnte sich sehen lassen – mollige Frauen gefielen ihm. Er hatte sich heute für Margit fein gemacht und sich interessante Gesprächsthemen überlegt, damit sie ihn nicht für einen ignoranten Langweiler hielt. Er spielte mit dem verwegenen Gedanken, Margit am Abend ins Kino und danach zu sich nach Hause einzuladen. Vorsorglich hatte er halbtrockenen Sekt in seinem Kühlschrank kalt gestellt und die Wohnung geputzt.

Sie unterhielten sich gerade über ihr Lieblingsthema, nämlich wie sie das Vermächtnis der Kräuterheilsammlerin „Hexe Helene“ in Ehren halten und fortführen könnten.

„Und wenn wir Sagen- oder Märchenwanderungen anbieten, für Kinder und Erwachsene? Das wäre doch eine schöne Idee“, überlegte Margit, während ihr Blick über die hügelige, friedliche Landschaft glitt. Dann nahm sie einen Jägerstand wahr, der in dichtem Gebüsch und Gestrüpp vor dem dunklen Wald kaum zu erkennen war. Der Hochsitz reichte bis in die Zweige einer großen, alten Kiefer.

„Sitzt da oben jemand? Am Sonntagnachmittag jagt man doch nicht, oder, Walter?“, erkundigte sie sich erstaunt bei dem erfahrenen Jäger.

„Nein, normalerweise nicht“, entgegnete er. „Aber vielleicht genießt jemand die herrliche Aussicht?“

Sein Blick wanderte nun ebenfalls zu dem Hochsitz. Er stutzte und griff in seiner Hosentasche nach dem kleinen Fernglas, das er immer bei sich trug. Er stellte es scharf und konnte binnen Sekunden die Gestalt auf dem Brettersitz recht gut erkennen. Irritiert studierte er genau das Bild, das sich ihm dort bot.

„Da sitzt niemand, Margit, da hängt jemand über der vorderen Holzstrebe“, rief er erschrocken und rannte los.

Als er unterhalb des Jägerstandes keuchend zum Stehen kam, konnte er eine sitzende, über der Brüstung nach vorn gebeugte Person erkennen, deren Kopf und Arme reglos nach unten hingen. Der Körper wurde von der massiven vorderen Verstrebung daran gehindert, vom Sitz in die Tiefe zu kippen. Margit zeigte auf eine Stelle, die sich schräg rechts hinter der Leiter befand. Dort konnte man dunkle Flecken auf einem flachen, weißgrau gemusterten Feldstein erkennen. Daneben lag ein Jagdgewehr auf der bemoosten Walderde.

„Das sieht aus wie geronnenes Blut! Ist hier etwa ein Unfall geschehen?“, murmelte Walter beunruhigt. „Hallo, Sie da oben!“, sprach er die Gestalt laut und deutlich an. „Ich klettere zu Ihnen hoch und helfe Ihnen, ganz ruhig, ich komme.“

Geschickt und rasch erklomm er die Leiter. Oben konnte er mit einem einzigen Blick feststellen, warum der Mann nicht reagierte. Ein Einschussloch klaffte in seiner rechten Schläfe. Eine Blutspur zog sich über seine farblose Wange. Er war tot.

Als Polizei- und Krankenwagen eintrafen, standen Margit und Walter Burkhard bedrückt Hand in Hand neben dem schiefen Hochsitz. Der Rauhaardackel Ferdinand lag auf dem Boden, den Kopf auf die grauen Vorderpfoten gebettet, und heulte in regelmäßigen Abständen klagend auf. Etwas Schreckliches war geschehen, das spürte der Hund ganz genau. Gerd Förster traf als Erster an der Unfallstelle ein. Sieglindes Anruf hatte ihn erreicht, als er gerade mit Begeisterung in seinem Geburtsort Schlaifhausen am südlichen Fuße des Walberlas ein nervenaufreibendes Fußballspiel der heimischen ersten Mannschaft verfolgte, ein Bratwurstbrötchen vom Grillstand am Rand des Spielfeldes in der einen und ein Glas Weizen in der anderen Hand. Gerade als für das gegnerische Team aus Weilersbach seiner Ansicht nach zu Unrecht ein Elfmeter gepfiffen wurde, die Gemüter sich erhitzten und die Zuschauermenge tobte, hatte sein Handy geklingelt.

Die beiden Spaziergänger berichteten dem Kommissar nun bereits aufgeregt von ihrer grauenhaften Entdeckung.

Die Polizistin Sieglinde Silberhorn kam zusammen mit den Polizeibeamten und dem Team der Spurensicherung aus Bamberg. Als Letzte erreichten Mandy Bergmann und Karl-Heinz von Hohenfels den Ort des Geschehens. Gerd Förster hätte sich über die Wanderkluft seiner beiden Kollegen amüsiert, wenn die Situation nicht so ernst gewesen wäre: Die beiden verstanden es wahrhaftig vortrefflich, eine Unternehmung zu zelebrieren. Besonders die Hosenträger von Karl-Heinz hatten es ihm angetan.

Die uniformierten Polizisten sperrten die Unglücksstelle mit weißroten Bändern ab, die Kollegen von der Spurensicherung in ihren weißen Overalls begannen mit ihrer Arbeit. Die beiden Kommissare und der Gerichtsmediziner standen unterhalb des Jägerstandes zusammen und blickten zu dem toten Mann hinauf.

„Wir steigen zu ihm nach oben, Karl-Heinz", wandte sich Gerd Förster an den Pathologen. „Mandy, schaust du dich hier unten um? Vielleicht ist außer der Waffe noch mehr zu finden."

Sie nickte und streifte sich dünne Latexhandschuhe über die schlanken Finger.

Gerd Förster ließ Karl-Heinz den Vortritt, damit er eine erste Untersuchung der Leiche vornehmen konnte. Er selbst balancierte auf der dritten Sprosse von oben. Drei Personen fanden auf dem schmalen, zusammengenagelten Brettersitz keinen Platz.

Behutsam machte sich der Gerichtsmediziner ans Werk. Es gab eine Einschussstelle seitlich rechts an der Schläfe, direkt aus nächster Nähe ins Gehirn abgefeuert. Die Waffe war anscheinend aufgesetzt worden. Es musste augenblicklich zum Exitus gekommen sein. Sie mussten überprüfen, ob der Schuss aus dem Gewehr, das auf dem Waldboden lag, abgegeben worden war. Die Größe des Einschussloches legte diese Vermutung nahe. Ein Geschoss, das in der Lage war, einen imposanten Keiler zu erlegen, war für einen Menschen genauso tödlich.

Er untersuchte den Oberkörper des Mannes, seine Arme und Hände. „Ich kann keine weiteren Verletzungen oder Abwehrspuren erkennen. Er muss bereits eine ganze Weile tot sein, zwölf bis fünfzehn Stunden, denke ich. Wenn die Spurensicherung mit den Fotos fertig ist, bringen wir ihn in mein Institut."

„Wir müssen die Identität des Toten herausfinden", erwiderte der Kommissar.

„Über seine Identität kann ich Ihnen Auskunft geben", tönte von unten Walter Burkhard. Der Gerichtsmediziner hatte bei seiner ersten Untersuchung den Kopf des toten Mannes vorsichtig angehoben, und Walter hatte ihn sofort erkannt. Blass rang er um Fassung. Margit stützte ihn einfühlsam.

„Es handelt sich um einen Jagdkameraden, den Jungjäger Clemens Lämmerhirt aus Walkersbrunn, erst einundzwanzig Jahre alt. Er hat sich unserer Jägervereinigung vor einigen Monaten angeschlossen, ein lieber, schüchterner Kerl. Zu empfindsam für die Jagd, fand ich. Es wird seiner Mutter das Herz brechen. Er ist ihr einziges Kind."

Der Jungjäger wurde nun achtsam vom Jägerstand geborgen und im Leichenwagen nach Bamberg in die Gerichtsmedizin gefahren.

Mandy war im dichten Gebüsch seitlich des Hochsitzes fündig geworden. Sie hielt einen grünen Rucksack hoch, dessen Reißverschluss offen stand. Sie nahm die Gegenstände, die sich darin befanden, nacheinander heraus und verstaute sie in Plastikbeuteln. Eine Thermoskanne, in Alufolie gewickelte belegte Brote, ein Jagdmesser, ein Fernglas und ein Handy. Das Mobiltelefon klappte sie auf und drückte ein paar Tasten.

„Clemens Lämmerhirt hat gestern Abend um zweiundzwanzig Uhr achtunddreißig eine Gerdi angerufen und drei Minuten und acht Sekunden mit ihr gesprochen", verkündete die Kommissarin.

Wieder konnte Walter Burkhard weiterhelfen: „Gerdi ist die Bedienung in der Wirtschaft ‚Grüne Au' in Walkersbrunn. Dort findet regelmäßig unser Jägerstammtisch statt. Clemens hatte sich in die junge Frau verguckt."

„Mit dieser Gerdi sprechen wir morgen. Danke für Ihre Hilfe, Sie können jetzt gehen, wir wissen ja, wo wir Sie finden. Wir packen zusammen, hier gibt es für uns nichts mehr zu tun", entschied der Kommissar. „Morgen treffen wir uns pünktlich um acht Uhr im Präsidium und besprechen das weitere Vorgehen. Mandy und ich fahren jetzt noch bei Frau Lämmerhirt vorbei."

Die furchtbare Todesnachricht mussten sie der Mutter sofort persönlich überbringen, bevor sie aus anderer Quelle davon erfuhr. Sie musste ihren Sohn doch inzwischen vermissen.

Die Kommissarin nickte müde: „Ich bin gespannt auf deine Ergebnisse morgen früh, Carlo. Ich sehe nur zwei

Möglichkeiten: Entweder hat der Jungjäger Clemens Lämmerhirt Selbstmord begangen oder wir haben es mit einem weiteren Mord zu tun. Einen Unfall schließe ich aus." Sie schob das Piratentuch von ihrer Stirn und schüttelte nachdenklich den Kopf.

Mandy hatte telefonisch rasch die Adresse von Agnes Lämmerhirt herausgefunden. Sie wohnte in Walkersbrunn in einer schmalen, gewundenen Seitenstraße unterhalb der malerischen Kapelle, die sich stolz über dem ländlichen fränkischen Ort erhob.

Das Haus war klein, einstöckig und unverputzt. Der gepflegte Garten, der es umgab, war nicht eingezäunt. Vor dem Haus wuchsen Dahlien und Astern in allen Farbtönen, auf der anderen Seite des gepflasterten Weges, der zur Haustür führte, befand sich eine Bauernwiese, über der eifrige Bienen summten. An der hellgelben Hauswand, die von der Nachmittagssonne beschienen wurde, stand eine königsblau lackierte Bank, die zum Ausruhen einlud. Über ihr schaukelte ein Windspiel, dessen leisen, wohltönenden Klänge die herbstliche Luft sanft durchdrangen. Die weißen Fensterrahmen, deren Farbe teilweise abgeblättert war, wurden von Leibungen umrahmt, die einen Ton heller als das Haus gestrichen waren. Rechts des Hauses waren Gemüsebeete mit Buschbohnen, Erbsen, Tomaten und dicken Salatköpfen akkurat angelegt. Dahinter pickten ein paar weißbraune Hühner auf einem mit niedrigem Maschendraht eingezäunten, ebenen Gehege emsig Brotkrumen von der Erde.

„Eine wahrhafte Idylle", flüsterte Mandy bedrückt. „Bis jetzt."

Sie klingelte an der Haustür. Eine Frau, etwa Anfang bis Mitte vierzig, öffnete und sah sie fragend an, während sie ihre Hände an einem Geschirrtuch trockenwischte. Sie war klein und ziemlich rundlich. Das volle, rosige Gesicht mit den hellblauen, freundlichen Augen wurde von blonden, welligen, kinnlangen Haaren eingerahmt: „Ich bin gerade am Kochen: Linsen mit Bauchspeck und Mehlklößen, das Lieblingsgericht meines Sohnes. Was kann ich für Sie tun?“

Für jeden Polizisten war es die schlimmste dienstliche Aufgabe, einer Familie die Nachricht vom Tod eines Angehörigen zu überbringen. Mandys Kehle war wie zugeschnürt.

Der Kommissar räusperte sich: „Wir sind von der Kripo Bamberg, Mandy Bergmann und Gerd Förster, wir möchten Frau Agnes Lämmerhirt sprechen. Dürfen wir ins Haus kommen?“

Erschrocken blickte die Frau ihn an: „Das bin ich, es ist doch hoffentlich nichts Schlimmes passiert? Kommen Sie herein.“

Die kleine Frau führte sie durch einen kurzen, engen Flur, der mit beigebraunen Fliesen ausgelegt war, in die Wohnküche.

Gegenüber der altmodischen, braun getäfelten, blitzblanken Küchenzeile stand ein rechteckiger Tisch in gleichem Farbton mit dazu passenden Stühlen. Ein Läufer in dunklen Rottönen zierte den Esstisch, ebenso eine bauchige Keramikvase mit roten und weißen Dahlien. Das Kirchenblatt war aufgeschlagen, daneben dampfte eine Tasse Kaffee. Es roch nach gekochten Linsen.

„Setzen Sie sich bitte, Frau Lämmerhirt“, begann Gerd Förster. Die Kommissare nahmen ebenfalls Platz. „Ich muss Ihnen eine schlimme Nachricht überbringen. Ihr Sohn Clemens ist tot. Spaziergänger haben ihn vor etwa zwei Stunden auf einem Hochsitz zwischen Walkersbrunn und dem Kasberger Windrad gefunden. Erschossen. Es tut mir unendlich leid.“

Er verstummte und sah die Frau traurig an.

„Nein, nein, Herr Kommissar, das kann nicht sein.“ Agnes Lämmerhirt schüttelte Panik verscheuchend und entschieden den Kopf. „Hier muss ein Missverständnis vorliegen. Mein Sohn liegt oben in seinem Bett. Er schläft immer so lang, wenn er die ganze Nacht auf dem Hochsitz verbracht hat. Sobald er aufwacht, essen wir zusammen zu Abend. Ich halte ja nicht viel von der Jägerei, aber mein Sohn hängt mit dem Herzen daran. Außerdem glaubt er, dass er damit die Mädchen beeindrucken kann. Er wünscht sich so sehr eine Freundin."

Der Kommissar unterbrach entschlossen den Redefluss. „Würden Sie bitte nachschauen, Frau Lämmerhirt."

Zögerlich stieg sie die Treppe hinauf in den ersten Stock. Sie hörten, wie eine Tür vorsichtig und dennoch knarrend geöffnet wurde. Dann erschütterte ein herzzerreißender, markerschütternder Schrei das kleine Haus.

Gerd Förster sprang auf und erreichte mit drei Sätzen den ersten Stock. Er führte die erstarrte Frau zurück in die Küche und setzte sie auf einen Stuhl. Agnes Lämmerhirt war weiß wie die Wand und nahm die Besucher gar nicht mehr wahr. Zitternd vor und zurück schaukelnd, die Arme fest um ihren Oberkörper geschlungen, schien sie in eine andere Welt getaucht zu sein.

Mandy stand auf und legte sanft den Arm um sie. Tiefes Mitleid erfüllte sie. Diese zärtliche Geste löste bei Frau Lämmerhirt jämmerliches Schluchzen aus.

„Mein Kind, mein geliebtes Kind!" Sie rang nach Luft. „Ich will ihn sehen, wo ist er?"

„Ihr Sohn ist in die Gerichtsmedizin nach Bamberg gebracht worden, dort können Sie ihn morgen identifizieren und von ihm Abschied nehmen."

Die untröstlich weinende Mutter sah sie verstört an. „In die Gerichtsmedizin? Erschossen, haben Sie gesagt? Jemand hat meinen Sohn erschossen?"

„Wir untersuchen die Umstände des Todes Ihres Sohnes, Frau Lämmerhirt. Vielleicht hat ihn jemand erschossen. Wissen Sie, ob Clemens Feinde hatte?"

Agnes Lämmerhirt schüttelte heftig den Kopf: „Nein, natürlich nicht. Mein Sohn hatte keine Feinde. Er ist – er war ein lieber, hilfsbereiter Junge und verstand sich mit allen gut, mit seinen Freunden, seinen Kollegen in der Schreinerei, wo er als Hilfsarbeiter beschäftigt war, und auch mit unseren Nachbarn. Mich hat er unterstützt, wo er nur konnte. Mein Mann ist vor fünf Jahren und dreiundzwanzig Tagen verstorben, Herzinfarkt, ganz plötzlich. Ich lebe von meiner kleinen, bescheidenen Witwenrente und führe Näharbeiten aus, um über die Runden zu kommen. Clemens gab jeden Monat die Hälfte seines Lohnes bei mir ab. Trotzdem ist bei uns das Geld knapp, ich kann es mir nicht einmal leisten, unser Haus verputzen und einzäunen zu lassen. Aber wir haben uns geliebt und immer zusammengehalten. Jetzt bin ich ganz alleine." Ein Strom von Tränen lief über ihr Gesicht.

Gerd Förster musste jedoch die Frage stellen: „Es könnte auch ein Selbstmord gewesen sein, Frau Lämmerhirt. War Ihr Sohn in letzter Zeit unglücklich oder depressiv?"

Sie fuhr empört hoch: „Selbstmord ist völlig ausgeschlossen! Mein Sohn war nicht unglücklich, er wollte gerne ein Mädel, das stimmt. Aber er hätte schon noch eine gefunden. Jeder Topf findet seinen Deckel, sage ich immer. In die Gerdi, die Bedienung in der ‚Grünen Au', hat er sich verliebt. Ausgerechnet, die macht doch jedem schöne Augen. Aber so ist das eben bei den jungen Leuten. Man darf sich nicht zu sehr einmischen. Sie müssen selber ihren Weg finden."

„Sie schließen Selbstmord also aus?", hakte der Kommissar nach.

„Absolut! Nicht mein Clemens. Er wollte sich ein Auto kaufen. Die Anzahlung hätte er schon bald zusammengehabt. Einen silberfarbenen Toyota, er hat sich so sehr darauf gefreut. Einen Heckspoiler wollte er an dem Wagen anbringen und automatische Fensterheber, da würden die Mädchen schauen, hat er gesagt. Mit mir plante er schöne Ausflüge. Ich komme ja sonst nirgends hin. Da bringt man sich doch nicht um."

Frau Lämmerhirt schniefte, dann fuhr sie fort: „In der Schule haben ihn seine Klassenkameraden immer gehänselt, weil er Linkshänder und rothaarig war. Als Kürbiskopf haben ihn die gemeinen Schüler verspottet. Und dann ist ein erfolgreicher Mann aus ihm geworden. Und jetzt ist er tot, mitten aus dem Leben gerissen."

Sie begann wieder zu weinen.

„Frau Lämmerhirt", setzte Mandy an, „wir danken Ihnen für Ihre Aussage, Sie sind sehr tapfer. Ich möchte Sie jetzt aber ungern alleine lassen. Kennen Sie jemanden, der sich um Sie kümmern kann?"

„Meine Schwester wohnt zwei Häuser weiter, das letzte in der Straße, ich werde zu ihr gehen."

„Wir bringen Sie hin", bestimmte Mandy.

Als sie wieder in ihrem Dienstwagen saßen und Richtung Bamberg starteten, hieb Mandy zornig mit der geballten Faust auf das Armaturenbrett: „Das ist nicht fair, das ist einfach nicht fair."

Gerd Förster musterte sie besorgt von der Seite. „Das Leben ist nicht fair, Mandy. Weißt du was? Ich lade dich in Bamberg zu einem Glas Rotwein ein und wir reden noch ein bisschen, was hältst du davon?"

Seine Kollegin tätschelte seinen Arm: „Danke Gerd, es geht schon wieder, ich finde die Idee prima. Manchmal ist es nicht gut, wenn man alleine ist."

Montag, 23. September

Gerd Förster saß bereits seit sechs Uhr an seinem Schreibtisch im Polizeipräsidium und ging müde seine eingegangenen Mails durch. Die zwei oberen Knöpfe an seinem frischen, hellblauen Hemd hatte er geöffnet. Es war stickig im Büro. Oder vielleicht fiel ihm das Atmen im Moment deshalb schwer, weil der Druck auf das Ermittlerteam stetig zunahm. Aufgrund eines akuten Personalengpasses konnte seiner dringlichen Anforderung nach Verstärkung nicht entsprochen werden.

Er hatte vor knapp zwei Tagen ihre bisher erlangten Ermittlungsergebnisse an seine Kollegen in Erlangen und Nürnberg weitergeleitet und um Unterstützung gebeten. Für besonders wichtig hielt er die Beschreibungen und Fotos ihrer drei Hauptverdächtigen, Oskar Beer, Kilian Krautwurst und Peter Kränzlein. Er wollte wissen, ob diese Personen bei den Ermittlungsarbeiten an den beiden Mordfällen Linda Roßmeisl und Melanie Fleischmann in irgendeiner Form in Erscheinung getreten waren. Vielleicht ließ sich eine Verbindung zwischen den drei Männern und den Verbrechen in Oberndorf und Lauf herstellen.

Aufmerksam las er die zusammengestellten Berichte bezüglich seiner Anfrage. Dann nickte er zufrieden. Beim Datenabgleich hatten sich zwei hoch interessante Treffer ergeben.

Kurz vor acht betrat die Polizistin Sieglinde Salome Silberhorn, auf einer Hand ein Tablett mit gefüllten Plastikbechern vom Kaffeeautomaten balancierend, in der anderen Hand eine Mappe mit wichtigen Notizen. Ihr Gesicht glänzte vor Anstrengung, die grüne Krawatte hing leicht schief und die Haare standen aufgeregt in alle Richtungen. Ihr Kommissar wollte sie bei der Besprechung der Soko „Wasserrad“ wieder dabeihaben.

Mandy Bergmann folgte gleich darauf mit Karl-Heinz von Hohenfels im Schlepptau, der ihr natürlich als Kavalier alter Schule höflich die Tür aufhielt. Der maßgeschneiderte, hellgraue Anzug saß perfekt und eine schwarze Fliege mit silbernen Punkten zierte seinen blütenweißen, gestärkten Hemdkragen. Der Kittel flatterte um seinen schlanken Körper. Er rief ein fröhliches „Guten Morgen!“ in die Runde, als sein Blick auf das beige Kantinentablett fiel: „Künstlicher Automatenkaffee, geschätzte Kollegin Sieglinde, wie barbarisch, aber ich weiß schon, die Zeit drängt.“

Mandy drückte ihm schnell einen Becher mit schwarzem Kaffee in die Hand und lobte Sieglinde gleichzeitig, dass sie an die Getränke gedacht hatte. Daraufhin schwächte sich die flammende Röte im Gesicht der Polizistin ab.

Die Kommissarin nahm neben Karl-Heinz Platz und sortierte ihre Unterlagen. Ihren dicken Notizblock legte sie vor sich auf die Tischplatte. Sie wirkte erschöpft und hatte heute Morgen keine Zeit für ihr Styling aufgewendet. Sie mussten die Aufklärung der zunehmend komplizierten Fälle zügig vorantreiben.

Mandy war in ihre ausgeblichenen Lieblingsjeans geschlüpft und hatte sich einen burgunderroten, leichten Pullover mit V-Ausschnitt über den Kopf gezogen. Nur auf ihren Lippenstift hatte sie nicht verzichten wollen, der in der gleichen Farbnuance wie der Pulli schimmerte. Die schwarzen Haare lagen brav gescheitelt eng an ihrem Kopf an. Sie hatte nicht die leiseste Ahnung, dass „Carlo“ gerade diesen lässigen, burschikosen Kleidungsstil an seiner Kollegin fantastisch fand.

Gerd Förster bat den Gerichtsmediziner, die Ergebnisse der Autopsie zu präsentieren, und griff nach seinem Becher.

„Nun, Clemens Lämmerhirt ist an dem Einschuss gestorben. Die Kugel drang seitlich an der rechten Schläfe in sein Gehirn ein und zerfetzte es. Er war augenblicklich tot. Ansonsten erfreute er sich bester Gesundheit. Aber ich habe ein gewisses Problem mit dem Einschusswinkel, er überzeugt mich nicht. Passt auf, ich demonstriere euch, was ich meine."

Er sprang auf und griff sich den dünnen Zeigestab, der an der ausladenden Pinnwand lehnte, an die sie die Fotos der Opfer und der Tatorte sowie relevante Informationen geheftet hatten.

„Seht her, der Stab hat ungefähr die Länge der Waffe."

Er versuchte, den Stock waagrecht an seine rechte Schläfe zu halten und wackelte leicht damit. „Es ist gar nicht so einfach selbst ein Gewehr im Neunzig-Grad-Winkel gerade an die Schläfe zu halten und abzudrücken. So müsste sich der Selbstmord jedoch abgespielt haben, wenn man den exakten Einschusswinkel berücksichtigt." Er drückte den imaginären Hebel und schoss. „Wie gesagt, ich muss bezüglich des Hergangs des Geschehens in jener Nacht erhebliche Zweifel anmelden."

Gerd Förster beobachtete aufmerksam die Demonstration. „Die Mutter von Clemens Lämmerhirt sagte gestern Abend aus, dass ihr Sohn Linkshänder sei."

„Linkshänder?" Der Gerichtsmediziner überlegte: „Ich kann mir nicht vorstellen, dass ein Linkshänder sich in die rechte Schläfe schießt. Dafür müsste man schon beinahe über akrobatische Fähigkeiten verfügen. Es wäre ihm doch viel leichter gefallen, die Waffe mit der linken Hand zu bedienen."

Sie sahen sich ratlos an. Der Kommissar blätterte langsam und konzentriert in der Akte, die den Untersuchungsbericht der Kriminaltechnik enthielt.

„Es befanden sich nur die Fingerabdrücke des Opfers auf dem Gewehr, und der Schuss wurde definitiv aus dieser Waffe abgegeben. Sie ist absolut korrekt unter dem Namen Clemens Lämmerhirt registriert, als Jagdgewehr. Kaliber 6,5."

Dann stutzte er: „Die Waffe war gesichert. Der junge Jagdgehilfe hat demnach sein Gewehr entsichert, sich auf der falschen Seite in den Kopf geschossen, dann hat er es wieder gesichert und vom Hochsitz fallen lassen."

„Völlig ausgeschlossen", entgegnete Karl-Heinz.

Mandy dachte nach: „Warum hat der Mörder das Gewehr gesichert, wenn er doch einen Selbstmord vortäuschen wollte? Wie konnte ihm ein so kapitaler Fehler unterlaufen und warum hat er die falsche Seite am Kopf gewählt?"

Gerd Förster antwortete mit absoluter Gewissheit: „Er wusste nicht, dass Clemens Lämmerhirt Linkshänder war. Und er hat die Waffe deshalb gesichert, weil ihm diese Handlung in Fleisch und Blut übergegangen war. Er macht das automatisch nach dem Schießen, immer. Das heißt, dass es sich um eine Person handeln muss, die mit dem Umgang von Waffen sehr vertraut ist und sie häufig benutzt."

„Ein dritter Mord in unserem Zuständigkeitsbereich", flüsterte Mandy angespannt. „Innerhalb von acht Tagen. Und das in der beschaulichen, ruhigen Fränkischen Schweiz. Verflixt, das gibt es doch einfach nicht!"

Der Kommissar bat Sieglinde, die gestochen scharfen Aufnahmen des ermordeten Jungjägers Clemens Lämmerhirt und einige der Tatortfotos sowie die ersten relevanten Untersuchungsergebnisse an der Pinnwand zu befestigen. Die Polizistin folgte eifrig seiner Aufforderung und ließ ein wenig Abstand zu den Fotografien des Opfers Apollonia Vierheilig. Viel Platz war nun nicht mehr auf dem Board.

Was den Mord an der alten Frau betraf, tappte das Team völlig im Dunkeln. Zeugen hatten sich keine gemeldet, Raubmord schied aus und ein anderes Motiv wollte sich ihnen nicht offenbaren. Bislang lag kein Hinweis vor, dass die grausamen Verbrechen etwas miteinander zu tun hatten.

Gerd Förster hegte in Bezug auf das bevorstehende Gespräch mit dem kleinen Jungen, der den silbernen Knopf mit dem Hirschkopf zwischen Grashalmen gefunden hatte, keine allzu großen Hoffnungen. Befragungen von Kindern in diesem zarten Alter erwiesen sich erfahrungsgemäß als schwierig bis aussichtslos.

Um seine Mannschaft moralisch aufzubauen, zog er die Ergebnisse des Datenabgleiches hervor, die er angefordert hatte und die sie eventuell weiterbringen konnten. Gespannt blickten die anderen Teammitglieder ihn an.

Der Kommissar berichtete: Der Nachhilfelehrer Kilian Krautwurst musste Linda Roßmeisl gekannt haben. Die intensiven Nachforschungen der Kollegen aus Erlangen hatten ergeben, dass das Opfer vier Monate vor seinem Tod etwa drei Wochen in dem Paukstudio, in dem der Vorsitzende des Wasserradvereines nach wie vor tätig war, gejobbt hatte.

Nachdem die junge Frau Roßmeisl ihr Psychologiestudium hingeschmissen hatte, waren ihre Eltern – ein erfolgreicher Internist und eine ehemalige Krankenschwester –, in deren Burgbergvilla ihre verwöhnte Tochter ein schickes Apartment bewohnt hatte, stinksauer und drehten ihr kurzerhand den Geldhahn zu. Sie verlangten ultimativ von ihr, zumindest ein wenig zu ihrem Lebensunterhalt beizutragen.

Drei Wochen hatte sie durchgehalten, dann berief sie sich auf ihre massiven Essstörungen und verließ ihre Wohnung kaum noch. Sie verbrachte Tag und Nacht im Internet. Ihr besorgter Vater hielt sie für suchtgefährdet.

Ab und zu jedoch verschwand Linda Roßmeisl über

das ganze Wochenende und verriet keiner Menschenseele etwas von ihren Plänen. Einige Wochen vor ihrem Tod schien sie psychisch stabiler und bisweilen regelrecht euphorisch zu sein, sodass ihre Eltern ein wenig Hoffnung schöpften. Bis die Tochter auf dem Wasserrad gefunden wurde.

Sieglinde hatte hoch interessiert zugehört. Manche Menschen bekamen alles auf einem Silbertablett serviert und fanden dennoch kein Glück. Bei diesem Stichwort fiel ihr Hansi Horlamus ein. Sie hoffte beinahe stündlich auf die positiven Auswirkungen ihrer Aktion. Gut, vorher musste sie sowieso noch dringend zum Friseur.

Der Kommissar fuhr fort: Ein Zeuge konnte sich erinnern, Melanie Fleischmann etwa Mitte November letzten Jahres in einem feinen Restaurant in Lauf gesehen zu haben. Er war sich völlig sicher, weil er sie so attraktiv und lebensbejahend fand. Das war leider auch der Grund, warum er ihren Begleiter nicht besonders präzise beschreiben konnte. Über dessen Körpergröße konnte er weiter nichts berichten, weil der Mann an einem Tisch gesessen hatte. Aber er schilderte ihn als breit, kräftig und dunkelhaarig, mit ausgeprägten Gesichtszügen, zwischen vierzig und fünfzig Jahre alt und seiner hübschen Begleiterin gegenüber sehr aufmerksam.

„Diese Personenbeschreibung erinnert mich ein bisschen an Oskar Beer“, unterbrach Kommissarin Bergmann ihn spontan.

Ihr Kollege nickte: „Mich auch, Mandy. Allerdings meinte der Zeuge, eine beginnende Glatze erkannt zu haben, war sich aber keineswegs sicher. Es könnte auch ein Lichtreflex gewesen sein. Er hatte eigentlich nur Augen für Melanie Fleischmann, die ihr Gegenüber ständig mit einem entwaffnenden Lächeln anstrahlte, auf ihn einredete und temperamentvoll mit ihren Essstäbchen gestikulierte. Es war ein vietnamesisches Restaurant.“

„Oskar Beer ist doch ein Feinschmecker, denkt nur an die Austern, die Kati Simmerlein verschmähte. Eine erlesene vietnamesische Gaststätte würde doch zu ihm passen", warf Mandy ein. Sie war Feuer und Flamme angesichts der neuen Anhaltspunkte.

Karl-Heinz von Hohenfels schwieg, zog jedoch skeptisch eine Augenbraue hoch. Diese Geste bezog sich auf das Restaurant.

Die Polizistin Sieglinde zeigte sich ebenfalls begeistert: „Diese Informationen könnten doch den Durchbruch bedeuten, nicht wahr, Gerd? Ihr werdet die beiden doch sicherlich zum Verhör einbestellen."

„Das garantiere ich dir, Sieglinde, so schnell wie möglich. Lade sie bitte vor, am besten morgen am späten Nachmittag", erwiderte der Kommissar, der nun wieder einen Lichtstreif am Horizont erkennen konnte.

Wenn in einem Dorf in der Fränkischen Schweiz Kirchweih gefeiert wird, ist dieses Ereignis einer der Höhepunkte im Jahreszyklus. Es war althergebrachte Tradition, dass zu diesem großen Fest von den einheimischen Frauen Küchla gebacken und an Nachbarn, Freunde und Gäste verschenkt wurden.

Küchlabacken war eine hohe Kunst. Jede Kirchweihbäckerin verfügte über ein spezielles, von Generation zu Generation weitergereichtes Geheimrezept, das sie niemals preisgeben würde, und es ging auch um die Herausforderung, das beste, feinste Gebäck von allen zu backen und die anderen Frauen auszustechen.

„Die Küchla von der Minna sind zu trocken, die spart an der guten Butter, die geizige alte Hobbergaas", tönte verächtlich die energische, klare Stimme der schwer beschäftigten Konditoreibesitzerin Manuela Henneberger aus ihrer Küche. „Und sie zieht die Küchla nicht über ihr

Fränkische Küchla – Ausgezogene – Knieküchla!

Früher gab es die an Kirchweih, Kommunion, Konfirmation, also an wichtigen Tagen im Jahr. Sie wurden an Verwandte, Nachbarn und alle, die ein Geschenk gebracht hatten, ausgeteilt. Man unterscheidet zwischen evangelischen, die sind viereckig, und katholischen, die sind rund und werden auch „Knieküchla" oder „Ausgezogene" genannt.

Die Mengenangabe ist für 15 bis 20 Stück.

600 g gesiebtes Weizenmehl

1 Würfel Hefe, 25 – 30 g

175 ml Vollmilch

80 g feiner Backzucker

1 P. Vanillinzucker

50 g Butter

50 g reines Schweinefett

2 ganze Eier (M)

1 Messerspitze Salz

1 EL gutes Kirchwasser

Kartoffelmehl für die Bleche

Ca. 2 kg Butterschmalz zum Ausbacken

Gesiebtes Mehl in eine große, warme Schüssel geben, mittig eine Mulde ausheben. Die Hefe zerbröckeln und mit der lauwarmen Milch sowie der Hälfte des Zuckers in einem Gefäß gut verrühren. Dann in die Mehlmulde einrühren. Zugedeckt rund 20 Minuten an einem warmen Platz gehen lassen. Dann die restlichen Zutaten dazugeben und alles zu einem geschmeidigen Teig verkneten. Fertig ist der Teig, wenn er sich vom Schüsselboden und Rand löst.

Den Teig nochmals 5 – 8 Minuten gehen lassen, dann in möglichst gleiche Stücke aufteilen.

Für runde „Küchla" nun zu einer Kugel formen und auf einem mit Kartoffelmehl bestäubten Blech zugedeckt ruhen lassen. Die Teigstücke können auch in Kartoffelmehl gedrückt werden, dann entfällt das Stäuben der Bleche.

Für die evangelische Ausführung den Teig 5 mm dick ausrollen und in quadratische Stücke schneiden. Ansonsten geht es wie vor weiter.

Eine andere Variante ist es, ein Geschirrtuch leicht einzustäuben und die „Küchla" daraufzusetzen. Bei einer normalen Zimmertemperatur ca. 1 Stunde gehen lassen.

Butterschmalz in einem großen Topf oder in einer Fritteuse erhitzen.

Früher gab es dafür fast in jedem Haushalt eine große Pfanne, in die passten 6 – 8 Küchla. Das Fett hat die richtige Hitze, wenn sich beim Kochlöffeltest kleine Bläschen daran bilden. Die „Evangelischen" können nun im Fett ausgebacken werden. Die „Katholischen" in der Mitte eindrücken, mit einem Glasboden zum Beispiel, dann werden sie vorsichtig gleichmäßig an den Ecken nach außen gezogen (Ausgezogene). Es darf in der Mitte kein Loch entstehen, sonst kann der Mittelteil leicht verbrennen.
Die „Küchla" vorsichtig mit der Oberseite in das Fett legen. Dann mit einer Schöpfkelle von oben begießen, so bildet sich der viel gelobte helle „Hut". Stimmt die Farbe, mit zwei Holzlöffeln wenden und die andere Seite backen. Herausnehmen und auf Küchenrollenpapier legen. Nicht ganz kalt mit Puderzucker bestäuben. Wer möchte, kann auch Zimtzucker nehmen.
Küchlabacken ist eine „heiße Sache", deshalb besondere Vorsicht um das heiße Butterschmalz. Es gehen immer noch die wildesten Geschichten um die „Küchla" um, die früher von den Frauen auf das Knie gedrückt wurden. Und je größer das Knie, umso größer und besser die „Küchla".

Knie, so wie es der alte Brauch verlangt. Deshalb heißen sie ja schließlich Knieküchla. Andererseits ist es sicher besser, wenn der Teig nicht mit ihren arthritischen Knochen in Berührung kommt", fügte sie gehässig hinzu. „Und die Elli, du weißt schon, die aus dem Bauernhof hinter dem Sportplatz, hat letztes Jahr den Zucker mit dem Salz verwechselt und den guten Teig verdorben. Sie weigert sich, ihre Lesebrille aufzusetzen, weil sie so eitel ist, die alte Britschn. Als ob das bei der noch einen Unterschied macht."

Ein Rentnerehepaar, das im Café am Ecktisch Platz genommen hatte und im Cappuccino rührte, hörte interessiert zu.

Manuela Henneberger unterhielt sich mit Alvina Messingschlager, einer jungen Dorfbewohnerin, die entspannt mit ausgestreckten Beinen an einem Bistrotisch saß, durch die weit offen stehende Küchentür. Alvina nippte genüsslich an ihrem zweiten gesüßten Milchkaffee und ließ sich ein frisches, mit Puderzucker bestreutes Küchla schmecken. Ihr weites grünes Baumwollkleid umwallte sie wie ein Zirkuszelt. Eine Hand ruhte auf ihrem Bauch. Sie lächelte versonnen vor sich hin.

Normalerweise war es ihre Pflicht, um diese Zeit auf dem stattlichen Bauernhof ihrer Schwiegereltern den großen Kuhstall auszumisten und die Tiere zu füttern. Aber jetzt nicht mehr. Paul, ihr fürsorglicher, stolzer Ehemann, hatte verlangt, dass sie sich schonte. Das erste Mal während ihrer Ehe war es ihm gelungen, sich gegenüber seinen Eltern durchzusetzen. Und heute Abend würde sie ihr Paul auf die Kirchweih ausführen. Beim Gedanken an das knusprige Spanferkel, das sie dort verspeisen würde, fuhr sie voller Vorfreude mit der Zungenspitze über ihre schmalen Lippen. Die Konditoreibesitzerin wunderte sich, dass ihre Nachbarin im Café faulenzen und Geld ausgeben durfte. Das hatte es noch nie gegeben. Aber sie freute sich über die nette Gesellschaft beim Backen.

Seit heute Morgen um vier Uhr stand sie in der Küche und produzierte Berge des köstlichen Kirchweihgebäcks, das sie anschließend im ganzen Dorf verteilen würde. Ihre Küchla waren zweifellos die besten in der ganzen Fränkischen Schweiz und jede dieser selbst ernannten, unfähigen Freizeitbäckerinnen würde diese Tatsache akzeptieren müssen.

Manuela Henneberger hatte auch bei dieser mehlstaubigen Aktion auf ihre obligatorischen Stöckelschuhe nicht verzichten wollen. Deshalb war aus der Küche ein stetiges geschäftiges Klack-Klack zu hören. Ihr Busen, der aus dem Ausschnitt drängte, hob und senkte sich heftig beim Kneten des Teiges. Klausi, ihr Verehrer, liebte es, wenn sie sich sexy kleidete.

Sie wischte sich ihre Hände an der pinkfarbenen Schürze ab: „Weißt du eigentlich, liebe Alvina, dass es katholische und evangelische Knieküchla gibt? Katholische Küchla sind rund geformt, evangelische dagegen rechteckig, wobei man die Kanten mit einem Rädchen abtrennen muss. Und sie schmecken auch unterschiedlich."

Der beleibte Rentner aus Fürth, der sich soeben über sein drittes Gebäckstück hermachte, raunte seiner Frau, die den Verzehr eines vierten Küchlas zur Stärkung vor ihrer geplanten Wanderung nach Rödlas in Erwägung zog, zu: „Das Ohr an den Puls des einfachen, wackeren Landvolkes pressen, das lässt wahre Ursprünglichkeit erfahren, Muschi, nicht wahr?"

Muschi nickte ergeben mit vollem Mund.

Manuela Henneberger spähte aus der Küche. Alvina hatte ihr anscheinend gar nicht zugehört. Sie streichelte zärtlich ihren Bauch mit beiden Händen.

„Hast du Bauchschmerzen, meine Liebe? Soll ich dir

einen Birn bringen, selbst gebrannt und einsetzbar als Wunderwaffe gegen alle Beschwerden?"

Alvina fuhr entsetzt hoch: „Keinen Alkohol, Manuela, ich bin doch schwanger, fast schon im dritten Monat."

„Du bist schwanger? Herzlichen Glückwunsch! Da wird sich die Messingschlagersippe aber über einen prächtigen Stammhalter freuen."

Alvina strahlte vor Glück. Dann flüsterte sie verschwörerisch: „Gogolores, es wird hundertprozentig ein Mädchen, Manuela. Die Hexe Helene hat es vorausgesagt. Und so wird es sein."

Das Rentnerehepaar am Ecktisch spitzte neugierig die Ohren. Eine leibhaftige Hexe gab es hier also auch. Was für ein sensationeller Gesprächsstoff für den Kartelstammtisch heute Abend.

Muschi verlangte nach der Speisekarte. Nach den süßen Teilchen forderte ihr Körper ein salziges Häppchen.

„Zwei Birn, Fräulein", orderte ihr Gatte.

Mandy Bergmann und Gerd Förster hatten um elf Uhr einen Termin in der kleinen Ortschaft bei den Nachbarn von Apollonia Vierheilig. Der vierjährige Junge, der den silbernen Knopf gefunden hatte, und seine Mutter erwarteten sie.

Der Kleine besuchte deshalb heute nicht den Kindergarten. Er hätte einen Urlaubstag genommen wie die Erwachsenen, erklärte er den Kommissaren mit ernster Stimme, als sie das gepflegte Fachwerkhaus betraten.

Seine Mutter, eine gut aussehende, schlanke junge Frau, begrüßte sie freundlich und aufgeschlossen: „Kommen Sie doch herein, ich habe frischen Kaffee gekocht, außerdem hat unsere hiesige Cafébesitzerin soeben frische, selbst gebackene Küchla vorbeigebracht, wenn Sie möchten."

Sie nahmen in der hellen, gemütlichen Wohnküche Platz, deren Fensterscheiben mit lustigen, aus Tonpapier ausgeschnittenen Bildern geschmückt waren.

Der kleine Maxi, Maximilian Stirnweiß, wie er sich formvollendet vorgestellt hatte, kletterte auf einen Stuhl und trank von seinem Kakao. Er zeigte mit seinem zarten, schokoladenverschmierten Finger auf die Fensterbilder und erklärte seinem Besuch stolz: „Die Märchenfiguren habe ich im Kindergarten selbst gebastelt, für meine Mama zum Muttertag, cool, oder?"

Mandy war entzückt von dem reizenden kleinen Jungen und erwiderte lächelnd: „Total cool. Ist das da die Prinzessin auf der Erbse?"

Maxi nickte eifrig: „Sie schlief auf siebenundzwanzig Kissen und spürte trotzdem die klitzekleine grüne Erbse, sodass sie nicht schlafen konnte. Da wusste jeder, dass sie tatsächlich eine Prinzessin war."

„Maxi hat sich extra fein gemacht für Ihren Besuch", erzählte seine Mutter amüsiert. „Stundenlang hat er in seiner Kommode gewühlt, bis er die passende Kleidung gefunden hatte. Sein Zwerghase Fridolin hat auch mitgeholfen."

Mandy bewunderte die Aufmachung des kleinen Jungen. Er hatte sich für ein bretonisches Fischerhemd mit blauen und weißen Querstreifen entschieden, das er über seiner dunkelblauen Leinenhose trug. Kleine Anker bildeten ein Muster auf seinen weißen Söckchen. Auf seinen rötlichblonden Haaren saß dazu passend keck eine Fischermütze, ebenfalls gestreift. Aus dem schmalen Gesicht mit den runden Wangen strahlten große, rehbraune Augen über einer feinen Nase. Wenn er lachte, zeigten sich kleine, ebenmäßige Zähne mit Lücken dazwischen.

Maxis Mutter holte den runden Knopf und überreichte ihn dem Kommissar, der ihn in ein Plastiktütchen steckte. Sie würden Fingerabdrücke nehmen müssen, um die von Frau Stirnweiß und ihrem Sohn auszuschließen.

Er zeigte Maxi den Knopf und fragte: „Weißt du noch, wo du den schönen Knopf gefunden hast?“

Maxi zeigte aus dem Fenster auf die weite Wiese, die sich bis zu den Buchen am Waldrand erstreckte.

„Da draußen.“

„Und weißt du noch wann?“

Maxi dachte kurz angestrengt nach: „Nein, weiß ich nicht.“ Er hüpfte vom Stuhl und erklärte dabei: „Ich muss jetzt Fridolin füttern. Er ist sehr gefräßig, weißt du. Wie ein Dinosaurier. Dann will ich an meiner Ritterburg weiterbauen. Willst du sie mal sehen?“

„Na klar“, antwortete Gerd Förster und folgte dem geschäftigen Kleinen in sein Kinderzimmer.

Maxis Mutter lächelte Mandy entschuldigend an: „Ich fand den Knopf in seiner Schatzkiste und rief Sie gleich an. Ich habe leider nicht die geringste Ahnung, wann mein Sohn ihn gefunden hat.“

Die Kommissarin überlegte. So kamen sie nicht weiter. Sie brauchten wenigstens die kurze Aufmerksamkeit des Kindes und mussten versuchen, einen direkten Bezug zu seinem Tagesablauf und seinem Umfeld herzustellen.

Sie hatte eine Idee: „Dürfen wir mit Ihrem Sohn eine Runde mit dem Blaulicht drehen und ihn zum Eisessen einladen, Frau Stirnweiß? Wir werden ganz behutsam mit ihm umgehen und viel Spaß haben. Vielleicht erinnert er sich doch an eine Kleinigkeit, die für unsere Ermittlungen relevant sein könnte. Sie können uns vertrauen.“

Die junge Mutter brauchte nicht lang zu überlegen: „Nehmen Sie ihn mit, er wird begeistert sein.“

Auf dem Arm von Gerd Förster und mit dessen Unterstützung setzte Maxi voller Stolz das Blaulicht auf das Dach ihres Dienstwagens. Mandy schaltete das rotierende Licht ein und der kleine Junge jubelte.

Auf freier Strecke zwischen Kirchehrenbach und Reuth, einem Vorort von Forchheim, setzte durchdringendes Sirenengeheul ein. Maxi jauchzte vor Vergnügen. Sie rasten mit Sonderrechten Richtung Forchheim, während Rennradfahrer ihnen neugierig nachblickten und ein Bauer aufgebracht mit seiner Mistgabel drohte. Dann suchten sie mit dem begeisterten Kind eine Eisdiele auf.

Maxi studierte die Eiskarte und entschied sich schließlich für den Pinocchiobecher. Eine konisch geformte Waffel stellte die lange Nase der Märchengestalt dar und eine Handvoll bunter Smarties war auf die Kugeln gestreut.

Die Kommissare bestellten für sich zwei doppelte Espressi.

Während sie auf ihre Bestellung warteten, fragte Mandy den Jungen nach der kleinen Plastikfigur, die einem Piraten ähnelte und die er fest umschlossen in seiner kleinen Faust hielt.

„Das ist der schreckliche Sven aus dem Wiki-Film, und der heißt nicht umsonst so", gab Maxi bereitwillig Auskunft.

„Pass auf, Mandy, ich zeig es dir."

Mit Hilfe von runden Papieruntersetzern, Servietten und der Zuckerdose baute der Junge fantasievoll das Szenario einer verheerenden Seeschlacht auf.

Gerd Förster erkundigte sich telefonisch kurz auf der Wache in Bamberg, ob es bereits Reaktionen von Seiten der Bevölkerung auf das Zeitungsfoto mit der Blockhütte gab.

Sie hatten vereinbart, dass bei eingegangenen Hinweisen ein Einsatzfahrzeug mit zwei Streifenpolizisten die Lage sondieren sollte. War die Situation vor Ort verdächtig, sollten sie die Kollegen alarmieren und ein Einsatztrupp würde sich auf den Weg machen.

Sieglinde Salome Silberhorn war für die Koordination zuständig, bis ein Kollege sie ab Mittag ablösen würde. Die Polizistin hatte das Wochenende über gearbeitet und brauchte eine Verschnaufpause.

Gewissenhaft informierte sie Gerd Förster über drei bisher eingegangene Hinweise, die sich jedoch bedauerlicherweise als Fehlalarm entpuppt hätten. Die Holzhütten ähnelten der Abbildung in den Zeitungen, waren aber nicht identisch. Dennoch hätten die Kollegen sich Zutritt verschafft.

Eine Hütte war wohl schon seit längerer Zeit verlassen und überall mit Spinnweben durchzogen.

In einem weiteren Holzhäuschen war ein verstörtes Liebespaar aufgeschreckt worden, das sich nach einer Überprüfung als harmlos herausstellte. Der empörte junge Mann, der sich als angehender Jurist vorstellte, hatte sich rechtliche Schritte auf Grund der Störung seiner Intimsphäre vorbehalten.

In der dritten Behausung rüttelten sie einen alten, völlig betrunkenen Jäger aus dem Tiefschlaf. Er hatte es sich auf dem blanken Holzboden zwischen unzähligen Rotwein- und Whiskeyflaschen bequem gemacht und wollte einfach nur weiterschlafen. Er wurde ebenfalls nicht als verdächtige Person eingestuft.

In der Zwischenzeit waren die Getränke und der farbenfrohe Eisbecher serviert worden. Maxi schenkte der Kommissarin großzügig seine Waffel, die er nicht mochte, und pickte zufrieden erst die roten, danach die restlichen Smarties von den bunten Eiskugeln und ließ sie blitzschnell in seinem kleinen Mund verschwinden.

Mandy startete einen Versuch: „Als du den glitzernden Knopf gefunden hast, war das vor oder nach dem Frühstück?"

Maxi rührte im Vanilleeis: „Vor dem Frühstück, danach hat mir meine Mama Knuspercornflakes mit Apfelstückchen gemacht. Das schmeckt mir superlecker."

„Hat deine Mama gewusst, dass du alleine auf der Wiese spielst?"

Der kleine Junge blickte ein wenig schuldbewusst: „Ich darf alleine nicht auf die Wiese, Mama macht sich dann Sorgen. Aber ich war ja nicht alleine. Fridolin war bei mir und hat auf mich aufgepasst, so wie du jetzt."

„Hast du an diesem Morgen Apollonia Vierheilig gesehen?"

„Meinst du Tante Apollonia?"

„Ja, genau, Tante Apollonia."

„Ja, das war komisch." Konzentriert schob er sich ein blaues Smartie in den Mund.

„Was war komisch, Maxi?"

„Sie lag unter ihrem großen Kirschbaum und schlief. Ich muss immer in meinem Bett schlafen."

Die Polizistin Silberhorn hatte für diesen Tag restlos genug von verdächtigen Blockhütten, die sich dann als die falschen herausstellten. Bei jeder durchgeführten Inspektion steigerte sich die Anspannung, die dann bei der Feststellung eines Fehlalarms verpuffte. Sie hatte es sich so sehr gewünscht, dem Kommissar ein sensationelles Ergebnis zu präsentieren, das ihre stockenden Ermittlungen vorwärts bringen würde.

Sieglinde beschloss, jetzt sofort ihren trägen inneren Schweinehund zu überwinden und ihr straffes Laufprogramm zu starten. Zu Hause angekommen, zwängte sie sich in ihre graue Jogginghose und zog sich ein weites, grasgrünes T-Shirt mit der Aufschrift „Brave Mädchen kommen in den Himmel, böse kommen überall hin" über den Kopf und schnürte ihre Laufschuhe.

Ihr sehnsüchtiger Blick blieb am Flachbildfernseher und an dem kuscheligen Sofa hängen. Von gestern Abend lag noch eine aufgerissene Packung Kartoffelchips mit Essiggeschmack auf dem niedrigen Beistelltisch. Rasch stopfte sie sich eine Handvoll Chips in den Mund und kaute genüsslich. Die paar Kalorien würde sie sowieso schon in den nächsten Minuten abtrainieren. Ein grellgelbes, breites Stirnband komplettierte ihre sportliche Aufmachung.

Sie stellte ihren Wagen auf einem Wandererparkplatz neben dem Moritzbrunnen ab und begann nicht besonders motiviert mit den erforderlichen Dehnübungen.

Erschrocken fuhr sie herum, als sie plötzlich Stimmen hinter ihrem Rücken vernahm. Ein älteres Paar in flotter, identischer Wanderkluft mit Nordic-Walking-Stöcken winkte ihr bewundernd zu. Der Herr vermutlich wegen Sieglindes großem Busen, der bei ihren Übungen auf und ab wippte, die Dame wegen ihrer entschlossenen sportlichen Ambitionen. Zügig schritten sie mit klackenden Stöcken an Sieglinde vorbei. „Das lobe ich mir, so eine durchtrainierte, sportive junge Frau", rief der Mann begeistert, was ihm von seiner Begleiterin einen heftigen Knuff in die Seite einbrachte.

Sieglinde hatte vor, auf der bewaldeten Erhebung gegenüber dem Walberla auf Wanderpfaden parallel zum Bergkamm zu laufen. Anstrengende Steigungen wollte sie vorerst vermeiden. Lustlos trabte sie auf dem schmalen, von krummen Wurzeln durchzogenen Weg einige Minuten dahin, bis sie keuchend nach Atem rang. Sie drosselte ihr ohnehin geringes Tempo, ging langsam weiter und verspürte schrecklichen Durst. Die Wasserflasche stand zu Hause auf dem Küchentisch. In der Seitentasche ihrer Jogginghose steckte zum Glück ein Zehneuroschein. Sie könnte talabwärts in die Ortschaft Leutenbach laufen, dachte sie, und dort in einer der Gastwirtschaften ein kühles Radler trinken. Schweißtropfen rannen in ihr Stirnband. Erste Regentropfen fielen aus dem wolkenverhangenen Himmel. Schließlich lagen extrem anstrengende Arbeitstage hinter ihr, sie sollte sich etwas Schönes gönnen.

Gemächlich folgte sie dem Weg ins Tal und nahm die umliegende friedliche Landschaft erstmals richtig wahr. Linkerhand des sich windenden Pfades lagen terrassenförmig angelegte, idyllische Fischweiher, die mit dichtem Schilfgras umsäumt waren, unter hohen Bäumen. Sieglinde zählte fünf kleine Teiche. Diffuse Schatten spiegelten sich auf der dunklen, leicht gekräuselten Oberfläche. Am untersten Weiher befand sich einige Meter oberhalb des steilen Ufers eine Holzhütte, die verlassen wirkte. Auf der rechten Seite des Weges wiegten sich alte Föhren im aufkommenden Wind. Dornige Brombeerbüsche duckten sich zwischen den Stämmen. Sieglinde aß einige der reifen, saftigen Beeren. Ihr Durst ließ ein wenig nach. Gedankenverloren starrte sie auf die abweisende Behausung, deren jägergrüne Fensterläden verschlossen waren. Aus einer steil abfallenden Regenrinne tropfte Wasser in einen blauen Behälter. Die rohen, braunen Holzlatten waren senkrecht versetzt befestigt.

Ein Bild formte sich in ihrem Kopf. Dann erhöhte sich ihr Pulsschlag. Die Ähnlichkeit mit der Blockhütte auf dem Foto war frappierend. Mit einem mulmigen Gefühl sah sie sich um. Sie war ganz allein und auf sich gestellt. Ihre Dienstwaffe lag zu Hause in der Nachttischschublade, ihr Handy hatte sie auf der Kommode im Flur vergessen. Wie konnte sie nur so nachlässig sein! Eine engagierte Polizistin befand sich immer im Dienst. Hilfe anzufordern war unmöglich. Was sollte sie tun? Sich geräuschlos und unauffällig an die Hütte heranpirschen und versuchen, sich Einlass zu verschaffen? Nach Leutenbach hinunterlaufen und Unterstützung holen? Da – hatte sich seitlich des Unterschlupfes im Gebüsch nicht etwas bewegt? Was mochte das sein? Doch nicht etwa der gnadenlos mordende Psychopath?

Sieglinde verspürte nun eine aufkeimende, lähmende Angst. Wieder nahm sie einen flüchtigen Schatten nahe dem Holzhaus wahr. Beobachtete sie der Mörder? Sollte sie das nächste Opfer sein, weil sie sein Versteck entdeckt hatte?

Vorsichtig zog sie sich zwischen die Baumstämme zurück. Die harten Dornen der Brombeerbüsche durchdrangen den dünnen Stoff ihrer Hose und zerkratzten ihre Beine.

Ein Geräusch ließ sie zusammenzucken. Es klang wie ein gefährliches Knurren und Schnauben. Sie blickte den Pfad hinauf, wo sie die Ursache der unheimlichen Laute vermutete, und erstarrte augenblicklich zur Salzsäule.

Etwa fünf Meter entfernt von ihr verharrten ein mächtiger, schlammverschmierter Keiler und zwei ausgewachsene, stämmige Bachen, die sie feindselig und angriffslustig fixierten. Die gelblichen, gebogenen Zähne des männlichen Wildschweins ragten der Polizistin bedrohlich entgegen. Die tierischen Laute steigerten sich Angst einflößend, und in den lodernden Augen des Keilers konnte Sieglinde pure Mordlust erkennen. Langsam bewegte er sich auf sie zu, dann steigerte er sein Tempo. Die Bachen trabten hinter ihm her.

Sieglinde lief um ihr Leben. Sie vermochte keinen Baum zu entdecken, auf den sie rasch klettern konnte, die Stämme säumten hoch und glatt den Weg. Der fünfte Fischweiher mit der unheimlichen Hütte kam immer näher. Dicht hinter sich meinte Sieglinde panisch, den Keiler voller Vorfreude grunzen und schnaufen zu hören. Gleich würde das verdammte, enthemmte Urvieh sie überwältigen und mit seinen Zähnen in Stücke reißen.

Sie raste auf den dunklen Teich zu und erkannte verzweifelt, dass sie nur noch eine Chance hatte. Konnten Wildschweine schwimmen? Sieglinde hatte keine Ahnung. Vielleicht verspürten diese wütenden Biester im

Augenblick einfach keine Lust auf ein kühles Bad. Die Polizistin hechtete unbeholfen in den trüben Fischweiher, verschwand unter der aufspritzenden Wasseroberfläche und landete mit Kopf und Händen im glitschigen, kalten Schlamm.

Strampelnd befreite sie sich aus der zähen, widerlichen Masse, fand mit den Füßen wackeligen Halt auf dem schmatzenden Grund des Teiches und stellte sich keuchend auf. Luft! Ihre Lungen schmerzten, als sie tief einatmete. Das eiskalte Wasser reichte bis über ihre Brust. Benommen spähte sie um sich. Schwammen drei Wildschweine auf sie zu, um sie zu zerfleischen?

Das aufgewühlte Wasser beruhigte sich. Still und dunkel lag es da. Am Ufer, da wo der Weg vorbeiführte, standen die Tiere regungslos und glotzten sie enttäuscht an. Dann wühlten sie mit ihren behaarten, dicken Schnauzen in der lehmig-feuchten Erde, fanden offensichtlich nichts, was ihrem Geschmack entsprach, und trotteten schließlich zwischen den Bäumen davon.

Sieglinde schlotterte vor Kälte. Unzählige neugierige Forellen umkreisten sie, und sie hatte das Gefühl, als würden sie an ihren Joggingklamotten knabbern. Wenn sie jetzt kein Fraß für die Fische werden wollte, musste sie zusehen, dass sie aus dem Weiher kam.

Sie stapfte auf das rettende Ufer zu. Der Schlamm saugte sich an ihren Laufschuhen fest, sodass sie nur beschwerlich vorwärts kam. Als sie den Rand des Weihers endlich erreicht hatte, bemerkte sie entsetzt, dass ihre Kräfte ermattet waren. Das Ufer war steil und rutschig. Sie versuchte verzweifelt, sich an den klebrigen Schilfpflanzen hochzuziehen, glitt jedoch immer wieder in das unbarmherzig kalte Wasser zurück.

Die Lage erschien ihr aussichtslos, als sie auf einmal das tuckernde Geräusch eines Traktors vernahm. Nahte Rettung, sollte sie um Hilfe rufen? Oder war es der Mörder, der zu seiner Hütte wollte? Sie musste es riskieren, wollte sie nicht im Forellenwasser jämmerlich erfrieren. Der Regen hatte inzwischen zugenommen und Windböen jagten über den Teich.

„Zu Hilfe!", brüllte die Polizistin aus Leibeskräften. „Zu Hilfe, ich bin in Seenot!"

Das dröhnende Motorengeräusch verstummte und Sieglinde schrie um ihr Leben.

Plötzlich sah sie einen Mann oben am Uferrand, der verblüfft auf sie herunterblickte. Er trug einen blauen Arbeitsoverall und derbe Schnürstiefel. Die schwarze Baseballkappe auf seinem Kopf und eine alte Regenjacke schützten ihn vor dem Regen. Der Retter war älter als Sieglinde und trug einen schwarzen Vollbart, aus dem eine Zigarette ragte.

„Ganz ruhig stehen bleiben!", rief er Sieglinde mit beruhigender Stimme zu. „Ich komme und hole dich aus dem Wasser."

Er hielt sich an dem biegsamen Ast einer jungen Erle fest und ließ sich vorsichtig nach unten gleiten, dem Wasser zu. Dann beugte er sich vor und streckte seine kräftige, behaarte Hand nach Sieglinde aus. Freundliche braune Augen blickten sie an. Sie ergriff dankbar die dargebotene Hand und wurde mit einem Ruck aus dem Wasser gerissen und die Böschung hochgezogen. Der fremde Mann nahm sie am Ellbogen und führte sie in Richtung der Hütte.

„Komm, Madl, du brauchst trockene Kleider und einen Schnaps zum Aufwärmen."

Sieglinde begleitete ihn misstrauisch. Sollte sie sich losreißen und flüchten? Keine Chance. Sie fror erbärmlich und zitterte. Sie beschloss, dem Mann zu vertrauen.

Mit einem großen, alten Schlüssel, der in einem Geranientopf neben der Eingangstür versteckt war, entriegelte er das Schloss und sie betraten die Hütte. Geschickt zündete er ein paar Kerzen und eine Petroleumlampe an. Dämmriges Licht breitete sich aus. Dann entfachte er ein bereits vorbereitetes Feuer im offenen Kamin und begann, in einem Bauernschrank zu wühlen. Er reichte der Polizistin eine abgewetzte Cordhose, ein weiches, kariertes Flanellhemd und dicke Wollsocken.

„Zieh dich um, ich schaue weg, keine Angst."

Sieglinde wand sich aus ihrer tropfenden Kleidung und warf ängstliche Blicke über die Schulter. Ihr Retter jedoch machte sich am Feuer zu schaffen, goss eine Flüssigkeit in Becher und stellte diese auf einen kleinen Rost über dem flackernden Feuer. Als sie in die Kleidung des Mannes schlüpfte, breitete sich wohlige Wärme in ihrem Körper aus.

„Setz dich ans Feuer, gleich gibt es heißen Jagertee."

Dankbar schlürfte sie das wärmende Getränk und sah sich in der Hütte um. An der hinteren Wand stand ein schmales Feldbett mit mehreren ausgebreiteten Wolldecken und einem Kissen darauf. Daneben, unter dem Fenster, befand sich ein grob gezimmerter Holztisch mit vier Stühlen. An der gegenüberliegenden Seite lehnten ordentlich aufgereihte Angeln an der rauen Holzwand. In einem offenen Regal waren nützliche Dinge für das Leben im Wald zu sehen: Kerzen, Geschirr, Lebensmitteldosen und Getränke.

Sie befand sich in einem durchaus zweckmäßig eingerichteten, ordentlich aufgeräumten Raum mit einem fremden Mann, der hier wohl öfter übernachtete und gern Forellen angelte.

Dann schrak sie zusammen. An einem Balken über ihrem Kopf hingen mehrere Schlingen aus Draht, die ihr bekannt vorkamen. Der Mann folgte ihrem Blick.

„Das sind einfache Jägerschlingen, die besitzt hier jeder für verschiedene Zwecke, keine Bange", beruhigte er sie. Er nahm neben ihr auf der Holzbank vor dem Feuer

Platz. „Jetzt erzähl doch mal, wie bist du in den Teich geraten?"

Sieglinde berichtete von ihrem schrecklichen Erlebnis. Der fremde Mann konnte ein Schmunzeln nicht ganz verbergen: „Vermutlich haben die Wildschweine vor dir mehr Angst gehabt als umgekehrt. Aber du hast Glück gehabt, die Tiere waren hungrig und sind auf der Suche nach Nahrung weitergezogen."

Fürsorglich schenkte er nach und die Polizistin taute langsam auf.

„Wenn es dir besser geht, fahre ich dich mit meinem Traktor zu deinem Auto. Dann fährst du nach Hause und legst dich in die Badewanne, damit du dir keinen Schnupfen holst. Wie heißt du überhaupt?"

„Sieglinde."

„Ein schöner Name, Sieglinde. Meine Mutter heißt so. Darf ich dich in den nächsten Tagen anrufen und mich nach deinem Befinden erkundigen?"

Seine braunen Augen ruhten bewundernd auf Sieglinde Salome Silberhorn. Ihr wurde noch wärmer. Die trocknenden Haare standen ihr kraus vom Kopf ab, ihre Wangen färbten sich rosig und ihre Augen glänzten im Feuerschein.

„Ich heiße Eberhard."

Die beiden Kommissare hatten den kleinen Maximilian wieder bei seiner Mama abgeliefert und begaben sich nun auf die gewundene Landstraße, die nach Walkersbrunn führte, um ein Gespräch mit der Bedienung der Dorfwirtschaft „Grüne Au", Gerdi Drummer, zu führen. Vielleicht hatte die Angebetete von Clemens Lämmerhirt eine Idee, wer ihm nach dem Leben getrachtet haben könnte.

„Wir sind früh dran, Mandy, das Gasthaus öffnet erst

in einer Stunde, ich könnte dir in der Zwischenzeit einen Bierkeller zeigen, wo die Zeit stehen geblieben ist." In der Fränkischen Schweiz waren die Bierkeller nicht irgendwo in einem unterirdischen Gewölbe zu finden, sondern auf einer Anhöhe in der freien Natur. „Wir müssten aber ein Stück hochsteigen. Was meinst du?"

„Großartiger Vorschlag, Gerd, ich muss mir dringend die Beine vertreten", antwortete seine Kollegin erfreut.

Er bog in eine schmale, geteerte Straße ein, die sich durch den Wald den sanft ansteigenden Berg hinaufschlängelte. Zwischen den hochgewachsenen Fichten und vereinzelten Laubbäumen breiteten sich, so weit das Auge reichte, üppige grüne Heidelbeerbüsche auf dem Waldboden aus. Nun führte der Weg aus dem dunklen Wald heraus durch ein kleines Dorf und weiter aufwärts bis zu einem Parkplatz, über dem sich eine Felsenlandschaft erhob.

Mandy folgte ihrem Kollegen auf einem schmalen Pfad, der an einer hoch gelegenen Ebene endete. Biergarnituren standen aufgereiht und einladend bis zu dem schroffen Felssturz, der durch ein wackeliges, morsches Holzgeländer abgesichert war.

Die Aussicht war überwältigend schön. Der heftige Regen mit seinen frostigen Windböen hatte von einer Minute auf die andere aufgehört und wärmende Sonnenstrahlen krochen hinter den Wolken hervor. Die Fränkische Schweiz mit ihren Bergen und aus dem dichten Wald ragenden Felsnasen lag vor ihnen, unten im Tal wand sich die türkisfarbene Wiesent durch Felder und Auen. Über diese friedliche, sanfte Landschaft spannte sich ein in allen Farben schillernder Regenbogen.

„Was für ein schöner Platz, Gerd", flüsterte die Kommissarin andächtig. „Wie eindrucksvoll."

„Von hier aus", erklärte ihr Kollege, „kann man drei Kapellen erkennen. Das Kirchlein Reifenberg oberhalb von Weilersbach, die Kapelle der heiligen Walburga auf der Nordkuppe der Ehrenbürg und die Filialkirche Sankt Moritz oberhalb von Leutenbach. Außerdem noch die Pfarrkirche von Leutenbach."

Mandy folgte seinen Blicken und entdeckte die bezaubernden kleinen Kirchen.

Gerd Förster wischte mit einem Taschentuch zwei Plätze auf einer Sitzbank trocken und sie ließen sich aufatmend nieder. Eine kleine Rast würde ihnen guttun. Überwältigend viele Eindrücke und Informationen stürmten seit einer Woche auf sie ein.

Mandy sah sich aufmerksam um und bemerkte neben einer verrosteten Kinderschaukel vor einer steil abfallenden kahlen Felsenwand eine etwa drei Meter hohe Höhle im Dolomitgestein, vor der quer ein Tisch aufgestellt war. Darauf befanden sich in Papierservietten eingerollte Bestecke, Salz- und Pfefferstreuer und Tonkrüge. Dahinter stand ein alter, gebückter Mann mit einer roten Wollmütze, die ein runder Bommel krönte, und zapfte Bier aus einem Holzfass. Auf einer Schiefertafel, die an einem langen Nagel neben dem Höhleneingang hing, waren mit Schulkreide die Brotzeiten aufgelistet, die der Felsenkeller zu bieten hatte.

Mandy hatte zuerst vermutet, dass der Alte hinter dem provisorischen Tresen Selbstgespräche führte, als sie in der düsteren Tiefe des Kellers drei Männer erspähte, die um einen Tisch saßen und Karten in ihren Händen hielten. Sie warteten, bis der Wirt die Krüge gefüllt hatte, dann spielten sie weiter. Der Wirt war der vierte Mann, den sie zum Schafkopfspielen brauchten.

Mandy studierte die Gerichte auf der Tafel. „Was ist denn ‚Ziebeleskäs'?"

Ihr Kollege klärte sie auf: „Das ist Quark mit Zwiebeln und Schnittlauch, mit Muskat gewürzt. Eine Brotzeit für Vegetarier."

Gerd Förster bestellte zwei Wasser. Der Wirt war über die Störung beim Karteln keineswegs begeistert und brummte unwillig vor sich hin. Hätten sie auf seinem Keller nichts konsumiert, hätte er vermutlich genauso grantig reagiert.

Die beiden Ermittler genossen die Ruhe und die weite Aussicht. Nach zwei Minuten klingelte jedoch Gerd Försters Handy. Einer der Kartler – er hieß wohl Madders oder so ähnlich – grummelte aus dem Höhlenschlund: „Solche Wichtigtuer müssen sogar auf einem Bierkeller erreichbar sein. Wahrscheinlich sein Börsenmakler. Gleich wird noch des Bimbala vo Laaf anrufen." Ein Grölen schallte aus dem natürlichen Hohlraum.

Mandy grinste ihren Kollegen amüsiert an, dem die barschen Ausbrüche des fränkischen Ureinwohners gut bekannt waren und der unbeeindruckt weitertelefonierte.

Nach dem Gespräch informierte er Mandy: „Aufmerksame Bürger haben vier weitere Blockhütten gemeldet, leider ist die von uns gesuchte nicht darunter. Wir müssen weiter auf einen Treffer hoffen. In der Zentrale ging außerdem vor einigen Minuten ein anonymer Anruf ein, die Rufnummer war unterdrückt, unser diensthabender Techniker arbeitet gerade daran."

Der Kommissar berichtete seiner Kollegin die Einzelheiten: Eine jung klingende, etwas lispelnde, helle Männerstimme hatte in knappen Worten berichtet, dass am späten Freitagabend in der Dorfwirtschaft „Zur Grünen Au" in Walkersbrunn am Stammtisch ein heftiger Streit entbrannt war. Und zwar zwischen dem Jungjäger Clemens Lämmerhirt und dem Revierförster Ewald Hufnagel. Die Stammtischbrüder mussten angeblich energisch eingreifen, um eine wilde Schlägerei zwischen den beiden Streithähnen zu verhindern. Clemens Lämmerhirt hatte nach einem Weizen zu viel den Förster gehänselt, dass er nicht in der Lage war, eine Freundin zu finden, im Gegensatz zu ihm, der mit seinem neuen Wagen bei den Frauen alle Chancen haben würde. Der sonst eher sanftmütige und besonnene Waldi Hufnagel hätte mit unbändiger Wut reagiert, die alle Anwesenden zutiefst erschreckte. Nach diesen Informationen hatte der Anrufer das Gespräch abrupt beendet.

Die Kommissare sahen sich nachdenklich an.

„Wir erkundigen uns gleich nachher in der ‚Grünen Au' nach dieser Auseinandersetzung, die müssen ja noch mehr Personen mitbekommen haben", verkündete die Kommissarin optimistisch. „Vielleicht ist das ein wichtiger Anhaltspunkt, der uns weiterhelfen kann. Und ich möchte gerne diesen Förster Ewald Hufnagel kennenlernen."

Sie trank einen Schluck von ihrem Wasser und fuhr fort: „Bringt uns die Aussage des kleinen Maximilian weiter, Gerd, was meinst du?"

„Nicht wirklich", antwortete der und überlegte, „er hat den Knopf nach der Nacht gefunden, in der Apollonia Vierheilig ermordet wurde. Der Täter könnte ihn in dieser Nacht verloren haben, aber auch jede andere Person. Oder er lag bereits einige Tage auf der Wiese. Länger nicht, sonst hätte er angefangen zu rosten. Es gibt also verschiedene Möglichkeiten. Dennoch könnte es sein, dass sich dieser silberne Knopf mit dem Hirschkopf an einem Kleidungsstück befand, das dem Mörder gehört."

„An welcher Art Kleidung sind solche Knöpfe angenäht"?, fragte Mandy. „Ich besitze so etwas nicht."

„Trachtenkleidung zum Beispiel", entgegnete der Kommissar. „Oder Mäntel und Jacken, die üblicherweise von Jägern und Förstern getragen werden."

Ihre Spekulationen wurden von einem ratternden Geräusch unterbrochen, das sich langsam näherte. Ohrenbetäubender Lärm machte sich auf dem bisher so ruhigen Felsenkeller breit. Ein älterer Mann mit verwegenem Schlapphut, einen gelben Schal lässig um den faltigen Hals geschlungen, erreichte auf einem Traktorrasenmäher den Ausschank, stellte den Motor ab und wurde von den vier Schafkopfkartlern herzlich begrüßt.

„Grüß Gott, Linus, du kannst den Brunskartler machen, du alter Schlawiner. Setz dich zu uns und trink ein Seidla Dunkles."

Bevor die Kommissare nach Walkersbrunn aufbrachen, erfuhren sie noch, dass jener Linus vor kurzem seinen Führerschein wegen Trunkenheit am Steuer verloren hatte und nun mit seinem himmelblauen Rasenmäher über den Berg auf den Bierkeller tuckerte, weil man für dieses Gefährt keinen Führerschein brauchte.

„Eine Runde Birn für alle", rief Linus gut gelaunt.

Das Dorfwirtshaus „Zur Grünen Au" fanden sie mitten in der Ortschaft. Das schiefe, hellblaue Fachwerkhaus, dessen alte Holzverstrebungen ochsenblutrot gestrichen waren, stand direkt an der Hauptstraße.

Das Dach war asymmetrisch gebaut, wie es bei alten Häusern in dieser Gegend häufiger vorkam. Die linke Hälfte des Daches zog sich weiter nach unten als ihr rechtes Pendant. In den kleinen Kammern mit den Schrägen war früher das Gesinde untergebracht gewesen, die Herrschaft bewohnte die komfortableren hohen und hellen Räume.

Unter einer uralten, verzweigten Linde standen dunkelgrün lackierte Tische und Bänke verwaist im einsetzenden Nieselregen. Einige Autos parkten aufgereiht vor der Vorderfront des Hauses mit seiner massiven Eingangstür aus dunkel gebeiztem Holz.

Die Kommissare betraten die Gaststätte und mussten sich erst an das dämmrige Licht gewöhnen, bevor sie links vor einem Kachelofen einen stabilen runden Tisch wahrnehmen konnten, um den sich einige Männer versammelt hatten. Zwei davon saßen auf dicken Kissen auf der begehrten Bank vor der wärmenden Ofenwand. Bierkrüge standen vor ihnen auf dem Tisch, bei dem es sich wohl um den Stammtisch handelte, und sie unterhielten sich mit gedämpfter Stimme. Die restlichen Sitzgelegenheiten in dem niedrigen Raum waren unbesetzt. Aquarelle in zarten, durchsichtigen Farben mit Landschaften aus der umliegenden Gegend verschönerten die rau verputzten weißen Wände. Es war ein gemütlicher, rustikaler Raum.

Auf der anderen Seite des schmalen Flures erhob sich eine lang gestreckte Theke aus nachgedunkeltem Eichenholz, deren vordere Ansicht mit kunstvoll bemalten Schießscheiben vom Königsschießen dekoriert war. Dahinter stand eine gelangweilte junge Frau, die versuchte, lasziv an einem Cola zu nippen.

Die Männer unterbrachen ihr leises Gespräch und neugierige Blicke huschten zu den unbekannten Gästen.

Gerd Förster ließ sie nicht lange rätseln, zückte seinen Dienstausweis und stellte sie vor: „Kripo Bamberg, wir möchten mit Gerdi Drummer sprechen."

Die Wangen eines jungen, dicklichen Mannes in der Stammtischrunde, dessen hellblond gefärbte Haare in kurzen Stoppeln vom Kopf abstanden, liefen in Windeseile purpurrot an. Sein Mund stand erschrocken offen und ließ einen übergroßen Schneidezahn, der sich über den anderen schob, erkennen.

Mandy hatte eine plötzliche Eingebung und zögerte keine Sekunde: „Sie haben vor etwa einer Stunde bei der Polizei in Forchheim angerufen, ohne Ihren Namen zu nennen, und von einem Streit am späten Freitagabend hier in der Wirtschaft berichtet. Würden Sie mir jetzt freundlicherweise Ihren Namen mitteilen?"

Der junge Kerl starrte sie entgeistert an. „Woher wissen Sie das?“, fragte er mit hoher, lispelnder Stimme.

„Wir sind von der Polizei und wissen fast alles. Also stellen Sie sich jetzt vor?“

„Bernd, ich heiße Bernd“, stammelte er überrumpelt.

„Und weiter?“

„Bernd Rehlein. Wissen Sie, ich dachte, der Tipp wäre vielleicht wichtig, wo Sie doch den Mörder von Clemens suchen. Ich wollte nur nichts mit der Polizei zu tun haben, am Ende ist man dann selbst der Verdächtige. Und ich will Waldi auch nicht in Schwierigkeiten bringen. Es war doch nur eine kleine Auseinandersetzung, wie sie an jedem Stammtisch ab und zu vorkommt. Schwamm drüber.“

Unbehaglich wand er sich unter den bohrenden Blicken der anderen Männer.

Sein direkter Sitznachbar, ein kräftiger Mann um die vierzig mit wettergegerbtem Gesicht, fuhr ihn zornig an: „Du kannst einfach dein dummes Maul nicht halten, Bernd. Waldi wird stinksauer sein, wenn er jetzt Schwierigkeiten mit der Kripo bekommt, dann kannst du deinen Hilfsjägerposten vergessen.“

Die Kommissarin zog sich einen Stuhl heran und setzte sich zwischen die Stammtischbrüder. „Also, Männer, was ist am Freitagabend genau passiert? Wenn ihr nicht mit mir redet, lade ich euch für morgen früh nach Bamberg in das Polizeipräsidium zur Befragung vor. Dann quetsche ich einen nach dem anderen von euch aus. Wenn ihr mich anlügt, bekommt ihr gewaltige Probleme, das verspreche ich euch.“

Es herrschte betretenes Schweigen. Dann traf der kräftige Mann, der anscheinend der Wortführer war, eine Entscheidung. „Erzähle der Frau Kommissarin, was passiert ist, Bernd.“

Der Hilfsjäger Bernd Rehlein tat widerwillig, wie

ihm geheißen, und berichtete von der wilden Streiterei im Wirtsraum, die er bereits bei seinem anonymen Anruf geschildert hatte. Die anderen Anwesenden bestätigten daraufhin seine Aussage.

Clemens Lämmerhirt hatte nur ein bisschen gestichelt und der sonst so zurückhaltende Förster Ewald Hufnagel hatte völlig überreagiert und sich äußerst aggressiv verhalten. Sie mussten dazwischengehen, sonst hätte Waldi den Clemens verprügelt. Der hätte gegenüber dem großen, starken, massigen und extrem zornigen Revierförster keine Chance gehabt.

Der Grund für den Ausbruch war die Behauptung des Jungjägers gewesen, Ewald Hufnagel war nicht Mannes genug, um eine Frau zu finden. Dabei hatte er doch auch keine.

Waldi hatte nach dem bösen Streit versöhnlich eine runde Birn spendiert und kurz danach die Dorfwirtschaft mit den Worten „Nichts für ungut, Männer" verlassen.

Mandy nickte ihnen zufrieden zu und ließ sich noch die Anschrift des Försters geben. Er wohnte nur zweihundert Meter weiter am Waldrand oben im alten Försterhaus, dort befanden sich auch sein Büro und die Werkstatt seiner Waldarbeiter.

Die Stammtischbrüder widmeten sich wieder ihrem Bier und blickten sich finster an.

Die junge Frau am Tresen hatte das Gespräch sensationslüstern verfolgt und schenkte jetzt aufreizend langsam die georderte Runde Birn ein.

Der Kommissar trat auf sie zu und stellte fest: „Sie sind Gerdi Drummer, nicht wahr?"

Verschlagen sah sie ihn an und nickte dann.

„Können wir hier irgendwo ungestört mit Ihnen sprechen?"

Sie servierte den Schnaps und führte sie dann in eine

altmodische, unordentliche Küche. An einem mit Flecken übersäten rechteckigen Resopaltisch nahmen sie Platz.

Eine dralle, ältere Frau, die an einem Herd stand und in einem riesigen Topf rührte, schimpfte: „Anstatt ständig in den Hinterhof zum Rauchen zu verschwinden, Gerdi, hättest du die Küche putzen sollen, in der Wirtschaft ist nicht viel los. Was soll denn die Polizei von uns denken. Wir sind schließlich ein ordentliches, sauberes Wirtshaus mit hervorragender fränkischer Küche und haben einen Ruf zu verlieren."

Verärgert rauschte sie aus dem Raum.

Gerdi Drummer schnitt eine hässliche Grimasse hinter ihr her, dann erklärte sie genervt: „Das war meine Tante Zilli. Die alte Schrabnelln meint, sie kann mich hier herumkommandieren. Dabei werde ich dieses zurückgebliebene, hinterwäldlerische Kuhkaff in Kürze verlassen. Ich habe mich nämlich für das Casting bei ‚Deutschland sucht den Superstar' angemeldet. Meine Chancen sind einfach super, ich sehe geil aus und kann richtig cool singen, so soulmäßig, wissen Sie."

Sie lächelte jetzt ganz versonnen und wirkte dadurch etwas hübscher.

Gerd Förster war verblüfft über die Diskrepanz zwischen der Selbsteinschätzung der phlegmatischen Bedienung und seinem eigenen Eindruck. Gerdi war eine magere, kleine junge Frau ohne jegliche Ausstrahlung.

Widerstrebend begann sie, die Tischoberfläche mit einem feuchten Lappen zu bearbeiten. Dann warf sie ihn achtlos in Richtung Spüle. Knapp verfehlte er sein Ziel und klatschte auf den Fliesenboden. Gerdi zuckte desinteressiert mit ihren Kinderschultern.

Ihr schmales Gesicht mit der niedrigen Stirn war blass, der Mund schmallippig und ihre ausdruckslosen Augen schielten leicht. Ihr dunkelroter Pagenkopf war perfekt geschnitten.

Gerd Förster hatte schon früher die Beobachtung gemacht, dass Möchtegern-Dorfschönheiten in der hiesigen Gegend häufig akkurat geschnittene, moderne Frisuren trugen, allerdings ohne jegliches Gespür dafür, ob sie ihnen auch standen. Er hielt Gerdi für unterdurchschnittlich intelligent. Aber wenn sie „cool" singen konnte, stand ihr womöglich eine Superkarriere bevor.

„Waren Sie mit Clemens Lämmerhirt befreundet?", wollte er nun wissen.

„Mit diesem rothaarigen Hilfsarbeiter? Ich bitte Sie. Schließlich habe ich andere Pläne. Er hat mir den Hof gemacht und wollte unbedingt, dass ich seine Freundin werde. Klar, bei meinem Aussehen und meinem Talent. Daran hatte ich aber kein Interesse. Manchmal, vor allem wenn er etwas zu viel getrunken hatte, konnte er richtig aufdringlich sein. Am Abend vor seinem Tod hat er mich vom Hochsitz aus angerufen und mich mit seinen Jagdabenteuern zugelabert. Wie mich das anödete."

„Haben Sie eine Vermutung, wer ihn ermordet haben könnte?"

„Keine Ahnung, der war doch ein völlig unscheinbarer Wicht. Wer sollte den schon ermorden? Mit seinem neuen Auto hat er geprahlt. Ein Toyota, wie uncool. Ich werde sicher bald in einer Stretchlimo chauffiert."

„Waren Sie am Freitagabend anwesend, als es zum Streit zwischen Clemens Lämmerhirt und Ewald Hufnagel kam?"

„Ja, ich war dabei. Das war allerdings unheimlich, Herr Kommissar. So wütend habe ich Waldi noch nie erlebt. Es war, als würde man in einen riesigen, prallen Ballon mit einer winzigen Nadel stechen, und dieser Ballon rast, wie von Furien gejagt, an die Decke."

Gerd Förster war beeindruckt von dem treffenden Vergleich. Vielleicht war Gerdi Drummer ja doch nicht so einfältig.

Die Konditoreibesitzerin Manuela Henneberger hatte an diesem Morgen einen Starfriseur in Nürnberg aufgesucht, der in ihr blondes, wallendes Haar goldene Strähnchen gezaubert hatte. Der Schnitt, den Enrico ihr empfohlen hatte, war erst kürzlich in Mailand kreiert worden und mit seiner italienischen Raffinesse Aufsehen erregend.

Sie würde beim Betzenaustanzen heute Abend die beste Figur machen, das stand so sicher fest wie das Amen in der Kirche. Klausi würde vor Stolz auf seine attraktive Lebensgefährtin platzen. In letzter Zeit hatte sie manchmal den Besorgnis erregenden Eindruck gewonnen, dass sein Begehren ein wenig nachließ. Aber sie verfügte über Mittel und Wege, um diesen Zustand zu ändern. Diese Schlaftablette würde sich noch wundern.

Sie verließ das rauchschwarz gekachelte Badezimmer, gehüllt in einen cremefarbenen, seidenen Morgenmantel, und stellte zwei Flaschen Erdbeersekt kalt. Die Kirchweihmädels hatten beschlossen, sich vor ihrem Auftritt auf der Kirchweih bei Manuela zu treffen, sich dort mit gegenseitiger Unterstützung den letzten Schliff zu verpassen und sich mit einem oder zwei Gläschen Erdbeersekt, ihrem definitiv favorisierten Getränk, ein wenig Mut anzutrinken.

Die Konditoreibesitzerin hatte sich gerade das rosafarbene Dirndlkleid über die tief dekolletierte, blütenweiße Spitzenbluse gezogen, als es an der Haustür klingelte. Sie vernahm bereits das fröhliche Lachen und Scherzen ihrer Freundinnen. Schnell schlüpfte sie in die hohen Stöckelschuhe, deren rosa Farbe eine Nuance dunkler war als ihr Dirndl, und eilte voller Vorfreude auf den aufregenden Abend zur Tür.

Die Damen umarmten sich herzlich, sprachen sich Mut zu und stießen mit den Schalen an, in denen der Sekt perlte. Luise Walz sah in ihrem dunkelroten Dirndl hinreißend und feurig aus. Manuela reichte ihr einen passenden blutroten Lippenstift. Die lindgrüne Farbe von Anneliese Schüpferlings Kleid machte sie ein wenig blass. Womöglich konnte diese Blässe auch daher rühren, dass ihr Gatte Konrad ihr beim Verlassen des heimischen Herdes vorgeworfen hatte, sie hätte die moralische Orientierung verloren, weil sie mit einem zwanzig Jahre jüngeren Kirchweihburschen den Betzen austanzen wollte. Auf ihre patzige Entgegnung hin, er würde ja wohl am Peter-Pan-Syndrom leiden und sich irgendwann einmal alleine im Nimmerland wiederfinden – das hatte sie kürzlich in einer Frauenzeitschrift gelesen und nicht ganz verstanden –, war er empört aus dem Haus gestürmt und saß vermutlich bereits bei seiner ersten Maß im Bierzelt.

Manuela verrieb ein wenig Rouge auf ihren Wangen und tröstete sie: „Der eifersüchtige Doldi beruhigt sich schon wieder." Dann entdeckte sie die Schleife an Annelieses Dirndlschürze. „Du musste deine Schleife vorne rechts binden, das bedeutet für die Männerwelt ein klares Signal, dass du vergeben bist. So wie du sie trägst, vorne links verknotet, denken die Kerle, du bist noch zu haben."

„Aber im Dorf weiß doch jeder, dass ich mit meinem Konrad verheiratet bin."

„Anneliese!"

Paulina fehlte. Sie war ein bisschen unorganisiert und kam häufig zu spät. Aber jetzt wurde die Zeit knapp. Sie erreichten sie weder auf ihrem Festnetzanschluss noch ging sie an ihr Handy.

Luise Walz hatte eine Idee: „Wir rufen Klarissa an, sie verwahrt einen Zweitschlüssel für Paulinas Wohnung, weil sie sich häufig aussperrt."

Klarissa sollte in Paulinas Wohnung gehen und nachsehen, ob sie zu Hause war, und ihr ausrichten, dass sie sich sofort hierher bewegen sollte. Wahrscheinlich war sie wieder vor dem Fernseher eingeschlafen, weil sie die halbe Nacht im Internet gesurft hatte.

Klarissa hatte soeben ihre Pflanzen im Hof und im Garten gegossen und an ihnen herumgezupft. Sie fühlte sich wohl in ihrer bequemen, grünen Jogginghose und den ausgetretenen Turnschuhen. Bei dieser ruhigen Beschäftigung fand sie ihr inneres Gleichgewicht und war glücklich.

Ein scheuer großer Wildkater, der seit einigen Tagen abends zum Fressen kam und gierig über die Näpfe von Charlotte und Rüdiger, den beiden Hauskatzen, herfiel, näherte sich wachsam und hungrig. Sein getigertes Fell wirkte ungepflegt und struppig, und aufgrund seines wahrscheinlich fortgeschrittenen Alters konnte er nur weiche Nahrung zu sich nehmen. Klarissa hatte vorgesorgt und im kleinen Supermarkt des Nachbardorfes Seniorenpâte mit Forelle besorgt. Derartige Spezialitäten waren im Dorfladen zwar erhältlich, es herrschte jedoch überwiegend die Ansicht unter der hiesigen Bevölkerung, Katzen sollten Mäuse fressen – basta.

Klarissa versuchte gerade geduldig und mit umschmeichelnder Stimme, das Tier anzulocken, als ihr Mann Gregor ihr den Telefonhörer aus der Küche reichte. Er wusch dort Spinatblätter für ihr gemeinsames Abendessen und mixte als Aperitif Campari mit Grapefruitsaft, einem Schuss Prosecco und zerstoßenem Eis und verzierte die Gläser mit einer Zitronenscheibe.

„Die Betzenaustanztruppe", grinste er. „Anscheinend ist ein Notfall eingetreten."

Klarissa lauschte. Dann holte sie den Schlüssel und rannte los.

Paulinas Wohnung wirkte vollkommen verlassen. Das hellblaue Dirndlkleid für den abendlichen Auftritt hing auf einem Bügel am Kleiderschrank.

Klarissa informierte über ihr Handy die Freundinnen.

Die energische Manuela übernahm das Kommando: „Nimm das Dirndl und komm her. Du musst für Paulina einspringen. Wir können nicht als unvollständige Gruppe antreten, wir würden uns ja bis auf die Knochen blamieren."

„Ich?", fragte Klarissa alarmiert.

„Ja du, wer denn sonst. Und beeile dich. Unser Auftritt beginnt in einer halben Stunde. Keine Angst, ich coache dich. Betzenaustanzen ist im Grunde ganz einfach."

Die Kommissare parkten direkt vor dem alten Forsthaus. Es stand oberhalb der kleinen Ortschaft und wirkte wie ein verwunschenes Relikt aus längst vergangener Zeit. Dunkel erhob es sich auf einer Lichtung, die von dicht stehenden Fichten und wucherndem Gebüsch umgeben war. Es wurde bereits dämmrig und nur eine Lampe über der Haustür erhellte den Vorplatz, dessen Erde von Moos und Grasbüscheln überzogen war. Mächtige Hirschgeweihe zierten in einer Reihe die Vorderfront oberhalb des Erdgeschosses. Prächtige Fensterläden aus hellem Birkenholz, in die kunstvolle Jagdszenen geschnitzt waren, umgaben die zurückgesetzten kleinen Fenster, die jeweils von einem Holzkreuz in vier Quadrate aufgeteilt wurden. Blumenkästen mit königsblauen und violetten Petunien waren darunter angebracht. Der hellblaue Wandputz wirkte neu. Auf dem Hof stand ein schlammverschmierter, schwarzer Geländewagen mit dem Kennzeichen FO–EH 69. Jenseits des Vorplatzes erstreckten sich verschachtelte und in der Dämmerung geheimnisvoll wirkende Nebengebäude.

Ein alter, runder, aus Feldsteinen gemauerter Brunnen mit einem spitzen, verrosteten Dach und einer Seilwinde erweckte Mandys Interesse. Sie las einen Stein vom Boden auf und warf ihn hinein. Es dauerte lange, bis sie das platschende Geräusch vernahm, als der Kiesel die Wasseroberfläche erreicht hatte.

„Unheimlich hier“, murmelte sie und spähte in alle Richtungen, als würde sie damit rechnen, dass sich sogleich eine Bestie auf sie stürzen würde.

Plötzlich erhellte ein Lichtschein eines der Fenster im Erdgeschoss. Gerd Förster betätigte den Klöppel der altmodischen Glocke. Nach einigen Sekunden vernahm er Schritte, die sich gemächlich auf den Eingang zubewegten. Die oben abgerundete Tür wurde geöffnet und ein hochgewachsener, übergewichtiger Mann sah ihm erstaunt ins Gesicht. Er trug einen Bart, aus dem eine runde Himmelfahrtsnase lugte. Kleine, tief liegende Augen fixierten die unangemeldeten Gäste ausdruckslos.

„Was kann ich für Sie tun?“, erkundigte er sich höflich. „Sie kommen außerhalb meiner Sprechzeiten und das günstige Holz ist bereits seit gestern ausverkauft.“

„Kripo Bamberg.“ Der Kommissar zeigte ihm seinen Dienstausweis. „Sind Sie der Revierförster Ewald Hufnagel? Wir möchten mit Ihnen sprechen. Dürfen wir ins Haus kommen?“

„Oh, welch hoher Besuch in meiner bescheidenen Hütte“, erwiderte er ironisch mit seltsam hoher Stimme, die nicht recht zu seiner massigen Gestalt passen wollte. „Nur herein in die gute Stube, ich habe soeben Feuer im Kamin entzündet. Abends wird es doch recht kühl.“

Du wirst dich noch wundern, Bürschla, dachte die Kommissarin aufgebracht und bemerkte in ihrer Verärgerung gar nicht, dass sie auf Fränkisch mit sich selbst gesprochen hatte.

Ewald Hufnagel führte sie durch einen engen, düsteren Flur in ein Zimmer. Als sie an der Garderobe vorbeigingen, entdeckte Mandy einen weiten Mantel, der an einem vergoldeten, geschwungenen Haken hing und aus dessen Falten etwas Silbernes aufblitzte. Rasch und unauffällig zog sie die schweren Schöße des Kleidungsstückes auseinander und erblickte eine Reihe von silberfarbenen Knöpfen mit filigran eingravierten Hirschköpfen. Der unterste in der Reihe fehlte. Die Fäden hingen lose aus dem Stoff.

Der Raum war behaglich eingerichtet. Durch die gelungene Stilmischung aus antiken Möbelstücken und modernen Elementen wirkte er gemütlich. Stehlampen verbreiteten ein angenehmes, sanft gelbes Licht. Feuer loderte im offenen Kamin.

Der Förster lud sie ein, auf dem schwarzen, robusten Ledersofa Platz zu nehmen. Er selbst machte es sich in einem Ohrensessel bequem, der mit karmesinrotem Samt überzogen war.

Ein überbordendes Bücherregal zog sich an der Wand entlang. Gerd Förster erkannte dicke Werke über Geschichte, Philosophie und Astrologie, auch einige Bildbände stapelten sich über den Bücherreihen. Der Hausherr trug eine beige Cordhose und ein braunes Wollhemd. Im Schein der Lampen war eine beginnende Glatze zu erkennen.

Er griff nach einer Flasche Burgunder, die auf dem Tisch stand, und schenkte sich ein bauchiges Rotweinglas halb voll. „Möchten Sie auch ein Glas Wein? Ein erlesenes Tröpfchen, ich lasse mir die Kisten aus Frankreich schicken. Nach Feierabend gönne ich mir immer einen Schluck. Der Beruf des Försters ist keineswegs so geruhsam, wie Sie vielleicht annehmen, manchmal ist es purer Stress. Vor allem die Sitzungen des Naherholungsvereines, von der ich gerade komme, sind unerträglich. Es ist nervenaufreibend, die unterschiedlichen Sichtweisen von Dorfpatriarchen – ich meine die Bürgermeister – unter einen Hut zu bringen."

Die Kommissare lehnten dankend ab. Der Förster steckte sich eine Pfeife an, die er umständlich gestopft hatte, und sogleich erfüllte ein köstlicher Duft nach Bratäpfeln den Raum.

Die Kommissarin war jedoch nicht gekommen, um einen gemütlichen Abend am Kaminfeuer zu verbringen, und legte ungeduldig los: „Herr Hufnagel, wir ermitteln im Fall des ermordeten Jungjägers Clemens Lämmerhirt. Sie hatten einen heftigen Streit mit ihm, am späten Freitagabend in der ‚Grünen Au‘. Worum ging es dabei?“

Sie meinte, ganz kurz das Aufglimmen von kaum beherrschbarem Jähzorn in seinen Augen zu erkennen, dann hatte sich der Eindruck in Luft aufgelöst.

„Eine kleine Kabbelei unter Jägern, völlig irrelevant, ich weiß gar nicht mehr, worum es überhaupt ging.“

Gerd Förster half ihm auf die Sprünge: „Herr Lämmerhirt hat sich über Sie lustig gemacht, weil Sie keine Frau finden.“

Diesmal blieb der Förster ganz gelassen. Er lehnte sich entspannt zurück. „Ich habe wohl etwas überreagiert, aber nicht wegen dieser albernen, jeder Grundlage entbehrenden Äußerung, sondern weil ich grundsätzlich der Meinung bin, dass sich die jungen Leute heutzutage ein bisschen viel gegenüber der älteren Generation herausnehmen. Zu meiner Zeit wäre so eine Grenzüberschreitung undenkbar gewesen.“

„Wo befanden Sie sich in der Nacht von Samstag auf Sonntag in der Zeit zwischen vierundzwanzig Uhr und drei Uhr früh?“

„Hier, zu Hause in meinem Bett.“

„Kann das jemand bezeugen?“

„Nein, ich wohne alleine hier.“

„Haben Sie eine Freundin, eine Lebensgefährtin?“

„Ich bin überzeugter Single. Früher hatte ich eine Freundin. Aber die wollte nur Ausgehen. In die Disco, in teure Bars und Restaurants, in Kunstausstellungen. Das war mir auf die Dauer zu anstrengend. Ich liebe den

Wald, mein schönes Revier und die Ruhe. Vielleicht bin ich inzwischen ein seltsamer Kauz geworden, ein Eigenbrötler. Aber ich bin mir selbst genug. Ich brauche keine Frau."

Er klang sehr überzeugend, dennoch glaubte ihm die Kommissarin kein Wort.

„Kannten Sie Kati Simmerlein?", bohrte sie weiter.

Der Förster überlegte: „Sie meinen die junge Frau aus der Nachbarortschaft, die man tot auf dem alten Wasserrad in Ebermannstadt gefunden hat? Nein, ich kannte sie nicht."

„Sie lag brutal ermordet und festgebunden auf dem Schöpfrad", Mandys Stimme wurde etwas lauter.

Er zuckte mit den Achseln.

Der Kommissar übernahm die weitere Befragung – Mandy musste sich erst beruhigen. „Besitzen Sie eine Blockhütte irgendwo im Wald?"

„Aber nein, ich habe Arbeit genug mit diesem unübersichtlichen, großen Anwesen hier, das können Sie mir glauben."

„Eine alte Frau, Apollonia Vierheilig, wurde ebenfalls vor einigen Tagen ermordet", übernahm die Kommissarin wieder das Gespräch. „Auf der Wiese neben ihrem Haus wurde am darauf folgenden Morgen ein rundlicher, silberner Knopf mit einem Hirschkopf gefunden. Vermissen Sie einen solchen Knopf?"

„Werte Frau Kommissarin, ich habe volles Verständnis für Ihr Misstrauen und für Ihre Fragen, aber ich vermisse überhaupt nichts und ich kann Ihnen bei Ihren zugegebenermaßen schwierigen Ermittlungen auch nicht weiterhelfen, so tief ich das bedaure, das können Sie mir glauben."

In aller Ruhe zog er an seiner Pfeife und nahm einen kräftigen Schluck von seinem Rotwein.

Die Kirchweih fand auf dem Anger inmitten des Dorfes statt. Das rechteckige, geräumige Festzelt, dessen weißblau gestreifte Stoffwände an diesem lauen Septemberabend hochgeschlagen waren, füllte sich stetig. Auf einer Holzbühne gab die gut gelaunte Blaskapelle aus Langensendelbach ihr Bestes und schmetterte in voller Lautstärke ein Kirchweihlied nach dem anderen. Viele Besucher schunkelten und sangen begeistert mit. Einige der Gäste hatten sich bereits an der provisorisch gezimmerten Bar „Mexicana" versammelt und prosteten sich mit Margueritas, dem diesjährigen Kultgetränk, zu. Natürlich mit Salzrand. Man war schließlich weltgewandt. Dralle Bedienungen in feschen Dirndlkleidern rannten geschäftig hin und her und servierten riesige, dampfende Portionen und Kirchweihbier in Maßkrügen. Schäuferle, so groß wie Kinderschuhschachteln, trafen auf hungrige Abnehmer.

Der prächtig geschmückte Kerwabaum, der ganze Stolz der Kirchweihburschen, die ihn am Samstag gefällt und geschickt unter den anfeuernden Rufen der Zuschauermenge und mit vielen Prosits der Gemütlichkeit aufgestellt hatten, ragte über dem Festplatz hoch auf. Nachts wurde er von den Burschen bewacht, da es als enorme Schande galt, wenn dieser von heimlichen, übel gesonnenen Besuchern aus den Nachbargemeinden geschält wurde.

Von der Hüpfburg in Form eines blauen Dinosauriers, dem Kinderkarussell und der Schiffschaukel drang das fröhliche Juchzen der Kinder herüber. Lea-Sophie, die Tochter von Regina und Theo Engeltal, thronte stolz auf einem dicken rosa Schwein, klammerte sich mit ihren kleinen Patschhändchen an dessen Zügel fest und quietschte, dass einem die Ohren schallten. Vor dem Süßigkeiten- und Spielzeugstand hatte sich eine längere Schlange gebildet. An der Schießbude knallten die Schüsse und Plastikrosen wurden stolz an die Liebste weitergereicht. Glückliche Kinder, in der einen Hand ihr Eis und in der anderen achtsam einen lustig sich im Abendwind wiegenden Luftballon, liefen über den Dorfanger.

Die aufgebrezelten Kirchweihmädels erreichten das muntere Treiben auf dem Platz in letzter Minute und wurden von ihren feschen Kirchweihburschen formvollendet empfangen und mit Komplimenten überschüttet. Die eifrigen jungen Männer trugen gestärkte weiße Hemden und schwarze Stoffhosen. Um den Hals hatte sich jeder ein keckes Tüchlein geschlungen. Nur Ferdi wirkte etwas irritiert, weil er außerplanmäßig mit Klarissa, einer Zugezogenen aus der Stadt, tanzen sollte. Vielleicht war die Verwirrung aber auch darauf zurückzuführen, dass er bereits die zweite Maß intus hatte. Und auch bei der nächtlichen, gewissenhaften Bewachung des Kirchweihbaumes hatte er schon unbändigen Durst verspürt.

Mit sichtbarem Unbehagen stand Klarissa, festlich gekleidet in Paulinas hellblauem Dirndl, neben ihrem Tanzpartner und verspürte das unangenehme, heftige Drücken von Manuelas nachtblauen Stöckelschuhen.

An einem Pflock, einige Meter vom Maibaum entfernt, zerrte ein fast ausgewachsener Schafbock, der „Betz“, ungeduldig an seinem Strick.

„Was soll ich denn jetzt machen?“, wollte Klarissa von Manuela wissen.

„Du tanzt zur Musik mit dem Ferdi ein paar Runden immer um den Kirchweihbaum herum, dann gebt ihr den Birkenzweig weiter an das Paar hinter euch. Meine Güte, ich denke, du hast sozialistische Pädagogik studiert, lernt man da nicht, wie man Betzen austanzt? Das Paar, das den Zweig in der Hand hält, wenn der Wecker klingelt, gewinnt den Schafbock, ganz einfach.“

Die Blasmusik setzte ein und die Kirchweihburschen und -mädchen begannen, fröhlich um den Maibaum zu tanzen. Die bunten Röcke der Damen schwangen bei den schnellen Bewegungen und anmutig drehten sie sich unter den erhobenen Armen der Männer hindurch. Der mit bunten Bändern verzierte, weißgrüne Birkenzweig wurde von der hoch konzentrierten Klarissa weiter nach vorn gereicht.

„Nach hinten, Klarissa“, zischte Manuela Henneberger.

Gregor König, der von seinem Platz an einem Biertisch das lustige Treiben aufmerksam und höchst amüsiert verfolgte, machte einige Schnappschüsse, dann widmete er sich wieder seinen Blauen Zipfeln. Das Dirndl mit dem tiefen Ausschnitt stand seiner Gattin ausnehmend gut. Schade, dass sie sich normalerweise strikt weigerte, solche Art von Kleidung zu tragen.

Mit an seinem Tisch kauerte ein wortkarger, schlecht gelaunter Konrad Schüpferling, der abwechselnd düster in seinen fast leeren Bierkrug und dann wieder eifersüchtig zu den tanzenden Paaren starrte. Er murmelte etwas von der Berlusconisierung der Gesellschaft, vom Verfall der Sitten, von Sodom und Gomera und von einem Peter-Pan-Gschmarri. Gregor konnte nicht ganz folgen.

Erbittert erhob sich Konrad abrupt, stieß dabei beinahe den Biertisch um und stapfte Richtung „Mexicana“-Bar. Wenn seine Gattin Anneliese sich zu neuen Ufern aufmachte, nun, da würde er ihr in nichts nachstehen. Er würde jetzt eine von diesen Margueritas mit dem seltsamen Rand am Glas probieren.

Die Tanzpaare flogen weiter gut gelaunt um den Maibaum und die Zuschauer klatschten immer wieder voller Begeisterung. Das Betzenaustanzen war der traditionelle Höhepunkt des Montagabends. Die Blaskapelle begann mit dem nächsten Kirchweihlied und viele Besucher stimmten mit ein:

Blaue (saure) Zipfel

(für etwa 4 Personen je nach Appetit)

10 – 12 echte fränkische Schweinsbratwürste

1 l Wasser

0,4 l trockenen fränkischen Weißwein

0,4 l hellen Weinessig

4 große Zwiebeln

1 Karotte

2 TL Zucker und Salz

4 Lorbeerblätter

10 Pfefferkörner (bunte sehen schöner aus)

10 Wacholderbeeren

2 ganze Nelken

Petersilie zum Garnieren

Alles, außer den Zwiebeln, der Karotte und den Würsten, gut aufkochen. Inzwischen die Zwiebel und die Karotte mit der Brotschneidemaschine in feine, dünne Ringe schneiden. In den kochenden Sud geben und zirka 10 Minuten mitsieden lassen. Vorsicht, immer einmal prüfen, dürfen nicht verkochen.

Sud etwas abkühlen lassen und die Bratwürste einlegen. Ist der Sud zu heiß, dann platzen die Würste. Mindestens 15 Minuten bei kleiner Hitze ziehen lassen, je nach Intensität auch länger.

Im heißen Sud anrichten. Zwiebeln über die Würste geben und mit den Karottenscheiben und Petersilie servieren.

Dazu ein dunkles Holzofenbrot, das es in der „Fränkischen" noch „echt" gibt, Butter und eine „Halbe". Der Tag ist gerettet.

„Am Sondoch kummt mei Res,
der bringt an Sack Bodaggn miet,
dann mach mer griena Glees,
am Sondoch kummt mei Res!"

Und weiter:
s„Am Sondoch kummt mei Fritz,
der bringt uns Zigaretten miet,
die rauch mer mit der Spitz,
am Sondoch kummt mei Fritz!"

Die Verse setzten sich endlos fort – so erschien es zumindest Klarissa. Gerade wollte sie den Birkenzweig an das Paar hinter ihr weitergeben, als das laute, durchdringende Schellen eines Weckers ertönte. Frenetisches Klatschen und Johlen setzten augenblicklich ein. Schrille Pfiffe und lebhafte Stimmen hallten über den Festplatz. „Klarissa und Ferdi haben den Betzen gewonnen, herzlichen Glückwunsch, ihr zwei!" – „Wann findet die Grillparty statt?" Alle riefen wild und übermütig durcheinander.

Ehe Klarissa es sich versah, hatte ihr jemand, von überschwänglichen Glückwünschen begleitet, ein raues Seil in die Hand gedrückt, an dessen anderem Ende ein Schafbock zog und zerrte und sie feindselig anstierte, als wolle er gleich zum Angriff übergehen.

Erschrocken reichte sie den Strick an Ferdi weiter. Dann trank sie erleichtert einen Schluck Bier von der Maß ihres Mannes.

Er lächelte sie an: „Du hast dich tapfer geschlagen und dann noch den Betzen gewonnen. Meinen Glückwunsch, Klarissa. Ich werde ihn am Spieß rösten und dazu Knoblauchbutter servieren. Wir laden alle ein."

Klarissa wischte sich den Schweiß von der Stirn: „Das wäre überstanden. Betzenaustanzen ist nicht wirklich meine Passion." Dann fuhr sie nachdenklich fort: „Hast du Paulina gesehen?"

Gregor schüttelte den Kopf: „Merkwürdig, nicht wahr? Sie hat sich doch so sehr auf den Kirchweihtanz gefreut. Wo steckt sie bloß?"

Klarissa wandte sich mit wachsender Unruhe an Manni, Paulinas Freund, der am Nebentisch saß und offensichtlich zielstrebig an einem gewaltigen Seier – in der hochdeutschen Sprache als Vollrausch bekannt – arbeitete.

Klarissa rüttelte ihn energisch an der Schulter: „Wo ist Paulina?"

Manni sah sie verständnislos mit vernebeltem Blick an. „Wer ist Paulina?"

„Deine Freundin, du Trottel, sie ist verschwunden, machst du dir keine Sorgen?" Klarissa verlor die Geduld.

Manni schwankte leicht, hielt sich am Biertisch fest und nuschelte: „Sie ist nicht mehr meine Freundin. Ein einfacher Fußballspieler ist der Dame nicht fein genug. Sie hat andere Pläne, ließ sie mich wissen, die dumme Hobbergaas. Die kann mich mal kreuzweise. Bedienung, noch einen Birn, aber zackig!" Dann kippte er wie in Zeitlupe nach hinten auf den Festzeltboden und sank augenblicklich in tiefen Schlaf.

Die gefeierten Kirchweihpaare hatten sich um Gregors Tisch versammelt und stießen mit ihren Maßkrügen an.

„Wir waren großartig, sensationell!" Manuela Henneberger strahlte voller Stolz. Insgeheim war sie davon überzeugt, dass selbstverständlich sie die beste und talentierteste Tänzerin gewesen war. Ihr Klausi drückte sie und gab ihr einen Kuss auf den Mund: „Du warst einfach hinreißend, mein Engel."

Klarissa hatte keine Ruhe. Erneut lief sie mit ihren unbequemen Schuhen zu Paulinas Wohnung. Sie war leer. Irgendetwas stimmte hier ganz und gar nicht. Sie musste die Polizei informieren.

Von der Festwiese schlug ihr der Lärm der Kirchweihbesucher entgegen, die fröhlich sangen, schunkelten und sich die köstlichen Speisen und das Bier schmecken ließen. Klarissa blieb in einiger Entfernung von der feiernden Menschenmenge stehen, um ungestört telefonieren zu können. Aufgeregt tippte sie eine Nummer in ihr Handy und erreichte Gerd Förster persönlich.

„Paulina Regenfuß ist verschwunden, Herr Kommissar! Seit Freitagabend hat sie niemand mehr gesehen. Ich mache mir schreckliche Sorgen."

Der Kommissar erinnerte sich sofort an die hübsche junge Frau mit den schulterlangen, blonden Haaren. Ein fürchterlicher Verdacht keimte in ihm auf. „Wissen Sie zufällig, welches Sternzeichen Frau Regenfuß hat?"

Klarissa dachte kurz nach: „Skorpion, glaube ich, ja doch, sie sprach kürzlich von ihrer Geburtstagsparty im November, sie plant ein großes Fest. Paulina wird dreißig Jahre alt."

„Können Sie sich an ihr Geburtsdatum erinnern?"

Klarissa verstand den Sinn der Frage nicht, winkte aber Theo Engeltal herbei, der gerade an ihr vorbeirannte und versuchte, seinen ausgebüxten Sohn David einzufangen, der geschickt Haken schlug wie ein Kaninchen auf der Flucht.

„Das Geburtsdatum von Paulina."

„Erster November achtzig", rief Theo ihr zu und stürmte davon.

Klarissa gab die Information an Gerd Förster weiter.

Er überlegte. Die Quersumme ergab die Zahl elf, nicht sechsundzwanzig. Aber wie hätte der Mörder in so kurzer Zeit ein weiteres Opfer finden können, dessen Geburtsdatum die Quersumme sechsundzwanzig bildete?

Er bedankte sich bei Klarissa und versprach, auf der

Stelle alle nötigen Schritte einzuleiten, um Paulina zu finden, dann beendete er in höchstem Maße alarmiert das Gespräch. Die Frustrationstoleranz des Täters sank möglicherweise rapide. Eine Art innerer Zwang trieb ihn zu immer schnellerem Vorgehen an. Wenn der Psychopath Paulina in seiner Gewalt hatte, schwebte sie in höchster Gefahr.

Die Frau, die sich in der einsam gelegenen Blockhütte befand, hatte ein Stadium höchster Verzweiflung erreicht und verspürte grauenvolle Angst. Sie stand in einer Art weißem Nachthemd zitternd vor dem offenen Kamin und starrte in die dunkelrot und feindselig leuchtende Glut. Sie hatte alles versucht, um aus ihrem Gefängnis zu entkommen. Jetzt war sie völlig erschöpft und regelrecht paralysiert.

Er hatte die dicke, undurchdringliche Holztür von außen fest verschlossen und zusätzlich einen Riegel vorgeschoben. Sie hatte das entsetzliche Geräusch hören können. Die kleinen Fenster waren vergittert, die Fensterläden fest verriegelt. Die zunehmende Dunkelheit im Raum nahm ihr die Luft zum Atmen. Sie fühlte, wie eine weitere, heftige Panikattacke sich näherte wie ein gefährliches Tier. Die Gitter hatten sich bei ihrem verzweifelten Ziehen und Rütteln keinen Millimeter bewegt. Sie waren fest in den Holzrahmen verankert.

Bei dem Versuch, die Tür zwischen sich und der ersehnten Freiheit zu zertrümmern, war einer der beiden einfachen Holzstühle zu Bruch gegangen. Darüber würde er sehr verärgert sein. Er liebte seine Hütte. Aber das war ihr inzwischen völlig einerlei.

Mit zornigen Hieben hatte sie mit dem Schürhaken aus Eisen auf das unnachgiebige, harte Holz eingedroschen, bis ihre nackten Arme schmerzten. Sie schleuderte ihn frustriert gegen ein Regal mit Geschirr und Senfgläsern, die er zum Trinken benutzte. Glas- und Porzellanscherben wirbelten durch den Raum. Eine Scherbe traf sie an der Schläfe und Blut rann über ihre Wangen. Sie nahm es gar nicht wahr. Die winzige Toilette nebenan besaß überhaupt kein Fenster, durch das sie hätte flüchten können.

Er war vor einiger Zeit hier gewesen. Wie lange das her war, wusste sie nicht. Ihr war jegliches Zeitgefühl abhanden gekommen.

Er war bisher so liebevoll und aufmerksam mit ihr umgegangen. Wie ein richtiger Kavalier. Damit war es nun vorbei. Sie schauderte. Grob und unwirsch hatte er sich verhalten und sie mit barschen Worten unbarmherzig aufgefordert, sich in der Toilette am winzig kleinen Becken sorgfältig zu waschen und in dieses schreckliche Nachthemd zu schlüpfen. Als sie sich weigerte, hatte er sie dazu gezwungen, indem er ihr Prügel und Schlimmeres androhte.

Durch die offene Tür hatte er beobachtet, wie sie sich wusch. Sein Gesicht hatte sich dabei zu einer brutalen, hämischen Fratze verzogen. Voller Hoffnung hatte sie die Taktik geändert und sich aufs Bitten und Flehen verlegt. Er solle sie doch einfach nach Hause gehen lassen. Daraufhin hatte er sie angebrüllt, sie solle den Mund halten, sonst würde er sie knebeln. Er hatte in seinem Rucksack gewühlt und eine Flasche Cola und eine Packung Kekse auf das Feldbett geworfen. Danach hatte er die Hütte verlassen und sie eingesperrt. Das hoffnungslose Geräusch des sich entfernenden Gefährts klang ihr noch in den Ohren.

Ansonsten herrschte absolute Stille.

Die Frau kroch mit letzter Kraft auf das Bett, rollte sich in Embryostellung zusammen und weinte sich in einen unruhigen, von Alpträumen durchzogenen Schlaf.

Dienstag, 24. September

Christa und Heini, ein Rentnerehepaar aus Fürth, gingen, einige Meter Abstand voneinander haltend, langsam durch den Wald, die Augen suchend auf den mit bräunlichen Fichtennadeln übersäten Boden gerichtet.

Sie befanden sich in einem herrlichen, großen Mischwald, zwischen den Nadelbäumen wuchsen knorrige Eichen und Ahorn. Bisher waren sie keinem einzigen weiteren Spaziergänger oder Wanderer begegnet. Allein hätte sich Christa gefürchtet, aber Heini war ja in ihrer Nähe.

Beide trugen wadenlange, hellbraune Hirschlederhosen mit verzierten Hosenträgern und leichte, bequeme Wanderschuhe. Christas Bluse war rosaweiß und Heinis Hemd blauweiß kariert. Ihre Strickjanker hatten sie sich um die Hüften gebunden. An diesem Morgen war es noch kühl und feucht im Wald, aber durch das Laufen war ihnen warm geworden.

Außerdem trug Heini einen Rucksack auf dem Rücken, in den Christa zeitig in der Frühe fürsorglich eine Thermoskanne mit heißem, gesüßtem Tee und einige Stücke selbst gebackenen Kuchen verstaut hatte. Später würden sie in eine gemütliche fränkische Wirtschaft einkehren und Brotzeit machen.

Pilzesammler, die es ernst meinten, mussten sich früh am Morgen auf den Weg machen. Das war die beste Zeit.

Jeder der beiden Rentner trug einen geflochtenen Korb in der Hand, in dem ein scharfes Messerchen lag. Ab und zu bückte sich einer und fügte zufrieden und stolz einen neuen Pilz zu den anderen in den Korb. Sie schnitten die gefundenen Pilze sorgfältig ab, um ihr Geflecht im Boden nicht zu zerstören. Nur kleinere, feste Waldfrüchte wählten sie aus – die schmeckten am besten.

Der riesige Wald bei Großenohe war ein Geheimtipp. Sie hatten bereits eine stattliche Ansammlung an Steinpilzen, Maronen, Birkenpilzen und Sandschiebern in ihren Körben liegen. Christa würde heute Abend gemischte saure Pilze mit reichlich klein gehackter Petersilie und Kartoffelbrei zubereiten, ein Festmahl.

Durch die andächtige Stille des Waldes, die nur von lieblichem Vogelgezwitscher und das in schneller Folge ertönende Gehämmer eines Spechtes unterbrochen wurde, rief Heini seiner Gattin zu: „Pass auf, dass du keinen Gallenröhrling erwischt, die sehen den Steinpilzen zum Verwechseln ähnlich."

Er blickte einem Vogel hinterher, dessen Gefieder unauffällig olivgrün gefärbt war. Handelte es sich vielleicht um ein Fichtenkreuzschnabelweibchen? Heini war begeistert.

Christa schnaubte entrüstet. Als ob sie nicht genau wüsste, wie ein Steinpilz aussah! Schon als Kind hatte sie leidenschaftlich gerne Pilze gesammelt. Sie kannte sich aus. Außerdem verspürte sie aufkommenden Hunger. Den leckeren Kuchen hatten sie schon vor mindestens zwei Stunden, einträchtig auf einem umgestürzten Baumstamm sitzend, verspeist.

Kurz darauf machten sie sich überaus zufrieden mit ihrer erfolgreichen Pilzernte auf den Weg zurück nach Großenohe, wo sie ihren Wagen geparkt hatten. In einer alten, umgebauten Mühle an einem glucksenden Bach gab es eine Gaststätte, die unter den Fränkische-Schweiz-Touristen einen hervorragenden Ruf genoss und gerne als Ausflugsziel angesteuert wurde.

Sie näherten sich dem Wirtshaus mit seiner hohen, breiten Hauswand aus Sandsteinen, an der das Mühlrad an einer mächtigen Holzkonstruktion aufgehängt war. Sehr lange schon stand es still. Es war von Flechten und Moos dicht überwuchert und das Holz wirkte morsch.

Christa stellte sich vor, wie es sich in früheren Zeiten behäbig und kraftvoll gedreht und das Korn gemahlen hatte. Dichte Schwarzdornsträucher, die schon seit Mai verblüht waren und nach den frühen ersten Frösten schwarzblaue, herb schmeckende Schlehen trugen, überwucherten den Boden neben der Mühle. Auf der anderen Seite lud eine von Rosskastanien umgebene Terrasse ein, in der warmen Herbstsonne zu sitzen.

Christa und Heini ließen sich voller Vorfreude auf ihren bevorstehenden Imbiss nieder. Die aufmerksame Bedienung brachte die Karte, und die beiden entschieden sich für die Brotzeitplatte für zwei Personen mit Bauernschinken, Hausmacher Wurst, Limburger Käse und eingelegten Gurken. Dazu bestellte Heini zwei Radler. Nach ihrem köstlichen Mahl tranken sie noch einen Kaffee und genossen die Sonnenstrahlen. Heini griff nach der Tageszeitung, die zusammengefaltet und verwaist auf dem Nebentisch lag.

„Das ist doch die Zeitung von gestern", klärte seine Ehefrau ihn auf. Sie mochte es nicht, wenn er in der Wirtschaft las und ihre Anwesenheit dabei vergaß. Sie wollte sich lieber unterhalten.

„Die von gestern habe ich auch noch nicht gelesen", erwiderte Heini unsensibel und begann, die Seiten umzublättern.

Christa schmollte.

Plötzlich stutzte er: „Schau doch mal, Christa, dieses Foto in der Zeitung. Das Blockhaus darauf sieht genauso aus wie das, an dem wir vorhin vorbeigewandert sind."

Christa warf einen kurzen Blick auf die grobkörnige Abbildung. „Ich weiß nicht, es gibt vielleicht eine gewisse Ähnlichkeit. Aber diese Holzhütten sehen doch irgendwie alle gleich aus."

Ihr Gatte ärgerte sich über ihr Desinteresse. „Es geht um eine Mordermittlung."

Jetzt war ihm die volle Aufmerksamkeit seiner besseren Hälfte sicher. „Zeig mal her!“ Die Rentnerin setzte ihre Lesebrille auf und studierte nun das Bild ganz genau.

„Ich glaube, du hast recht. Sieh doch, dieser seltsam gewachsene Busch mit den schlangenförmigen Ästen. Wie ein Medusenkopf. Der ist mir gleich aufgefallen. Und die grünen Fensterläden.“

Heini fuhr aufgeregt fort: „Die blaue Tonne unterhalb der Regenrinne. Und da, dieses geschwungene Gebilde, das in seiner Fortsetzung auf dem Foto abgeschnitten ist, dabei handelt es sich um den Gockelhahn aus gebranntem Ton auf dem Kamin. Ich dachte mir noch, so eine Zierde auf unserem gemauerten Grill zu Hause wäre doch eine gute Idee.“

Aufgewühlt sahen sie sich an. Ihren Kaffee hatten sie völlig vergessen. Christas rosige Wangen nahmen eine wächserne Blässe an. „Sind wir beide womöglich am einsamen Holzhaus eines Mörders vorbeigelaufen? Der Killer hätte uns überwältigen und meucheln können. Wir sind zufällige Augenzeugen, verstehst du? Wir haben sein Versteck entdeckt.“

Heini nahm seinen ganzen Mut zusammen – als Mann musste er schließlich einen kühlen Kopf bewahren – und griff entschlossen nach seinem leicht bedienbaren Seniorenhandy.

Die Kommissare saßen zusammen im Besprechungszimmer des Bamberger Polizeipräsidiums und legten ihr weiteres Vorgehen fest. Der Druck auf das Ermittlerteam nahm weiter zu.

Die Presse spielte verrückt. Irgendjemand hatte ihnen gesteckt, dass Paulina Regenfuß seit Freitagabend unauffindbar war. Eine große Boulevardzeitung hatte auf der ersten Seite in großen Lettern behauptet, die junge blonde Frau befände sich in den Händen eines Psychopathen, der in Serie seine hilflosen Opfer grausam ermordete. Und die Frage war aufgeworfen worden, ob die örtliche Polizei über die für die Ermittlung erforderliche Kompetenz verfügte.

Manni, der Freund von Paulina, lief beinahe Amok und hatte bereits versucht, die Behörde zu stürmen.

Sie hatten gestern Abend noch die ordentlich aufgeräumte Wohnung der verschwundenen Frau akribisch durchsucht und keinerlei Hinweise auf ihren Verbleib oder auf eine Person, die Kontakt mit ihr aufgenommen haben könnte, gefunden. Ihr Computer wurde noch immer von Technikspezialisten untersucht.

Ein Foto Paulinas war veröffentlicht und an alle Polizeistationen weitergeleitet worden. Nun wurde die junge Frau deutschlandweit gesucht.

„Bingo!" Ein Techniker mit verwuscheltem Haarschopf stürmte in den Raum. Er trug eine verwaschene Jeans und ein farblich undefinierbares, schlabberiges T-Shirt. Diese PC-Spezialisten lebten in ihrer eigenen Welt.

„Wir haben auf dem PC von Frau Regenfuß einen Ordner gefunden, in dem eine Kontaktanzeige abgespeichert ist. Kommt mit, das müsst ihr euch anschauen."

Er präsentierte den Kommissaren die Datei. Sie trug den Namen „Bärlibärchen", und um den Text waren sich bewegende Cliparts gesetzt. Mandy konnte es nicht fassen. Überall zappelten kleine, rosa leuchtende Herzen über den hellen Bildschirm: vor Freude hüpfende Herzen, vor Liebesglück pochende Herzen, ausgelassen tanzende Herzen, fliegende Herzen, einen Kussmund formende Herzen, Herzen mit dünnen Armen, die liebevoll einen imaginären Partner an sich drückten.

Die Kommissarin sank auf einen Stuhl und verhedderte sich mit ihrem langen, weiten Rock. Die unbedarfte, naive Verliebtheit der verschwundenen Frau sprang einen direkt an.

Zwischen den vielen Herzchen war folgender Text zu lesen:

„Gutsituierter Fische-Mann sucht junge, attraktive, blonde Skorpion-Frau für eine gemeinsame zauberhafte Zukunft.

Melde Dich bei mir, meine Prinzessin, Du wirst es nicht bereuen.

Was kostete die Welt, ich kaufe sie Dir, und die Sterne hole ich Dir vom Nachthimmel.

Wir werden Deine Träume gemeinsam erfüllen."

Mandy fühlte eine gewisse Übelkeit in sich aufsteigen.

Gerd Förster fasste sich als Erster wieder: „Gibt es Hinweise auf einen Verfasser oder auf das Blockhaus?"

„Wir suchen weiter, Gerd", versprach der zerzauste Techniker. „Mit Hochdruck."

Das Telefon auf dem Besprechungstisch klingelte. Alle fuhren zusammen. Der Kommissar lauschte angespannt.

Mandy spürte mit absoluter Sicherheit, dass sich soeben etwas Entscheidendes ereignete.

„Ich glaube, wir haben die Hütte", informierte er seine Kollegen, während ein Adrenalinschub durch seinen Körper rauschte. „Ich bin mir sicher, es ist die richtige, los geht's, Großalarm."

Der Rentner hatte Gerd Förster am Telefon in höchster Aufregung zu erklären versucht, wo sich das Blockhaus ungefähr befand. Von Großenohe aus existierte jedoch seines Wissens kein Zufahrtsweg.

Wenn man aber von Gräfenberg aus durch Kemmathen fuhr, führte einige hundert Meter nach der Ortschaft ein unauffälliger, überwucherter Feldweg in den Wald. Diesem Pfad müsse man folgen. Ein Kartelbruder, der gerne wanderte, hätte vor einiger Zeit davon erzählt.

Die Kommissare, die sich vorsichtshalber ohne Blaulicht und Sirene, aber unter konsequenter Überschreitung sämtlicher Geschwindigkeitsbeschränkungen aus der entgegengesetzten Richtung dem beschaulichen Dorf näherten, hielten Ausschau nach dem beschriebenen Weg. Ein Spezialeinsatzkommando folgte ihnen so gut es ging bei dem Tempo, das Gerd Förster vorlegte. Polizeifahrzeuge und Rettungswagen bildeten das Schlusslicht. Sie hatten beschlossen, vorläufig auf den Einsatz von Suchhubschraubern zu verzichten, um den Täter nicht aufzuscheuchen und zu panischen Handlungen anzutreiben und um das Opfer nicht zusätzlich zu gefährden.

Das zuständige Bauamt und das Forstamt suchten fieberhaft nach Häusern in dem sich weit erstreckenden Waldgebiet und gaben ihre Ergebnisse permanent durch. Es existierten jedoch etliche Unterkünfte und manche davon waren gar nicht erfasst. Sie waren einfach ohne Genehmigung und amtliche Registrierung irgendwann in den Wald gebaut worden.

Gerd Förster befürchtete, dass sie genau nach so einer Behausung suchten. Möglicherweise war es eine Suche nach der berühmten Nadel im Heuhaufen.

Das Rentnerehepaar Christa und Heini hatte bei der exakten Beschreibung der Lage der Hütte auch nicht weiterhelfen können. Sie waren beim Pilzesuchen kreuz und quer durch den Wald gelaufen und hatten nur eine vage Vorstellung von ihrem Standort gehabt, sodass sie der Polizei den Weg nicht weisen konnten.

Christa meinte sich zu erinnern, dass ein Bachlauf an dem Häuschen vorbeiführte. Die Idee, dem Gewässer von der Großenoher Mühle aus durch das Gebüsch zu folgen, hatten die Kommissare jedoch schnell wieder verworfen. Christa war sich bezüglich des Flüssleins nicht sicher, es konnte sich also um einen anderen Bach handeln, der sie in die Irre führen würde, und der Marsch durch das Unterholz würde zu viel Zeit in Anspruch nehmen. Und die hatten sie nicht.

Sollten sie dennoch Glück haben und fündig werden, wollten sie ein Stück entfernt von der Blockhütte parken, sich dann unauffällig nähern und die Lage sondieren. Wenn der Kommissar über die Funkgeräte den Einsatzbefehl gab, würden sie zuschlagen. Das Kennwort lautete „Medusa".

Die strahlende Helligkeit der warmen Mittagssonne nahm mit erstaunlicher Geschwindigkeit ab. Eine schwarze, in der Ferne grollende Gewitterfront türmte sich am gleißenden Horizont auf und näherte sich bedrohlich schnell. Als sie drei schmale Feldwege entdeckten, klatschten die ersten schweren Tropfen gegen die Windschutzscheibe. Die Wipfel der Birken entlang der Landstraße wiegten sich immer heftiger im aufkommenden Wind.

Ein Weg wand sich durch bereits umgepflügte Äcker gegen Nordwesten, der zweite Pfad schlängelte sich direkt in Richtung Westen und verschwand in einem dichten Wald und die dritte Fuhre verlief südlich an einem Fußballfeld vorbei und verlor sich zwischen anscheinend undurchdringlichen, dunkelgrünen Hecken.

Die Kommissare blickten sich ratlos an. Sie konnten unmöglich jedem der drei Feldwege folgen, dabei würden sie viel zu viel Zeit verlieren. Jede Minute zählte, es deutete viel darauf hin, dass sich ein Menschenleben jetzt im Augenblick in Gefahr befand.

Die Umgebung hüllte sich immer mehr in Dunkelheit, Donner rollten heran und die ersten Blitze zuckten über den Himmel, der inzwischen die Farbe einer dunkelgraugrünen Hexensuppe angenommen hatte. Kein Mensch war unterwegs, den sie hätten fragen können. Die Dorfbewohner suchten vor dem drohenden Unwetter sicherlich Schutz in ihren Häusern.

Mandy Bergmann dachte angestrengt nach. Sie zwang sich dazu, sich zu konzentrieren und ihre überbordende Sorge um Paulina Regenfuß zurückzudrängen. Die würde ihr jetzt nicht helfen. Wenn man von ihrem Standpunkt aus eine imaginäre Linie zum Ort Großenohe zog, würde sich der nach Westen verlaufende Pfad anbieten. Aber auch die beiden anderen Wege konnten Haken schlagen und an ihr Ziel führen. Sie mussten eine Entscheidung fällen, und zwar jetzt.

Plötzlich nahm sie einige Meter von ihrem Dienstwagen entfernt am Straßenrain eine Bewegung wahr. Sie spähte angestrengt durch den immer dichter fallenden Regen.

Eine alte Frau näherte sich gebückt und bedächtig ausschreitend. Auf ihrem krummen Rücken trug sie einen Weidenkorb.

Mandy kurbelte hoffnungsvoll die Fensterscheibe herunter. Dicke Regentropfen verbreiteten kalte Nässe auf ihrem Gesicht. „Entschuldigen Sie bitte, können Sie uns weiterhelfen? Kripo Bamberg, wir suchen eine Hütte im Wald zwischen Kemmathen und Großenohe, einsam gelegen."

Die Alte näherte sich unerschrocken. Sie trug eine oberfränkische Tracht, der Stoff des Überkleides war glänzend schwarz und mit winzigen, bunten Blumen übersät. Zwischen zweireihigen Knöpfen baumelten Silberkettchen. Ihre festen Schuhe und die weißen Strümpfe waren bereits durchnässt vom Regen.

„Sie fahren ja gar kein Polizeiauto?"

Die Kommissarin erklärte geduldig: „Das ist ein

Zivilfahrzeug, wir ermitteln in einem Mordfall, eine junge Frau könnte in schrecklicher Gefahr sein."

„Das kann ich mir sehr gut vorstellen", erwiderte das greise Mütterlein wundersam unaufgeregt. „In der Hütte, die ihr sucht, wohnt hin und wieder der Teufel, müsst ihr wissen, und ihr solltet euch beeilen. Vor ein paar Minuten ist er mit seinem großen Wagen hier vorbeigefahren. Und nehmt euch in Acht vor dem Gewitter. Es wird noch viel schlimmer werden. Ein wütender, ungehemmter Sturm wird erbarmungslos über das Land ziehen. Aber euch wird der Herr beschützen. Es ist der nach Süden führende Weg."

Sie wanderte weiter. Grelle, hellgelbe Blitze fuhren im Zickzack um die Gestalt in den vom Regen aufgeweichten Erdboden, aber ihr geschah nichts. Mandy sah sie noch im Nebel verschwinden, während Gerd Förster das Gaspedal durchtrat.

Schon bald war er gezwungen, die Geschwindigkeit wieder zu reduzieren. Der Wagen holperte über den Weg, der immer schmaler wurde. Vom Wind gerüttelte Zweige hingen über dem Weg und schlugen gegen die Karosserie. Abgerissene Blätter klebten an der Windschutzscheibe.

Der Kommissar hatte darauf verzichtet, die Scheinwerfer einzuschalten, und fuhr mit Standlicht, um nicht die Aufmerksamkeit der verfolgten Person auf sich zu ziehen. Dadurch war seine Sicht jedoch erheblich eingeschränkt. Die Scheibenwischer bewegten sich auf höchster Stufe hektisch hin und her und waren dennoch kaum in der Lage, der herabstürzenden Regenmassen Herr zu werden.

Gerd Förster saß leicht nach vorn gebeugt auf dem Fahrersitz, blickte konzentriert auf den Weg, der sich schemenhaft vor ihm erstreckte, und umfuhr umsichtig Schlaglöcher und Gesteinsbrocken.

Seine Kollegin konnte sich vor Ungeduld kaum noch auf ihrem Sitz halten. „Schneller, Gerd!" Und dann: „Diese merkwürdige alte Frau vorhin wirkte auf mich wie eine Hexe."

„Das war eine Hexe, Mandy."

Sie verzichtete ausnahmsweise auf eine Diskussion mit ihm. Sie wollte seine Konzentration bei der Fahrt durch das tobende Unwetter nicht stören. Dann fiel ihr etwas ein: „Wo steckt eigentlich Sieglinde?"

Entschlossen drückte sie eine Taste auf ihrem Handy, das in einer Halterung am Armaturenbrett steckte. Die Polizistin meldete sich sofort.

„Sieglinde, wo treibst du dich denn herum, wir brauchen dich bei diesem Einsatz."

„Tut mir leid, Mandy, ich mache mich sofort auf den Weg. Wo seid ihr?" Ihr schlechtes Gewissen war nicht zu überhören.

„Was ist denn los mit dir?", fragte die Kommissarin.

„Das erzähle ich euch bei einem Feierabendbier, Mandy, der Liebesapfel hat gewirkt."

„Wie bitte?"

„Ach nichts, ich komme jetzt."

„Was hat sie denn gesagt?", wollte Gerd Förster wissen.

„Sie macht sich augenblicklich auf den Weg. Und dass der Liebesapfel gewirkt hat."

„Was?"

Der Kommissar musste das Tempo weiter drosseln. Dieser Waldweg schien ihm mehr für einen Jeep oder einen Traktor geeignet.

Auf einmal riss Mandy entschlossen die Beifahrertür auf. „Ich laufe, diese Fahrerei im Schneckentempo dauert mir zu lange, das macht mich ganz nervös, jede Sekunde zählt." Sie sprang aus dem fahrenden Auto.

„Du bleibst hier, Mandy!" Ihr Kollege war jetzt wirklich verärgert, was bei ihm äußerst selten vorkam. „Du kennst die Dienstvorschriften, außerdem ist es viel zu gefährlich. Unser Spezialteam wird die Hütte stürmen, dafür sind sie geschult."

Mandy hörte gar nicht hin. Sie knallte die Beifahrertür zu und sprintete los. Schon nach wenigen Metern hatten der prasselnde Regen und die neblige Düsternis des Waldes sie verschluckt.

„Verdammt noch mal!" Der Kommissar kochte vor Wut und versuchte, etwas schneller vorwärtszukommen.

Mandy folgte unterdessen dem Weg und sprang über Steine und sich ausbreitende Schlammpfützen. Innerhalb von wenigen Sekunden war sie komplett durchnässt. Regenwasser rann über ihr Gesicht und in ihre Augen. Immer wieder wischte sie sich mit den Händen die Sicht frei. Ihr langer Rock hatte sich um ihre Beine gewickelt und klebte daran fest. Er hinderte sie bei ihrem schnellen Lauf. Rasch zog sie ihn herunter und warf ihn auf die Erde. Nur noch mit einem Bikinihöschen und einem Pullover bekleidet, rannte sie weiter. Zum Glück hatte sie heute Morgen flache Ballerinas gewählt. Ihre Laufschuhe wären ihr jetzt zwar lieber gewesen, aber so musste es auch gehen.

Plötzlich lichtete sich der Wald, und auf einer Schonung mit noch jungen, zart gewachsenen Fichten erhob sich eine Blockhütte. Erbarmungslose Windstöße fegten um sie herum und rüttelten an den Bäumen und Büschen, die sie umgaben. Regenschauer peitschten auf das Dach und vom durchnässten Waldboden erhoben sich Nebelschwaden, sodass die ganze Szenerie unwirklich und verschwommen wirkte.

Die Waldhütte machte einen verlassenen Eindruck. Sie war identisch mit der Behausung auf dem Foto. Mandy war sich absolut sicher. Vorsichtig schlich sie im Schutz der tropfenden Bäume näher und entdeckte auf der linken Seite des Holzhauses einen schwarzen, schweren Geländewagen. Sie pirschte näher und spähte in das Fahrzeug. Niemand befand sich darin. Der Besitzer des Jeeps hielt sich wahrscheinlich in der Holzhütte auf. Das Kennzeichen des Wagens lautete FO–EH 69 – die Nummer kam Mandy bekannt vor. Dann fiel es ihr ein. Sie wurde blass.

Geduckt schlich sie langsam um das Haus, bis sie sich auf dessen Rückseite befand. Die grünen Fensterläden waren verriegelt. Sie musste auf der Stelle wissen, was im Inneren vor sich ging und ob sich eine weitere Person in der Hütte befand.

Vorsichtig zog sie an dem Eisenriegel, der sich widerstandslos und ohne jedes Geräusch zurückschieben ließ. Er wurde wohl regelmäßig geölt.

Sie zog ihre Dienstpistole aus dem Halfter und entsicherte sie. Ihre klammen Finger umfassten die untere, raue Kante des Fensterladens. Sie öffnete ihn ohne Hast Zentimeter um Zentimeter, bis sie einen Blick in den Raum werfen konnte. Der Anblick, der sich ihr bot, ließ ihren Atem stocken.

In dem dämmrigen Zimmer, das nur durch den flackernden Feuerschein eines offenen Kamins erhellt wurde, stand eine Frau mit leicht gesenktem Kopf und starrte in die hochzüngelnden Flammen. Die hellen, glatten Haare fielen offen auf ihre Schultern. Mandy sah sie im Halbprofil und konnte in dem fahlen Licht nicht erkennen, wer sie war. Sie trug ein ärmelloses, weißes Nachthemd, das fast bis zu ihren nackten Knöcheln reichte. Dicht hinter ihr erhob sich die Gestalt eines dicken Mannes, der sie um zwei Köpfe überragte. Er trug einen langen, dunklen Mantel. Sein Gesicht war durch die im Raum umhertanzenden Schatten nicht zu erkennen.

Auf einmal hob die Frau den Kopf und bot ihren bloßen Hals dar. Der gelbe Schein des Feuers ließ ihre Haut in einem alabasterfarbenen Glanz schimmern. Der Mann hob nun ohne Eile beide Arme, dann, blitzschnell, streckte er sie nach vorne, den Kopf der Frau dazwischen, ließ sie ein Stück nach unten sinken und kreuzte sie. In dem bizarren Dämmerlicht schien es, als ob er seine Flügel ausbreitete wie ein großer, schwarzer Vogel. Das Bild wirkte unheimlich und verstörend. Durch die Frau ging ein Ruck und sie taumelte.

Jetzt wusste die Kommissarin, was bei der Bewegung des Mannes kurz silbrig aufgeblitzt hatte. Eine Schlinge. Eine dünne, tödliche Wildererschlinge. Kaum wahrzunehmen bei dieser Beleuchtung.

Sie trommelte mit ihren geballten Fäusten mit aller Kraft gegen die Fensterscheibe. „Aufhören, sofort aufhören!“, brüllte sie. „Polizei!“

Der Mann erschrak und ließ die Enden der Schlinge los. Das perfide Mordwerkzeug fiel auf den Boden. Die Frau sank in sich zusammen.

Mandy griff nach einem Stein, den sie vor ihren Füßen entdeckte, und zertrümmerte mit voller Wucht das Glas, dessen winzige Scherben in alle Richtungen durch die Luft flogen. Ihr Handgelenk begann stark zu bluten.

Der Mann stürzte aus der Tür. Kurz darauf wurde ein Motor gestartet.

Mandy rannte um das Haus zum Geländewagen, von dem sie nur noch die Schlussleuchten im Nebel verschwinden sah. Sie lief eilig in die Hütte und kniete neben der zusammengekrümmten Frau nieder, deren glasiger, starrer Blick ins Nichts gerichtet war. Mandy begann unkontrolliert zu zittern. Sie war doch nicht tot, oder? Hatte sie zu spät reagiert? Sie fühlte den Puls der Frau und unendliche Erleichterung überkam sie. Er schlug schwach und regelmäßig. Dann konnte sie auch den flachen Atem vernehmen. Das Opfer stand unter Schock. Wo blieb nur der Notarzt? Und die anderen Kollegen? Leise und tröstend sprach sie auf die Frau ein und tastete nach ihrem Handy. Blut rann aus einer klaffenden Wunde von ihrem Handgelenk auf die Dielenbretter.

Dann geschah alles gleichzeitig. Bewaffnete Kollegen mit schwarzen Sturmhauben stürmten in den Raum, während ein anderer das Fenster eintrat und hereinhechtete.

„Er ist geflüchtet!“, rief Mandy.

Gerd Förster, der Notarzt, Sanitäter vom ASB und Polizisten drängten in den Raum.

„Wir müssen eine Großfahndung auslösen! Wenn ihr ihm nicht begegnet seid, muss es noch einen zweiten Weg geben“, rief Mandy.

„Hast du erkennen können, wer der Mann war, Mandy?“, fragte der Kommissar.

Die Frau auf dem Boden löste sich ein wenig aus ihrer Starre und hauchte: „Es ist der Waldi, der Förster Ewald Hufnagel, er wollte mich umbringen.“

Paulina Regenfuß begann, erbärmlich zu schluchzen.

Ein Polizeihubschrauber hatte den flüchtenden Förster Ewald Hufnagel hinter Bad Berneck auf einer dicht befahrenen Straße, die durch das Fichtelgebirge führte, aufgespürt. Die Polizisten vermuteten, dass er sich ins nahe Tschechien absetzen wollte.

Die eilig eingerichtete Straßensperre auf der B 303 kurz vor Tröstau zwang den Flüchtenden zum Anhalten. Er griff hastig nach seinem auf dem Beifahrersitz liegenden Zimmerstutzen, entschlossen, sich den Weg freizuschießen. Noch bevor er seine Waffe anlegen konnte, zertrümmerte ein Spezialteam der Polizei Fahrer- und Beifahrerfenster und mehrere Maschinenpistolen richteten sich auf ihn. Er wusste, dass er verloren hatte. Daraufhin ließ er sich widerstandslos festnehmen.

Jetzt saß er im Verhörraum im Bamberger Polizeipräsidium an einem quadratischen Resopaltisch und starrte teilnahmslos vor sich hin. Sein sonst so gepflegter Bart stand in verfilzten Büscheln vom Gesicht ab. Sein Cape mit den silbernen Knöpfen, in die Hirschköpfe eingraviert waren, hatte er abgelegt. Ein Knopf fehlte nach wie vor. Das angebotene Glas Wasser hatte er mit einem Kopfschütteln abgelehnt. Er hatte bisher noch kein Wort gesprochen.

Hinter der verspiegelten Wand, durch die man die Szene gut beobachten konnte, stand neben dem Gerichtsmediziner Karl-Heinz von Hohenfels der Polizeipräsident mit vor Stolz geschwellter Brust. Sein kompetentes Team hatte den Killer geschnappt. Ob er auch für die Morde an der alten Frau und dem rothaarigen Jäger verantwortlich war, würde sich in Kürze herausstellen. Was für eine großartige Presse würde das für seine Behörde bedeuten. Die Pressekonferenz war bereits angekündigt worden. Eine Sternstunde für die Bamberger Kripo. Mandy Bergmann hatte dem Förster direkt gegenüber Platz genommen, der Kommissar saß neben ihr. Die Polizistin Sieglinde Silberhorn belegte den Stuhl an der Wand hinter Ewald Hufnagel, die Dienstpistole griffbereit, falls er Schwierigkeiten machen sollte.

Nur kurz schweiften ihre Gedanken ab zu ihrer schicksalhaften Begegnung mit dem fabelhaften Eberhard. Bereits heute Morgen hatte er sich telefonisch fürsorglich nach ihrem Befinden erkundigt. Kurz darauf war ein Bote vor der Tür gestanden und hatte einen Strauß bunter Astern für sie abgegeben. Für den kommenden Sonntag hatte Eberhard Sieglinde auf seinen Bauernhof eingeladen. Er wollte ihr sein Anwesen und sein Land zeigen – seinen Stolz darauf hatte er kaum verbergen können. Anschließend waren sie bei seiner Mutter zum Kaffeetrinken eingeladen. Entzückt überlegte Sieglinde, ob sie dieses Verhalten als Werben um ihre weibliche Gunst interpretieren sollte. Dann konzentrierte sie sich wieder voll auf ihre wichtige Aufgabe.

Ewald Hufnagel machte keine Schwierigkeiten. Nachdem die Kommissarin ihn sachlich gefragt hatte, warum er die Frauen getötet hatte, redete er wie ein Wasserfall. Es schien fast so, als ob er seine Geschichte endlich loswerden wollte.

Mit Hilfe des Internets hatte er nach einer Frau gesucht, einer Partnerin und Geliebten. Er hatte es satt, allein zu leben, die Einsamkeit quälte ihn entsetzlich. Er sehnte sich nach einer Begleiterin und nach einem erfüllten Sexleben ebenfalls. Schließlich befand er sich im besten Mannesalter. Auch hegte er den Wunsch nach Kindern. Mit den besten, ehrenhaftesten Absichten hatte er sich auf die Suche gemacht. Aber die Frauen, die er kennengelernt hatte, hatten ihn betrogen und hintergangen. Sie stellten sich als scheinheilige, verlogene Schlangen heraus, die für ihre Untreue bestraft und öffentlich zur Schau gestellt werden mussten. Sie hatten es nicht besser verdient.

Sieglinde spürte, wie sich ein eisiges Grauen in ihrem Körper ausbreitete. Ewald Hufnagel war ein Psychopath, ein eiskalter Killer, der nur seine Vorstellungen vom Leben akzeptierte und keinerlei Empathie oder Mitleid für seine Opfer empfand.

Bei den ersten Kontakten erzählten sie offen und treuherzig von ihrem Leben. Es war erstaunlich simpel, ihre Adressen und Arbeitsstätten in Erfahrung zu bringen. Also beobachtete er sie heimlich, um ihre Treueschwüre zu überprüfen. Es sollte eine Gefährtin mit dem Sternzeichen Skorpion sein. Er hatte gelesen, dass zu ihm als Fisch eine Skorpionfrau das perfekte Pendant sei. Auch die Kriterien jung und blond waren ihm wichtig. Außerdem das Geburtsdatum. Dessen Zahlen sollten die Quersumme 26 ergeben. Durch zwei geteilt, ein ideales Paar und die Vollkommenheit symbolisierend, erhielt man die göttliche Zahl dreizehn. Jesus mit seinen Jüngern, versammelt um den Abendmahltisch. Nur bei Paulina Regenfuß konnte er auf dieses Detail keine Rücksicht mehr nehmen, ihm fehlte die Zeit. Er wollte endlich ein Weib. So drückte er sich aus.

Die attraktive, unternehmungslustige Melanie Fleischmann war eines Abends, als er sie beschattete, mit einem Gesellen aus der Bäckerei, in der sie arbeitete, um die Häuser gezogen. Spät nachts landeten die beiden in einer Nürnberger Disco. Melanie Fleischmann trank mehr Alkohol, als sie vertrug, tanzte wild und ausgelassen und begann, heftig mit dem Bäckergesellen zu flirten. Vor ihrem Haus, noch im Taxi, küssten sie sich leidenschaftlich und sie nahm ihren Kollegen mit in ihre Wohnung. Das war ihr Todesurteil.

Dem schönen Engel Linda Roßmeisl folgte er an einem lauen Abend im Juni. Sie traf sich mit einem jungen Mann zum gemeinsamen Abendessen in einem Erlanger Nobelrestaurant. Beim Abschied küsste und streichelte sie ihn liebevoll. Das wurde ihr zum Verhängnis. Dass es sich bei dem Mann um den Zwillingsbruder des Opfers gehandelt hatte, sollte Sieglinde Silberhorn bei den abschließenden Recherchen herausfinden.

Die hinreißende Kati Simmerlein konnte er der Untreue überführen, als er sich am Freitag vor ihrem gemeinsamen Wochenende gegenüber dem Obsthof, wo sie arbeitete, hinter einem Gebüsch versteckte. Sie reichte einem Mann, dessen Beschreibung exakt auf Peter Kränzlein zutraf, erst freundlich die Hand, dann drückte sie ihm einen dicken Kuss auf die Wange. Eine rein freundschaftliche Geste zwischen Kollegen, doch Ewald Hufnagel war sich sicher, dass es sich um ihren festen Freund oder gar Verlobten handelte, den das durchtriebene Luder ihm verschwiegen hatte. Damit war ihre tödliche Strafe beschlossene Sache.

Die Polizistin merkte, wie ihr übel wurde. Seine Aussage nahm kein Ende und wurde immer haarsträubender.

Die herzliche, hübsche Paulina Regenfuß hatte ihn glauben machen wollen, dass sie sich von ihrem langjährigen Freund Manni getrennt hatte. Das war für ihn zunächst absolut glaubwürdig und nachvollziehbar gewesen. Was konnte ihr ein einfältiger Dorffußballspieler schon bieten, im Gegensatz zu ihm? Trotzdem musste er ihre Beteuerung natürlich überprüfen. Hatte sie wirklich die Wahrheit erzählt? Nachts, in einem Baum verborgen, musste er sich schmerzlich eingestehen, dass auch sie eine hinterhältige, skrupellose Lügnerin war. Er beobachtete, wie ihr Freund Manni das Haus betrat, in dem sie wohnte. Grausam sollte sie dafür büßen.

Deshalb hatte er auch alle vier Frauen gezwungen, ein Büßerhemd überzuziehen – das passte perfekt zu diesen schamlosen Huren. Seine Mutter hatte sie für ihn aus alten Bettlaken genäht, als er schon ein großer Junge war, und darauf bestanden, dass er sie als Nachthemd trug. Sie hatte ihn dadurch lächerlich gemacht. Jetzt musste er für seine Zwecke nur noch die Ärmel abtrennen.

Mandy wollte wissen, warum sich die Frauen nicht gewehrt hatten. Paulina Regenfuß hatte freiwillig ihren bloßen Hals dargeboten. Das hatte sie mit eigenen Augen gesehen.

Der Förster erklärte ihr seinen genialen Trick, den er angewendet hatte. Er hatte den verängstigten Opfern stets vorgeschlagen, sich wieder zu versöhnen, und sprach von einem wertvollen Geschenk, um ihre Liebe endgültig zu besiegeln. Dann bat er sie, ihm den Rücken zuzuwenden, damit er ihnen das Diamantencollier umlegen konnte. Unendlich erleichtert über die positive

Wendung seiner Gefühle waren alle Frauen auf diese Finte hereingefallen. „Und Apollonia Vierheilig, die alte Frau, in deren Kirschgarten Sie sich im Baum versteckt hielten?", fragte Mandy mit ausdrucksloser Stimme und bemühte sich, ihr grenzenloses Entsetzen zu verbergen.

„Die Alte hat ‚Waldi, Waldi' in die Nacht gebrüllt. Ich nahm an, sie hätte mich erkannt und würde mich verraten. Das konnte ich selbstverständlich nicht zulassen. Ein Kollateralschaden sozusagen, sie war doch sowieso schon steinalt."

Gerd Förster rang um Fassung. Ein klassischer Soziopath, wie aus dem Lehrbuch, krankhaft um sich selbst kreisend.

„Was hat der Jungjäger Clemens Lämmerhirt falsch gemacht?", wollte er wissen.

„Dieser unsensible Bauerntrampel. Er hat sich über mich lustig gemacht. Mich vor den anderen Jagdgenossen bloßgestellt und gedemütigt. Weil ich keine Frau habe. Ich habe nur noch nicht die Richtige gefunden."

Die wirst du im Gefängnis auch nicht mehr finden, dachte Mandy.

„Der Trottel hat mir vertraut, nachts auf dem Hochsitz. Es war ganz einfach. Er hat seine gerechte Strafe bekommen." Der Förster Ewald Hufnagel kicherte diabolisch, dass einem das Blut in den Adern gefror.

Die Dorfwirtschaft „Zum Goldenen Hirschen" war gegen Abend für einen Werktag bereits erstaunlich gut besucht. Die Nachricht, dass es der Kripo Bamberg gelungen war, den gesuchten Mörder festzunehmen, hatte sich in Windeseile verbreitet. An jedem besetzten Tisch im gemütlichen Gastraum war dieser Erfolg Thema Nummer eins.

Alfons Simmerlein saß vor seinem Bier und verspürte

eine gewisse Erleichterung, dass der Mörder seiner Kati nun seiner gerechten Strafe zugeführt wurde, auch wenn er nie mehr das fröhliche Lachen seiner Tochter hören würde. Ein Kumpel setzte sich zu ihm und klopfte ihm tröstend auf die Schulter.

Am Stammtisch nahmen soeben Manuela Henneberger und ihr Lebensgefährte Klausi Platz. Rainer Rohlederer saß dort bereits und starrte wie immer deprimiert in sein Weizenglas. Manuela knuffte ihn mit ihrem Ellbogen in die Seite: „Hast du schon gehört, Rainer, die Kripo Bamberg hat den Mörder verhaftet. Ich habe ja immer gesagt, dieser Kommissar Gerd Förster ist ein äußerst fähiger Mann, und so charmant."

Klausi runzelte die Stirn.

„Nicht so charmant wie du natürlich", beschwichtigte sie ihren Liebsten.

Rainer Rohlederer erwachte kurz aus seiner Lethargie: „Ja, ich habe es schon gehört. Gut, dass diese Bestie weggesperrt wird."

Klarissa und Gregor König trafen gemeinsam mit Theo Engeltal ein.

„Wo hast du denn deine drei Kinder gelassen?", fragte Klarissa.

„Meine Mutter ist aus Nürnberg angereist, um mich zu unterstützen, solange Regina im Krankenhaus ist. Sie hat natürlich sofort das Kommando übernommen. Süßigkeiten sind verboten. Seitdem haben sich bei uns schon Dramen abgespielt, das kann ich euch sagen. Jakob kauft von seinem Taschengeld Schokolade und verteilt sie heimlich an seine Geschwister. Sie futtern sie nachts unter der Bettdecke. Mal sehen, ob Lea-Sophie dichthält. Unser Baby lässt sich Zeit. Bald wird die Geburt eingeleitet."

„Wie geht es Paulina?", erkundigte sich Gregor König besorgt.

Theo berichtete weiter: „Sie durfte nach verschiedenen Untersuchungen das Krankenhaus verlassen. Körperlich ist ihr nichts geschehen. Aber sie steht unter Schock. Ihre Seele wird viel Zeit brauchen, um diese grauenhaften Geschehnisse zu verarbeiten. Ich vermute fast, sie wird professionelle Hilfe in Anspruch nehmen müssen. Manni kümmert sich um sie."

Die Tür öffnete sich erneut und Walter Burkhard betrat gemeinsam mit Margit aus Gostenhof den Gastraum. Sie schlossen sich der Runde am Stammtisch an. Walter warf seiner Begleiterin verliebte Blicke zu.

Alle waren sich einig, dass die Bamberger Kripo großartige Arbeit geleistet hatte. Und sie waren schockiert, dass der Förster aus dem Nachbardorf sich als der Killer entpuppt hatte.

„Er hat manchmal nach der Sitzung des Naherholungsvereines bei mir im Café ein Glas Rotwein getrunken und seine Pfeife geraucht", erzählte Manuela. „Zum Glück bin ich mit dem Leben davongekommen. Wenn ich mir das vorstelle: ein kaltblütiger Mörder in meiner Konditorei! Dabei war er immer freundlich und unauffällig. Ein Wolf im Schafspelz. Männer ohne Frauen können auf seltsame Ideen kommen. Manche werden kauzig, andere wiederum entwickeln sich zu Bestien. Sei froh, dass du mich hast, Klausi."

Klausi nickte sofort zustimmend.

Das Telefon auf der Theke klingelte und die Wirtin winkte Theo Engeltal zu sich. Aufgeregt sprach er in den Hörer. Dann kam er strahlend vor Glück an den Stammtisch zurück. „Es sind Zwillinge, Regina hat Zwillinge geboren, stellt euch vor! Wir sind ja so glücklich. Plötzlich ging es los. Ein kleines Mädchen kam auf die Welt. Regina wollte sich ausruhen, dann ging es jedoch weiter, ein kleiner Junge schlüpfte aus ihrem Bauch." Freudentränen schimmerten in seinen Augen. „Die Babys sollen Samantha und Samuel heißen. Sind das nicht wunderschöne Namen?"

Er rief nach der Wirtin: „Eine Flasche Sekt, die Hausmarke, bitte! Wir feiern die Geburt meines vierten und fünften Kindes. Ich darf erst morgen zu meiner Frau. Sie muss jetzt schlafen. Und die Babys stillen, sie sind so hungrig." Feierlich stießen sie an und gratulierten dem stolzen Vater herzlich.

Dann knuffte Manuela dem melancholischen Rainer Rohlederer erneut in die Seite: „Ich habe dich für die nächste Staffel ‚Bauer sucht Frau' angemeldet. Du brauchst dringend eine Lebensgefährtin. Sonst wirst du auch noch ein Physiopath."

Nachwort

Alle Handlungen und alle beschriebenen Personen sind frei erfunden. Eine Ähnlichkeit mit lebenden oder verstorbenen wäre rein zufällig und in keiner Weise beabsichtigt.

Der Hauptort hat keinen Namen, es gibt ihn nicht. Andere Orte, Wegbeschreibungen und Ähnliches sind aber real. So sind die genannten Gaststätten wirklich in den Orten zu finden und die Betreiber haben der Erwähnung zugestimmt.

Jede Region in Deutschland hat ihre Eigenarten an Familiennamen, so auch hier. Diese für Nicht-Einheimische sehr oft lustigen Namen gibt es auch tatsächlich. Aber keiner der Namensträger steht in einem Zusammenhang mit dem Roman.

Auf einen Nenner gebracht: Es ist ein Roman, der in der Fränkischen Schweiz spielt.

Diese drei in dem Buch genannten Betriebe haben uns ausdrücklich erlaubt, ihren Namen zu nennen.

Seite 45
„Hotel-Berggasthof Hötzelein"
OT Regensberg, 91358 Kunreuth

Seite 95
„Hotel-Restaurant Schlossberg"
OT Haidhof, 91322 Gräfenberg

Seite 252
„Zu den drei Zinnen"
OT Großenohe, 91355 Hiltpoltstein

aus dem Fahner Verlag

Ines Schäfer, 1. Teil
ISBN 3-924158-40-1
€ 9,90

Ines Schäfer, 2. Teil
ISBN 3-924158-60-6
€ 9,90

Ines Schäfer, 3. Teil
ISBN 3-924158-74-6
€ 9,90

Ines Schäfer, 4. Teil
ISBN 3-924158-88-6
€ 11,80

Ines Schäfer, 5. Teil
ISBN 978-3-924158-96-5
€ 11,80

Angelika Sopp
ISBN 978-3-924158-99-6
€ 12,80

Ilse-Maria Dries, 1. Teil
ISBN 978-3-942251-02-0
€ 12,80

Bob Meyer
ISBN 978-3-942251-05-1
€ 12,80

Ise-Maria Dries, 2. Teil
ISBN 978-3-942251-06-8
€ 12,80